一片海灘

唐寅九中短篇小說集

唐寅九——著

名稱：某種記憶
規格：65 × 85 cm
材質：布面丙烯
年代：2021
繪者：唐寅九

目次

詩人

喬是一位年輕詩人，他柔弱、敏感、焦慮、彷徨，似乎總在渴望改變生活，可究竟要什麼樣的生活他又不甚了了。在雜誌上發表詩歌固然是他期待的，有人崇拜也是好事；若有一間屬於自己的書房，在大雪紛紛的夜裡讀書，和遠方來的朋友促膝交談，又該何等美妙！可事實上他過著十分無聊和苦悶的生活，他一直都被生活所囚禁。

八〇年代，喬在一家機關的內刊做編輯。主持工作的主編戴著深藍色的袖套，為了在退休時享受到副局級待遇，屈尊到雜誌社來任職。他年輕時也喜歡寫點東西，算得上是一個有文采的人。人們都說他有才情，他自己也說如果不是因為某種原因他差點兒就成了一個詩人。可他把詩人當作一種職業，這一點喬心裡是不同意的。雜誌社另有三位老大姐，其中兩位是退了休被主編反聘回來的，她們年輕的時候一定漂亮而文雅。主編所做的一切似乎只是為了自己的退休生活，同時讓雜誌社的日子一天比一天寡淡。一方面雜誌社的編制緊張；另一方面也沒人願意到這裡來工作。喬是一個例外，他想要一種比以前更自由的生活，雜誌社給了他機會。但這份工作也讓他感到痛苦，因為他編輯的文章幾乎全是套話、空話與假話。他一直在與那些他稱之為腐朽墮落的文字做鬥爭，既無奈又疲倦。本來雜誌社還有一位姑娘，可很快就找門路調走了。她瘋瘋癲癲的，剛到雜誌社沒幾天就摟著喬的肩膀說：「喬，我們是哥們！」接著又說：「喬，我不想去食堂，你幫我打飯吧。」還說：「喬，這塊肉太肥，你吃了吧……」她長著一張扁平的四方臉，五官含混不清，喬想像不出一個人如何才能在這張臉上找到接吻的地方。這張臉以女人的名義對他吆來喝去，他很有涵養，在她面前憂鬱得像一個棄兒。

「喬，要不你倆一起過得了。」一位老大姐說（她的名片上已赫然印上了「編輯部主任」五個字），另兩位也過來湊趣。她們都想以一種開玩笑的方式成人之美。

「好啊，您先問一問喬——他的身子骨禁得住我折騰不？」那扁平的四方臉如是說。她哈哈大笑，喬覺得天空中響起了一陣驚雷。不久她就調走了，喬繼續和主編及三位老大姐一起辦那本雜誌。他習慣了下班後一個人在辦公室待一會兒，一位老大姐說：「也是，反正你也是一個人，早回晚回都是待在宿舍裡。」他分不清她的話是調侃、戲謔還是同情。他住在單位分的一間宿舍，宿舍裡有他的一張床和幾百本書，還有一個與他合住的小張。小張在另一個處室上班，也是從外地分來的大學生。他有一個純潔的女朋友，長得像湯圓一樣圓乎乎的，但比湯圓更黃和更黑。女朋友過來的時候，小張就會以一種友好的、稱得上是協商的方式對喬實施鵲巢鳩占。他們在宿舍用電爐子做飯，滿地都是土豆和白菜。小張說：「喬，一塊兒吃吧。」可潛臺詞卻是：「哥們兒，我們要吃飯了，你呢？」吃完飯，他們嘻嘻哈哈地親熱，接著就要熱烈地做愛，這也是一件喬必須明白並予以確認的事情。喬每次都主動迴避，他去外面散步，一兩個小時後才回來；可他回來的時候小張已將門反鎖。冬天很冷，他一個人站在風中，他不能對兩個熱戀中的人砸門。愛情神聖，不可打擾。他只好去別的單身宿舍蹭一個晚上，在一個他求來的宿舍裡遭人白眼。好在北京還有一些和他一樣窮困潦倒的詩人兄弟，他常去兄弟們那裡談詩，有時候還淚流滿面。偶爾他們會點上蠟燭，在燭光中開一個詩歌朗誦會。無論生活多麼艱難，總有一些熱愛詩歌的人在吟誦，聽眾中也總會有幾個女學生。喬坐在一個角落裡，低著頭想像她們在荒涼的曠野上搖曳，就像冷風細雨中孤苦的小白花一樣。

詩人負有神聖的使命，那就是讓這個冷漠的世界留下淚水。可誰來撫慰詩人？誰又將為詩人流淚？

這天喬在報紙上看到了自己的一首詩，主編也看見了，他拿著那張報紙對喬說：「喬，你看，這個人與你同名同姓。」他笑了笑說：「還真是的。」一位老大姐湊過來說：「也難說啊，說不定就是喬寫的。喬，你寫詩嗎？」她的話在喬心裡激起了一層苦澀的漣漪。他深知詩歌與他的生活有著怎樣深刻的關係，它正在將他帶上一條孤獨、憂傷的窄路。

他坐在辦公桌前，忍不住又拿起了那張報紙；他看著看著，就覺得那首詩彷彿真不是他寫的，世上或許真有一個與他同名同姓的詩人，他的詩也在那天的報紙上發表了……。他這樣想著，又在心裡兀自笑了一下。主編走過來，拿走了那張報紙，他說：「別看了，再看十遍這首詩也不是你寫的。」他將那張報紙鋪開，麻利地用它包好了一塊牛肉。一位老大姐昨天給他講了一種做牛肉的方法，他已經去市場買了最好的牛肉，他盼著下班後回家試試。在單位，沒有人知道喬是一位詩人，他把寫詩當作自己的私生活，詩歌就像他的祕密情人，他偷偷摸摸地與她約會。一個有情人的人在道德上是可疑的，喬從不敢自命為詩人；他唯一合法的身分只是雜誌社的編輯，大家也只是覺得他的性格有些孤僻而已。

下班了，喬獨自一人在辦公室待著。這是一個陰天，天上聚集著愁雲。他點燃一支煙，想給十幾天前認識的一位女學生寫首詩，也想給遠在杭州的子敏寫封信。可他最後什麼也沒做，他趴在辦公桌上睡著了。醒來的時候，天已經黑了，他打開燈，想再看看那張報紙，卻想起主編已經用它包了牛肉了。他有些餓，也有點煩；獨自在辦公室走了幾圈，不知為何突然就給米佳打了個電話。米佳家裡有院子、電話和門衛。她說：「你好，下班啦？」她的聲音清脆而明媚。

「是，可我不想回去。」

米佳靜靜地聽他說話，他的話全無邏輯，像是某種囈語。他自言自語，似乎也提到了今天在報紙上發表的那首詩，米佳很耐心地聽著。

「回去吧。」最後她說，她一共就說了這兩句話，最後一句可能是受了喬的影響，隱約之中有些傷感。喬掛了電話，卻依然拿著話筒；當然了，話筒裡只有「嘟－嘟－嘟」的聲音，讓他感到巨大的岑寂與空虛。

米佳是子敏介紹給他的，但隨後他單獨去見過米佳一次。

「你好。」她打開門，他頓時就傻了，米佳的笑容就像一束強光，照得他睜不開眼睛。「進來吧。」她說。他無處可逃，可進去後，卻給米佳朗誦了一首詩。她低聲說：「寫得真好！」這句話讓喬差點就跪下，他想撲在米佳懷裡，也想抱住她。可米佳氣質凜然，讓他像一個癡人一樣坐在沙發上動彈不了。他們是不大相同的人了，米佳是一位地位很高的將軍的女兒，就要去美國了，正在等簽證；她在等簽證時騰出了一點時間來接待詩人，也聽詩人們朗誦詩歌，她對喬低聲說：「寫得真好！」這句話已足夠讓喬用一生的時間去回憶。

時間在沉寂中緩慢流逝，喬依然獨自一人在辦公室待著；他似乎還想給子敏寫封信，可又放下了，他滿腹心緒卻無從寫起。子敏是他最要好的詩人兄弟，他曾因為仰慕子敏而去杭州拜訪他。當時子敏在一所中學教書，他找到子敏的學校，也找到了他的宿舍。他敲門，裡面傳出了聲音：「我在上吊，請勿打擾。」喬知道這是卡繆《鼠疫》中的情節；《鼠疫》中有一個叫科爾塔的人，曾用紅色的粉筆在門上寫道：「我上吊了，請進來。」喬覺得子敏在玩行為藝術。他耐心地等了一會兒，再一次敲門，裡面沒有回應。他寫了一張紙條，從門縫塞進去；門開了，子敏穿著一條三角內褲站在他面前。之後他們就去一家小店喝酒，連續三天談論詩歌、女人和愛情。他們成了最要好的兄弟，幾乎每週都要通一次信。去年子敏到北京來，帶他認識了米佳和清揚。子敏說：「寂寞的時候可以去找清揚。」之後他單獨去見過一次米佳，也單獨去見過一次清揚，他給她們都朗誦過詩歌。

越來越餓了，喬鎖上辦公室的門，走到了街上。他在一家包子鋪吃了一碗炒肝和一屜包子。可吃完後他依然不想回去。夜色陰沉沉的，他一個人在街上溜達，忽然就想起了清揚，他決定去找她。清揚家沒有電話，他倒了兩次車，上了八層樓，在清揚家的門口站住，然後輕輕敲門。門開了，清揚端著一杯紅酒，既疲憊又嫵媚地看著他。「進來吧。」她說。他進去了，站在一盞紅色的枝形吊燈下。清揚穿著一身黑色的絲綢睡衣，她的窗簾是紅的，燈是紅的，整個房間都是玫紅調性。她遞給他一小杯紅酒，他接過來，在手中晃了晃，然後一口喝下。他想起子敏說過的話：「寂寞的時候可以去找清揚。」他曾問子敏這句話是什麼意思，子敏說很多詩人都去過。現在清揚坐在他面前，她緊了緊胸口的睡衣，憔悴地問：「這麼晚了，有事嗎？」他突然變得十分沮喪。他囁嚅道：「沒事，就是下班了，不想回去。」之後便說今天的報紙上發表了他的一首詩。清揚「哦」了一聲，說：「覺得孤獨對吧？」他點了點頭。「也很空虛對吧？」他「嗯」了一聲。「還覺得特可憐吧？」他不說話了。「特想找個地兒哭一場吧？」清揚又說，他的眼裡似乎立即就有淚水在滾動。清揚沒有再說什麼，兩人沉默著。之後他勇敢地抬起頭，熱烈地看著她。清揚疲憊地笑了笑，她的笑容空蕩蕩的。他昏頭昏腦地想：也不知道清揚究竟是幹什麼的？有多大了？子敏似乎說過她已經四十歲了，一直一個人生活，喜歡和詩人交朋友；朋友去她家，她總是給客人倒一小杯紅酒。「幾點了？」他正想著，清揚卻問道。他看了看錶，還沒來得及說——十點了，清揚就說：「太晚了，回去吧。」他悻悻然，起身，走近清揚。清揚往後退了一小步，又說：「回去吧。」她的聲音像是從遠地方飄來，冷極了，也孤獨極了。

喬下了樓，站在院子裡看著清揚的窗戶，他覺得清揚也在窗簾後面看他。他想再上樓，卻已經沒了勇氣。他走出清揚家的社區，覺得自己的心越來越空，腳步卻越來越重；突然想起他居然不知道從清揚家怎麼坐公車回去。這座城市已經變得越來越大，也越來越複雜。他問了幾個路人，都說不知道。他只好一個車站一個車站找站牌。不知找了多久，覺得自己真是累了，他歇了一會兒，心想：只有走回去了，走著走著也許就會碰上熟悉的公車。

他就這樣朝宿舍的方向走著，在晚風中，頭腦似乎變得清醒。路上的行人越來越少了，他一直沒碰上熟悉的公車。但已經無所謂了，他的腦子裡充斥著新的思想，他在想像某個美好的世界。在那個世界裡，路上全是羞澀而優雅的戀人；白雲倒映在水裡，月色飄蕩著古琴的樂音；書店二十四小時營業；人們在咖啡館討論美、心靈和愛情；報紙真實，雜誌不落俗套；圖書館寬敞、明亮，盛開著大朵大朵的鮮花；同事品味高雅，人人都讀《奧維德》、《蘇格拉底之死》和《詩經》；他每天喝兩杯咖啡，用一臺老式印表機列印剛寫好的詩稿；哲學遍地生長，充滿了美好的節奏；生活恰如書中的箴言，洋溢著雋永的詩意；他將致信遠方的朋友，祝他們快樂……。他正想著，腳卻踩空了，這個城市的井蓋經常被人偷走，他掉進了下水道的豎井，腦子裡剛閃過一句詩，就順著下水道消失在了又黑又臭的汙水之中……

幾天後，報紙或許將登出尋人啟事；子敏依然在門上寫道：「我在上吊，請進來。」米佳的簽證已經下來了，她再也沒有心情聽詩人朗誦詩歌；清揚照舊用一小杯紅酒招待朋友；市政當局開了會，採取了嚴防井蓋被盜的多條舉措……。人們在喬的衣袋裡發現了一張紙條，上面字跡模糊地寫道：「我所缺的只是一種幽默而已。」

二〇一七年六月十六日定稿於香港

剃頭

李向向坐在鋪位上，腦子裡交替出現各種畫面。他想集中意志，可精神渙散，頭痛，脊椎痠脹，被各種念頭攪得混亂不堪。他就像一張白紙，剛打開就被人倒了一灘墨汁。

向向喜歡畫水墨畫，也喜歡旅遊。大學畢業後他找了一份導遊的工作，滿世界給旅行者講風景、典故與風情。他目光清澈，笑容純潔，聲音富有磁性，對那些風景爛熟於胸，所做的講解就像是在背誦一篇篇美文，很受客人喜愛。遊客們入睡後，他常常心馳神往，將白天的風景畫下來……。這就是向向此前的生活，這生活既符合他的性格也適宜於一段浪漫的戀愛。遊客中有一位叫婷婷的姑娘，他送給她一張水墨畫，還吻了她；他們去當地的護城河約會，她的面容像虛幻的月亮一樣朦朧而抒情；他們在水中的倒影搖搖晃晃地成了一片風景，不久一間粉紅色的新房裡便將這片風景做實了。他們去希臘度蜜月，拍了衛城的照片，還瞭解了一點蘇格拉底的哲學。蜜月結束後，向向似乎開始成為一個懷疑論者，但他的天性依然純潔，也依然是一個浪漫而抒情的人。他還剩兩天假，就跟婷婷說：「我們陪媽媽去天路玩玩吧。」婷婷正沉浸在蜜月之中，當然樂意與人分享她的幸福，何況這剩下的幸福還可以拿來孝敬婆婆，就很大方地答應了。向向的媽媽同樣喜歡旅遊，見兒子媳婦如此孝順，彷彿去五星級酒店吃宴席，吃完還記得給悶在家裡的人打包帶回來，心裡也美滋滋的。但可怕的事情還是發生了，在去天路的高速公路上，向向的車追尾了。他和婷婷沒事，美滋滋的媽媽卻死了，她甚至都沒有看到天路的絕美秋色，也沒來得及跟兒子說最後一句話。

向向媽媽退休前是一個小學老師。向向三歲時死了父親，上面有一個大他十歲的姐姐。從某方面講，他是在媽媽和姐姐的溺愛中長大的。這溺愛使他細膩、敏感，也讓他喜歡虛幻的東西。姐姐思敏卻是個務實的人。向向嘴甜，性格和媽媽更像，也更懂媽媽的心思。長大以後媽媽有心事就跟向向說，正事則總是和思敏商量。思敏獨立慣了，家裡大事小事也習慣她拿主意。她大學畢業就嫁了人，在她心裡向向既沒用也不靠譜；向向發呆做夢是行家，遇上實際問題就得靠她去解決。她那麼早嫁人，也是怕萬一家裡有什麼大事她一個人扛不住。她總覺得家裡會發生什麼大事情，災難隨時都會來，魔鬼也會在半夜敲門。說到底她是一個沒有安全感的人，她堅強務實正是因為恐懼。有時候向向的樂觀天性也會感染她，讓她變得稍稍開朗一點，這樣的時候她就覺得有這麼一個弟弟真好。向向是萬事不愁，就像從沒有過陰影似的。可更多的時候她覺得向向缺心眼兒，做事情和想問題都不切實際。一個男人怎麼能是這樣一種性格呢？生活中到處都是機關與陷阱，不可以這樣沒心沒肺的。她覺得人必須睜大雙眼才能入睡，向向這樣早晚都會出事情，而一旦出事，整個人就會垮掉，他是絕對扛不住事情的。果然，追尾的那一瞬間，向向整個人就懵了，他的眼前只有一片紅光，那是媽媽流出來的血的顏色。血流得太多了，滿地都是，他跪在地上，抱著媽媽，似乎要把媽媽身上的洞給堵住。可媽媽身上似乎都是洞，血從不計其數的洞口往外湧，無論他怎麼抱著媽媽，怎麼哭都沒有用。媽媽的血一瞬間就讓向向的視野變得模糊，等他清醒過來，能判斷所發生的事情時，媽媽已經被人蓋上白布拉走了。當然他也被人帶走了。媽媽是被救護車拉走的，向向則是被警察帶走的，他在警察那裡做完筆錄，就被送到了看守所。向向就這樣因涉嫌交通肇事被拘留了，他戴上手銬，眼前全是血，連天上都是，媽媽的血讓他的世界澈底變了……

思敏接到婷婷的電話時正在阿爾及利亞，她在北京一家做工程的公司工作，公司的大多數業務都在遙遠的非洲。那幾天思敏正好在阿爾及利亞出差，婷婷在電話裡哭，她在電話的另一頭臉色煞白。但她的聲音依然是鎮定的，鎮定得讓婷婷覺得全身發冷。她聽婷婷哭哭啼啼地把事情講完，只問了一句：「人呢？」婷婷說媽媽死了，在醫院的太平間裡，向向被交警帶走了。

思敏回到北京，先處理媽媽的喪事，然後去公安局和警察交涉。她覺得向向出的是車禍，並不是交通肇事。「追尾不是交通肇事是什麼？」警察問她，還耐心地給她解釋了現場勘查的情況。「天氣很好，車速也不是太快，我們都不理解怎麼會追尾？唯一的可能是司機走神了，連前面裝滿鋼筋的大貨車都沒看見。」思敏的腦子裡立即就出現了向向恍惚的樣子。向向的確是一個動不動就走神的人，這樣的人容易出事。她平時老是擔心和害怕的事就這樣發生了，她無比警覺又提心吊膽的事居然是以車禍的形式發生的！「可是就算是交通肇事，死者也是他親媽呀，為什麼還要拘留呢？」思敏問。媽媽已經走了，她不希望向向再有什麼事情。「不僅是拘留，還可能會批捕。」警察說。

「憑什麼呀！他犯法了嗎？死的可是他親媽呀，我們做家屬的並沒要求拘留他、逮捕他呀！」和思敏一起到公安局去的婷婷急了，衝著接待她們的警察大聲嚷嚷。「死的是親媽就不算犯罪了嗎？如果這樣，那些殺父殺母、賣兒賣女的人就讓該他逍遙法外了？」「這是哪兒跟哪兒呀，這不是混帳邏輯嗎？」婷婷幾乎要咆哮起來。思敏拉住她，問警察能不能見向向一面。「不能！他現在在看守所，不可能讓你們見面。」思敏又問通常情況下公安局處理交通肇事的原則與流程，警察說關鍵是看死沒死人，死了人一般都要拘留，拘留期是十五天，十五天以內如果沒有批捕就會放人，一旦批捕就要進入刑事偵察和公訴程序，然後就是法院開庭與判決。他還解釋說實施拘留從某方面講也是對肇事者採取的保護措施，否則肇事者就有可能被死者的家屬圍攻、毆打、非法拘禁，甚至還可能被打殘、打死。

「可死者是他親媽呵！他就這麼一個姐姐，不可能出現您說的那種情況的。」「姐，你會因為媽媽死了而打死向向嗎？」婷婷聽警察這樣解釋，就越發覺得事情荒謬。她和警察講理、爭辯，可她說服不了警察，無論她怎麼說，警察都只是重複他的反問：「難道死者是親媽就不算犯罪了嗎？」婷婷不斷說：「可死者是他親媽呵！」警察就不斷反駁：「死者是親媽就不算犯罪了嗎？」思敏受不了了，「夠了！」她大聲吼道，跑了出去。警察愣住了，婷婷也愣住了，她追出去問：「姐，您什麼意思？什麼叫『夠了』，向向的事難道您不管了？」思敏沒心情回答她，她鑽進車裡去給律師打電話。

律師的話也很含糊，但聽上去似乎警察是對的，警察有理由也有權力拘人。關鍵是十五天拘留期後批不批捕，如果不批捕就沒事了，向向不過受了十五天的罪；批捕了就會很麻煩，檢察院立案、偵察、公訴，法院開庭、判決，沒六七個月下不來。可批捕不批捕並不在公安局，檢察院一旦批捕了誰也沒辦法。所以要同時做公安局和檢察院兩方面的工作。要麼公安局不將案子移交到檢察院，要麼檢察院不批捕。律師還說這樣的案子處理起來是有彈性的，捕與不捕全在領導的態度。

思敏聽明白了，她是一個就事論事的人，向來認為重點只在找到問題和解決問題。可這次還真讓她這個務實的人為難了。向向出事的地方已經不歸北京管轄，一個小縣城的公安局和檢察院在處理他的案子，她上哪兒去找關係呢？她打完電話，坐在車裡發呆，婷婷拉開車門問：「姐，你到底是什麼意思？向向的事難道就這樣算了？」「回去吧，回去想辦法找人。」「回去？這警察也太荒謬了！死的畢竟是咱親媽呀！」婷婷說。「你閉嘴！死的是親媽你就心安理得了？」思敏呵斥道。剛才在公安局，婷婷和警察的爭論已讓她受夠了，什麼叫「死的畢竟是他親媽呀！」她其實是受不了這句話的，向向開車，出了車禍，自己和媳婦沒事，媽媽卻死了。她潛意識裡似乎覺得向向就是殺死媽媽的兇手。雖然她知道話不能這樣說，向向也不可能謀殺媽媽，但媽媽是死在向向手上的，這是血淋淋的事實，誰也改變不了。所以從某方面講她是恨向向的，她接受不了媽媽死在向向手裡這樣的事實。她甚至認為向向就應該受到懲罰，可看向向被關在看守所裡她又難受。這種微妙而痛苦的心情婷婷當然看不出來，她的心裡只想著向向，不可能理解她的心情。

「你們怎麼就去天路玩呢？北京那麼多地方媽都沒有去過，去長城、頤和園不好嗎？」思敏在回家的路上問婷婷。婷婷就講了那天去天路的安排，說是向向提出來的，媽媽也特別高興。也許是因為剛拿到駕照，向向正在開車的興頭上。「向向很孝順，在希臘的時候就跟我說想帶媽媽出去自駕遊。」婷婷說。「自駕遊？他開車才多久？又是恍恍惚惚的性格，怎麼能去自駕遊？」思敏說。婷婷不說話，坐在一旁不高興，她心想：「你是在心疼車吧？」向向開的那輛雪佛蘭其實是思敏的，思敏去阿爾及利亞了，車放在家裡，沒想到竟出了這麼大的事情！

婷婷當然沒有說出這句話來，她和思敏並不熟，她是嫁給向向後才到北京來的。之前她在西北的一個三線城市開花店，也是一個喜歡做夢的人。開花店賺了些錢她就去旅遊，似乎走出去就能發生機緣與奇蹟，有機緣就可以改變自己的命運。還真是的，她正是在旅行中認識了向向，還嫁給了他，讓自己從一個偏遠的小城市來到了北京，有了一間粉紅色的新房。現在聽思敏帶著責備的語氣問她去天路的事，心裡雖然覺得委屈，卻也不敢多說什麼。她怕思敏生氣不再管向向的事情。如果向向真的被捕了，坐了牢，她該怎麼辦呢？她可還是個新娘子啊！她一個人在北京該怎麼生活呢？她連北都找不著。她沒有文憑，找不到工作；開花店也是不行的，她既沒錢也沒關係，向向要真坐了牢，那家裡的一切就都得靠姐姐了。因此她雖然對思敏的責備不滿，也並沒有在臉上表現出來。

所謂的天路其實也只是一條路而已，是最近才推出的一個旅遊景點。據說秋天很美，兩邊的樹木層林盡染，樹林裡還有傳說中的湖泊，或者無外乎只是一個水塘。人們往風景裡摻入神話與傳說，把水塘說成是一個有天鵝和仙女出沒的地方，就使之成了一個景區。但本質上不過是高速公路通了，距北京一下子變得很近。作為一個導遊，向向熟悉旅遊產品的包裝與推廣，他並不相信一條路能美到哪裡去，兩邊的樹也不過是七〇年代飛播植林時種下的，連次森林都談不上。但他真心認為天路這個名字取得好，會讓人產生某種與天堂有關的聯想。好吧，反正他的假期是剩餘的，反正距北京也近。他和婷婷決定開車去，他們自駕遊。「媽，我們去天路吧，自駕遊！」當媽的豈有不高興的？兒子媳婦孝順，剛過完蜜月就帶她去旅遊，而且是滿浪漫的自駕遊。她洋溢著幸福的笑容，穿了一身粉紅色的運動衣，旅行包裡裝滿了各種吃的，坐上思敏的那輛雪佛蘭，就跟著兒子媳婦上路了。她坐在副駕上，兒子開車，婷婷坐在後座上（當時怎麼會讓媽媽坐在副駕上呢——之後向向一直在想）。他們出了北京城，上了高速公路。向向一直將車速控制在一百十一碼左右，車開得很平穩；車內放的音樂也偏古典，似乎是她和向向都喜歡的民謠，節奏很舒緩，調性是詩意的和懷舊的。

沒有任何東西顯示出凶兆。他們一路往北，高速公路兩旁的灌木已經露出秋意，向向跟她和婷婷描述著天路橙紅色和金黃色的秋景，彷彿他已經去過似的。婷婷一直都很著迷向向的才情，認為他天生就是當導遊的材料。「媽，您不知道，聽他講一個地方，你一定忍不住要立即跟他去，不去絕對不行。」婷婷說。「他是當導遊的嘛，連這點才能都沒有怎麼當導遊呢？」她說。向向記得他們當時還談到了有關天堂與樂園的話題。天堂？它當真有過嗎？它有過或從未有過與我們的生活究竟有什麼關係呢？這顯然是個問題，可真正的問題是向向怎麼在看守所還在想這樣的問題？而且可能還會繼續想下去。

婷婷並不完全贊同婆婆的話，她覺得向向是因為心裡充滿了詩意才能將一個地方講得這樣美的，可她沒有反駁婆婆，她還在蜜月的嫋嫋餘音之中。只有欣賞和崇拜一個人才會對一個人著迷，這是她愛上向向並很快就和他結婚的原因。她因為旅行而愛上了一個人，又因為愛而嫁給了他，她覺得自己的人生一點都不俗氣。但思敏並不這樣看，她希望向向能娶一個有北京戶口的女孩，否則以後買房、買車、生孩子、上幼稚園都有問題。她就嫁給了一個北京人，那男人比她大十三歲，長得又老又醜，以前還開了家公司，後來破產了，靠出租家裡留下的兩套房子度日。向向曾經問：「姐，嫁給這麼個男人你不覺得委屈嗎？」「姐嫁的是北京戶口，有啥可委屈的？」其實她不可能不委屈，可她是一個講究實際的人，她不幹無病呻吟的事。一個人動不動就覺得委屈不是無病呻吟是什麼？但向向和她的想法完全不同，向向在日常生活中很隨和，但在愛情這樣虛幻卻重大的事情上卻很有原則。思敏覺得向向娶一個在三線城市開花店的女孩純屬糊塗。當然這件事由不了她，向向也並沒有就這件事特別徵求她的意見。他結了婚，帶著婷婷去希臘度蜜月，連媽媽也沒有不同的意見。她知道媽媽和向向屬於同一種類型的人，他們都偏重於享受精神生活，媽媽甚至將向向的神神叨叨說成是有藝術家氣質。好吧，藝術，哪天他碰了壁，吃了虧，他就該明白什麼是生活什麼是藝術了。思敏在心裡對自己說，她最怕一個普通人有所謂的藝術家氣質。她聽了警察對向向追尾的情況介紹，已經認定一定是向向開車時走神了，否則不會發生這麼嚴重的事故的。而向向之所以開車走神就是因為他本質上是一個恍惚的人，這就是所謂的藝術家氣質，這樣的人想不出事都難。

向向所在的看守所一直都像是在患臆症似的。那幢上世紀七〇年代修建的「火柴盒」三層小樓早已千瘡百孔。在狂風中它會歪斜，在陰冷的月光下它就像一條衰老無力的流浪狗。它曾經差點兒被炸掉，也差點兒被洪水沖走，還差點兒被暴雪埋掉。但它一直頑強地屹立在一片野地裡，像不斷吶喊的罪行，沒有任何人可以把它一把抹去。它屹立在那裡，讓人不可親近，也讓人害怕和議論紛紛。它顯然是一個極其複雜的病人，臆症只是它眾多疾病中的一種。它還患有嚴重的梅毒、淋病、皮膚搔癢症、心臟病、高血壓、躁狂症、痲瘋病、糖尿病、心梗和腦梗⋯⋯，總之人類有過的病症都可以在它身上找到紀錄，你拉開任何一個抽屜，都可以看見一份病歷和一個敗死的器官。

向向被關進這幢房子裡，很快就患上了憂鬱症，他十分厭惡自己，想逃避自己，到另一個世界去。當然他已經喪失了去另一個世界的自由。他坐在鋪位上，整個監室住了十二個嫌疑人；他的身邊是一位涉嫌貪汙和受賄的中年人，應該擁有過某種權勢，當過書記或者縣長，可現在禿了頂，眼神迷離，面容中有一種死灰色的敗相。他自稱是一位哲學家，悄悄地和向向談人生，談生死，談厄運，也談絕望與輪回。向向呆呆地看著他，心裡並不認為他是一個哲學家。另一個壯漢過來，推開哲學家，把他提溜起來，讓他緊貼著牆壁站好，背監規並回答問題。清瘦的向向像一張破紙片一樣貼在牆上，哲學家在一旁冷眼旁觀。向向紙片一樣的身上似乎還有一處沒畫完的風景，但整張紙已經髒得一塌糊塗。他被壯漢提溜著貼在牆上，牆上淨是不知何人的鼻涕、血、精液和被拍死的蒼蠅與蚊子。他貼在一片汙穢中回答壯漢的問題，壯漢問：「你上帳了嗎？」他說沒有。

他的確沒上帳，他被帶到看守所時身上只有幾塊錢。壯漢問他上沒上帳顯然是為了訛他點錢。但他的確沒有錢，也的確沒有上帳。可壯漢不信他的話，他要解釋他身上為什麼沒有錢就只好將發生在他身上的事情講清楚。事情很簡單——他還有兩天婚假，就和婷婷開車帶他媽去天路玩，結果出了車禍，他媽當場就死了，他是涉嫌交通肇事被關進來的。他身上沒有錢是因為錢放在了婷婷的手包裡了。壯漢聽完他的解釋就更火了，他惱羞成怒地揪著向向的衣領說：「你他娘的把你媽都給弄死了，真不是東西！」他搧了向向兩記耳光，踢了他兩腳，之後就回到了自己的鋪位上。他很沮喪，什麼好處也沒撈著。

向向流著鼻血，他的腦海裡又閃現出媽媽的血光。他哭了，蹲在地上大聲哭，他邊哭邊喃喃自語

——「不，不是的，那只是個意外！」

沒有人再理他，他哭了一會兒，就坐在鋪位上發呆。其他的人似乎還在議論他的事情。一個年輕的嫌疑人高聲說：「有啥了不起的，我不是也把我爹給弄死了嗎？」「你他媽的是殺人，人家是交通肇事，能一樣嗎？」哲學家說，接著便坐在了向向身邊。他為向向抱不平，說向向不應該被關到看守所來，因為死者是他親媽，他出的只是車禍，誰見過出車禍媽死了自己要坐牢的？壯漢和哲學家爭論，他認為向向是追尾，追尾就是交通肇事，當然要被刑拘，難道因為死者是親媽就可以逃脫法律制裁嗎？那個殺人犯也過來幫腔，說：「是呀，我殺的也是我親爹呵！」哲學家知道跟他們講不通，而且多講無用，就回到鋪位上保持沉默。可過了一會兒又忍不住對向向說：「雖然我認為不該抓你，但你心裡也要有個準備——既然抓了你就不可能輕易放你。你還得有另一個心理準備，以後會不斷有人說你媽是你弄死的！」向向吃驚地看著那位自稱是哲學家的人，他臉上的神情是多麼地迷惘呵！

向向到看守所的頭幾天過得既憂鬱又痛苦，他過了堂，被壯漢打出了鼻血，但要命的還是恍惚。他夜裡做夢，白天也做夢，反覆夢見媽媽流出來的血，夢見一片血光，也夢見思敏滿面鮮血地譴責他：「李向向，你可真行，你把咱媽都給弄死了！」他哭著解釋說：「姐，不是的，咱媽是死於意外。」可思敏不依不饒，一直滿面鮮血地怒視著他。監室裡的人也這樣說他，那個壯漢動不動就說：「小子，你他媽的真行，把你親媽都給弄死了！」……思敏和婷婷在外面也吵了一次架。思敏說：「咱媽就是李向向弄死的！」婷婷很吃驚地看著她說：「姐，你怎麼能這樣說呢？你知道那是一個交通事故！」「事故？你們不去天路就不會發生事故，李向向不走神也不會發生事故。」「姐，你憑什麼說是向向走神才追的尾，說話要有依據！」「依據？媽都死了，媽是死在他手裡的這總是事實吧？」「你胡說！媽是死於車禍，那是一個交通事故！」……

女人吵架是不講道理的，思敏只是在發洩情緒，婷婷也只是在反擊思敏；但婷婷知道思敏恨向向，他們的姐弟關係已經有了裂痕。

好在沒過幾天，向向就從噩夢中走出來了。他單純而快樂的天性幫了他，他確信媽媽的死只是一個意外，覺得自己並沒有做錯什麼事情，他和思敏一樣愛著自己的媽媽，不應該生活在這場悲劇所留下的陰影中。幾天後他跟監室裡的人也混熟了，哲學家依然經常和他講生死輪回，壯漢照舊經常罵他。但他無所謂，整天笑呵呵地和大夥兒相處，也給大夥兒講他當導遊時的各種趣事。他恢復了純潔的面容，聲音充滿磁性，又開始講各地的風情了，甚至還給大夥兒唱不同地方的民謠。

一天，看守所的教導員進來巡視，他站在鐵門外指著向向說：「你，趕緊把頭髮給我剃了，看守所不准留長髮你不知道嗎？」接著又問身邊的一位管教：「怎麼回事？怎麼沒給他剃頭？」管教連忙認錯，說疏忽了，以為他只是交通肇事，待不了幾天。「以為？他待幾天你能說了算？趕緊給他剃了，別找不自在！」「好的。」管教說。「聽見了嗎？趕緊把頭給剃了，下次見你還沒剃頭就關你禁閉。」教導員轉過身來訓斥他。向向當然不願意剃頭。他覺得他的髮型代表了他的某種氣質，這種氣質是美的，也是有詩意的。可他不可能把教導員的話當作是屁話，他笑咪咪地報告說：「好的，民警同志！」壯漢過來糾正他，說不能叫「民警同志」得叫「管教」，有任何事情你都得說「報告管教」，當然也可以說

「報告政府」。哲學家過來給他解釋為什麼一定要剃成光頭。「這不僅是規矩，也是懲罰，就像林沖刺配，讓人一看就知道他是一個犯人。剃成光頭就是要隨時提醒你，讓你記住自己是個犯人，在這裡接受改造要痛定思痛，洗心革面。」

向向問：「如果我不剃呢？」哲學家愣了一下，壯漢接過他的話說：「不剃？不剃就關你禁閉！」哲學家說：「還是剃吧，剃光頭也有很多好處，至少不用再為洗頭發愁，也不容易長蝨子。」「當然最重要的還是讓人反思與警醒，人是需要反思與警醒的。」向向在一旁嘟嘟囔囔，似乎在說：「都什麼年代了，看守所的管理還這麼粗暴和野蠻。」壯漢過來推了他一把：「你他媽的在嘟囔啥呢？趕緊跟管教說去。」一個管教正好從監室走過，向向趴在鐵門上喊：「報告政府，我要剃頭！」管教白了他一眼，理都沒理他就走過去了。過了大約一小時，管教又過來了，他又趴在鐵門上喊：「報告政府，我要剃頭！」管教照舊只是白了他一眼，彷彿他的報告是一句毫無意義的廢話似的。過了一會兒，另一個管教過來了，向向又趴在鐵門上大聲喊：「報告政府，我要剃頭！」「鬧啥呢，鬧啥呢？」管教說。「報告政府，我要剃頭！」向向再一次喊道。「等著吧！」管教很不耐煩地說了一句，看都沒看他一眼就走了。向向就這樣報告了一個下午，依然沒有人安排他剃頭。

第二天一早，向向被壯漢叫醒，他訓斥他，說他不懂規矩。向向揉了揉眼睛問：「我怎麼了？做錯什麼事了嗎？」接著又問壯漢：「這地方可以視頻嗎？我想和我老婆視頻。」壯漢很吃驚地看著他：「鬧啥呢？你想鬧啥呢？」向向說：「我不想鬧啥，我只想和我老婆視頻，不是要剃頭嗎？我不想讓我老婆看見我剃成光頭的樣子。」大夥兒聽了都哈哈大笑，說還真是來了個二百五，在看守所這樣的地方居然想跟老婆視頻。壯漢拍了拍他的臉說：「說你不懂規矩那是輕的，你他媽的是真傻還是假傻？」

向向問：「怎麼啦？」

「怎麼啦？你不是要剃頭嗎？那你帳上有錢嗎？」

「剃頭還要錢？又不是我要剃的，憑啥還要錢？」

「你他媽的就是一個傻逼，帳上沒錢誰給你剃？」

「那我不剃了。」

「好呵，不剃就關你禁閉。」

「那我剃。」

「剃？那你帳上有錢嗎？」

「沒錢。」

「沒錢誰給你剃？」

「那我不剃了。」

「好呵，不剃就關你禁閉。」

「那我剃。」

「那你帳上有錢嗎？」

「沒有，我說過了我到看守所時身上只有幾塊錢。」

「看守所當然不許你帶錢進來。但你可以有帳，有了帳就可以讓你老婆打錢進來。」

「我沒帳，也沒法通知我老婆。」

「告訴我你老婆的手機號，你可以寫個條，讓你老婆先把錢打到我帳上。」

「打多少？」

「先打五千吧。」

「五千？剃個頭要五千？」

「剃頭三百，可你在這裡總得花錢吧，你不想喝點牛奶、抽口煙、吃點牛肉什麼的嗎？」

「剃個光頭要三百？那我不剃了。」

「不剃？不剃就關你禁閉。」

「那也不剃。又不是我要剃的，憑啥還要我掏錢？」

兩人就這樣你一句我一句地越說越說不清。一個管教正好過來，向向趕緊再一次趴在鐵門上喊：「報告政府，我要剃頭！」，管教照舊白了他一眼，理都沒理就走開了。

「看見了嗎？你個傻逼，帳上沒錢會有人給你剃頭嗎？」

「我就不信邪了，又不是我要剃的！」向向推開壯漢，又趴在鐵門上大喊：「報告政府，我要剃頭！」

這一次他的聲音含著憤怒，他搖晃著鐵門，嘶聲力竭地大聲喊叫。教導員和兩位管教走了過來，教導員冷冰冰地看著他：「你還沒剃頭？」然後不容置疑地對身邊的管教警說：「關他禁閉。」

「憑什麼？又不是我不剃，是沒人答理我，我都叫了半天了。」他不服氣，大聲責問教導員。

「跟我有關係嗎？我只管你剃沒剃頭，沒剃就關你禁閉。」教導員笑著說道，旁邊的一位管教反手就抽了他一耳光，另一名管教十分麻利地給他帶上了手銬。

向向被關了三天禁閉，第一天他還在裡面大聲嚎叫，第二天就再也發不出聲音來了。禁閉室裡的黑已經緊緊地捂住了他的嘴，他開始耳鳴，接著就在巨大的黑暗中失聲了。

到了第四天，向向從禁閉室裡出來。壯漢揪住他的頭髮問：「你他娘的還沒剃頭？還想再關一次禁閉？」向向什麼也沒說。連續好幾天他都沒有再說一句話，他樂觀開朗的天性顯然遭到了挑戰。他在看守所總共待了十四天，第十五天被釋放了。他走出看守所的大門，婷婷已經在那裡等他，她上前拉住他的手，領著他回家。

回到家裡，婷婷心疼地問他：「這十幾天你是怎麼過來的？有人打你嗎？」

向向不說話，他低著頭看自己的手，那雙手清秀、細長，可指甲裡全是汙垢。

「你說話呵！」婷婷捧著他的臉，帶著哭音問。他下意識地摸了一下左邊的臉，似乎上面還有掌印。

「沒有，監室裡都是文化人，有作家和哲學家，他們素質都很高，不打人。」

「那這十幾天你都幹了些什麼？」

「我姐呢？她還沒從阿爾及利亞回來嗎？」向向避開婷婷的話問道。

「回來了，媽媽的喪事就是她回來處理的。」

「那她怎麼不去接我？」

婷婷低下頭，過了好一會兒才說：「向向，姐姐可能對你有點意見。不過不要緊的，過幾天她就會想開的，她現在還繞不過那個彎。」

「明白了，她認為媽媽是我弄死的。她想的沒錯呵，媽媽就是死在我手裡的，是我弄死了咱媽。」

「你瞎說什麼呢？那只是個意外，意外！你知道嗎？」

向向看著婷婷，沒有再說什麼。第二天一早，他去街上剃了個光頭。婷婷目瞪口呆地看著他，驚叫道：

「李向向你幹嘛？你是不是想要全世界的人都知道你剛從牢裡出來？」

向向走到寫字臺前，鋪開一整張宣紙，將一大半瓶墨汁倒在紙上；接著埋下頭，將一張清瘦寡白的臉貼在墨汁上。他的淚水和墨汁一起順著宣紙不斷地往下流；婷婷走過來，看見滿地的墨汁，正如出事那天看見媽媽滿地的鮮血……

二〇一七年十二月十三日定稿於香港

公寓平弧形的陽臺，從陽臺看出去就是那片大海。他經常一動不動地站在陽臺上，眺望遠處的海和燈塔，有時候吸煙或喝點什麼，然後回客廳坐著。他散步、站在陽臺上、再回到客廳坐著……。時間已經過去一週了，他不願意想任何具體的事情；一些事情試圖抓住他，但他都躲掉了。他躲掉的方式僅僅是什麼都不想，什麼都不關心；也不思考，不回憶，不搭理。這讓他像是一個死了的人，死讓他躲掉了一切，包括空虛、絕望和痛苦。亡國破產與他何干？公寓裡是一片白，牆、窗簾、門、地板、床罩全是白的，白得像一張人臉，一所醫院的病房和一段去了皮的歲月。客廳中央懸掛著一盞吊燈，吊燈的燈光是黃色的，這是他唯一感到熱烈和溫暖的東西。他經常在夜裡醒來，然後不再上床，而是坐在這盞黃色的燈光下，黃色的燈光讓他想起他故鄉的橘園。從海面上吹來的風是淡藍色的，有一股莫名的腥味，讓人想到鯊魚和血。而他的夢，他在這套公寓裡的喃喃自語是各種雜亂、細碎的顏色，其調性有時是黑色的，有時是紅色的，有時卻是一片髒了的雜色。瞧，海面上、天空上到處都是漂浮物，包括他的往日與未來，也包括這幾天他在這套公寓裡的生活。他彷彿剛經歷了一次海難，觸目所及都是海難過後寂寞、空虛的漂浮物……。到了第八天，他開始想說話，他覺得他一定要找一個人來說話，一個陌生人，和他說一些遙遠的、無關緊要的事情。當然，他已經不需要任何所謂外面的資訊，關於天氣、關於一隻雞或一頭牛死了；也不需要任何人給他提供資料、思想和觀點，或勾起他的回憶。於是，散步之餘，他會偶爾去附近的酒吧打發時光。他在酒吧認識了一個女人，一個全職或兼職的酒吧經理，三十來歲，嬌豔無比。她過來跟他說話：「先生，你在等什麼人吧？」他的確在等一個人，但等什麼人、那人什麼時候來、到底來不來他全不知道。她咯咯地笑了，她身上的風塵和假睫毛在她笑的時候掉在了大理石桌面上。她說：「我也一樣，也在等人。」他沒有說話，也不再看她。他覺得她在開玩笑，他認識她，和她說話就是在開玩笑。他的目光空洞、迷人，可與她無關。他的眼神是一種長期沉陷在空蕩蕩的日子中的眼神，這眼神讓人感覺到他眼前的生活毫無意義。那是一種沒有欲望的眼神，但似乎又在留意什麼，想抓住什麼。她問他是不是在等一個可以陪他的人。他說他曾經買過許多東西，但都堆在房間裡沒有用過。「所謂的陪也是這樣吧。」「可你畢竟還是買了那些東西。」她說。他面無表情地點了點頭，說他也不知道自己為什麼要買，又為什麼從不打開。「所以你需要一個人陪，你還有好奇心和占有欲。」她說。他承認（雖然稍稍有一點吃驚），但既不點頭也不說話。他知道這個女人正在向他兜售什麼，他既不厭惡也不搭理；他也知道他最終可能會莫名其妙地買她的東西，但買了也會照舊不用。他已經不缺東西了，他也沒有打開東西的欲望。「陪……」他的嘴唇很輕微地動了動，發出這個詞，就像困在沙漠中的人動了動嘴唇說「水……」一樣。他完全是一個夢人，一個臨死之人，也只有這樣的人才不會討價還價。「也許我可以幫你描述一下你在等的那個人。」她說。他依然沒有搭理她。他們之間似乎隔著十萬八千里，但分明又近在咫尺。他們挨得越來越近了，她似乎在對他耳語：「我懂什麼叫陪，再也沒有人像我這樣懂了。」接著她掏出手機，在他面前一頁一頁地翻。手機頁面上出現了一個又一個年輕的女人，千嬌百媚，儀態萬方。「好女人都在我這裡，別的地方根本找不著。」她說，她的嘴幾乎貼在了他的臉上。他依然面無表情。他的眼神依然是空蕩蕩的。這時，她的手開始輕輕地撫摸他的褲子，她說：「這真是一身出奇貴、出奇高雅的行頭呵！」接著她又撫摸他的外衣、襯衣和袖扣。「這麼貴的衣服怎麼可能穿在一個普通人身上呢？」「先生，我懂的，我懂得你的來歷，也懂得你要什麼。以前我也有過你這樣的客人，他們都從我這裡暢飲過歡樂。」她說。他的目光慢慢地從遠方回來，最後停在了她的臉上。她的臉精緻、漂亮，但同樣是海難過後的漂浮物。他從那張臉上彷彿看見了自己，而他最討厭的就是他自己。她猩紅的嘴唇越來越近了，幾乎貼在了他的嘴上。「瞧，這是一張多麼夢幻，多麼性感的嘴呵！」她說。她的手在他的嘴上輕輕滑過，指甲上塗了一層粉綠色的指甲油……。接著，她細長的手指又滑到了他的臉上和脖子上，就像鋼琴師的手指在琴鍵上滑動；她在他的身上發出了遙遠的女巫似的囈語，而且，眼看著就要伸到他最空虛的地方了。在那裡，她將聽見一聲長久壓抑的哭聲。她說：「陪……，還有誰像我這樣懂得陪呢？」緊接著，她的手指又輕輕地滑動手機頁面。他空蕩蕩的目光停在了一幅頁面上，她看見他的眼神很微妙地顫抖了一下，她又一次咯咯地笑了，她說：「你可真是個老行家，可是不行，她不行……」

接下來的兩天他照舊在海灘上散步。

有一次他坐在一塊礁石上，眼前的海是一片黑色，黑得像他內心的世界。他低聲哭了，他想起了一二七九年前他那個朝代的文明，想起了他的父皇德祐皇帝，也想起了他的左丞相陸秀夫。「國事如此，陛下當為國死……」陸秀夫說。他抱起他，以匹練束身，從容投海……，之後就是一個殘敗帝國的滅亡和漢文明的破碎……。可這一切與一個九歲的孩子何干？陸秀夫問過他想要一種什麼樣的生活嗎？他以一個亡國之君的殉難成全了陸秀夫的一世英名，自己卻連名字也沒留下。沒有人知道一個九歲的國君長什麼樣？他們以為他什麼都不懂，什麼都不知道。的確，一個九歲的男孩不懂亡國之恨。陸秀夫抱著他葬身大海時曾說：「陛下，如果有來世，千萬不要選擇做一個殘敗之國的國君了。」他還說：「做一個文人太愁苦，做一個國君太無辜，做一個農民太辛勞，做一個手藝人又需要靈性和祖傳的技藝。所以，選擇做一個商人吧，選擇一種簡單、快樂、富裕的生活吧。」他聽進去了，他點了點頭。於是，他通過穿越進入了一個商人的軀體，並跟這個商人一起在不久前澈底破產。

……眼看著就要走投無路了。他坐在這塊礁石上，眼前的海依然是一片黑色。他想起他身體裡的帝王之心，那是一顆多麼無辜、飄浮和悲涼的心呵！他也想起了拜占庭和埃及女王；女王駕到，整個城市捲入了風暴之中。於是，又是若干個世紀的苦難與漂泊。他還想起了克里特島，想起了威尼斯的風情與浪漫。這些都是他作為一個商人曾經遊歷過的輝煌古城；在這些古城裡，他聞到了腐爛的氣息、墜落的詩意、糜爛的宴席和肉體的芬芳。他也想起了他的故鄉。他的故鄉在千里之外的廣闊平原，之後亡國了，淪落到了美麗淒婉的杭州。他曾經是一位太子，一個國君，一個敗國的人質和道德的囚犯，也是一個哲人和可憐的詩人。他以一個商人的財富餵養著住在他身體裡的這個國君、哲人和詩人，也以一個商人的腐朽模樣苟活於人世。他的肉體腐爛過，眼睛也不知道瞎了多少年了，可不久前偏偏又恢復了光明。他一度似乎很想看看這個世界，這個讓他潰敗的世界；他一半是吟誦，一半是亡國。他在海流中不知漂浮了多少個世紀，最後住在這個無辜商人的軀體裡，現在卻以一個臨死之人的絕望與悲傷在這塊礁石上哭泣，他的凡塵之軀將再一次承受時間的切割之痛。夜已經很深了，黑夜中只有他的哭聲在迎向寒冷的風。他繼續在礁石上坐著，直到完全哭不出聲來，直到夜色越來越詭異地把他再一次拋向大海。他昏昏沉沉地在海流中漂泊，完全不知道自己的位置與方向。最後，他似乎又漂回到了那片海灘上，沿著海灘他又回到了那套公寓。他依然坐在那盞黃色的燈光之下，直到天空出現了曙光。天完全亮了，他上床，讓自己沉陷在睡眠之中……

晚上，他醒來，再一次來到那個酒吧。酒吧經理也再一次來到他的身邊。她說：「你可真是個老行家，怎麼會在眾多佳麗中一眼就認出她來呢？」他知道她的兜售就要成功了，他熟悉她這一行的技藝，同時決定成全她，在一種完全順從的狀態下以一顆衰老平和的心成全她。她感覺到他的目光不再那麼遙遠，以前冷漠空洞的眼神似乎也柔和起來。她說：「我跟她提到你，她說她熟悉你的生活，也知道幸福正在路上。一個喪魂落魄的人需要快樂與愛情。當然，那正在來臨的幸福不能由她一人獨享。所以，如果有誠意，你們就先加為好友吧，我呢，也該到了祝福你們的時候了。」她說完，又給他看了她若干照片和視頻，真是說不出的嬌媚與風情！「她是一名藝術家，也是一名演員，當然，她首先是一個美女。她的美，她的氣質、天賦與靈性都是世所罕見的。當然，如任何一件珍稀罕見的寶物一樣，她的價格不菲；你呢，還得先給我付一筆誠意金……」

當然，他瞭解，一個亡國破產之人怎麼可能不瞭解那點小錢呢?他付帳，於是，她來了，帶著一個巨大的旅行箱來到了他的公寓。酒吧經理說：「她不僅美得驚人，而且，對愛情、對生活都有自己很獨特的見解。」她祝他們開心。「好吧，留下吧。」他空蕩蕩的眼神中有某種東西在回答。她留下了，為他沏了一壺好茶。她在走進來的那一瞬間就已經當仁不讓地成了這套公寓的女主人。她的確很美，有某種廢墟或風暴的氣味，既模糊不清又來歷不明。他說，如有任何不如意的，他都可以請她立即離開，而且，合同隨即終止。他對她強調這一點僅僅是為了避免發生不愉快的事情。她嫣然一笑，她的嫣然一笑中包含著她的自信。她的自信同樣來歷不明。「那是當然。」她說。接著又問他是否有某種特別的癖好、傾向與要求，他搖了搖頭，說：「我只是如合同所說，十天之內可以任意支配你的時間。哪怕在深夜，在你熟睡之時，也有權支配你。當然，你隨時都可以再睡，也可以藉睡眠來迴避你不願意做的事情，正如任何時候我都有權叫醒你。」這是他一段時間以來說得最多也最完整的一句話，他似乎覺得他作為商人的面孔又復活了，他又回到了現實之中，這是他最不願意看到的。他的這一面沒有任何情感與生趣，可他又拿情感與生趣來做什麼呢？她聽他說完，只是淡淡地笑了笑，然後當著他的面整理起她的旅行箱來。她淡淡的一笑讓人覺得難以捉摸。她打開箱子，拿出了幾乎最完備的性具和若干套服裝，還拿出了一隻骰子。「你可以通過擲骰子來選擇並決定我一天的角色。服裝之中有女僕裝、護士裝，以及空姐、警察、稅務官、法官和檢察官的制服，當然也有學生裝、少婦裝和孕婦裝，甚至還有不同朝代的戲服。你每天可以擲一次骰子，我會根據你擲的骰子進行角色扮演。」她說。她說這話的時候是很認真、很敬業的。可是他哭了，他埋下頭，低聲哭了起來。這顯然是她未曾料到的，她只是在向他介紹她的服務內容而已，而服務內容也可以商量和調整。她想不到一個經歷如此豐富的老男人竟會這樣容易哭。他在那盞黃色的燈光下哭得縮成了一團。她走過來，抱住他，讓他躺在她的腿上。她的腿修長、迷人；她無比溫柔地抱著他的頭，輕輕地撫摸他的頭髮與臉頰。她的撫摸彷彿某種吟唱。他慢慢地平靜下來。他平靜下來後一個人走到了陽臺上，他再次站在那裡一動不動地眺望著那片大海。她呢，獨自一人輕輕地出門去了。傍晚，她回來，帶回了鮮花和水果。他依然一動不動地站在陽臺上；她在廚房和客廳默默地忙碌著，公寓裡很快就有了新的格調與氣息；瓶子裡已經插滿了玫瑰和香水百合，餐桌已經擺好。她輕輕地走到陽臺上，像一隻鳥兒一樣依偎在他的身旁。黃昏可真美，海面上落滿了五彩斑斕的霞光，一抹紅雲像一隻鳥一樣在空中張開了翅膀。「真美，像夢一樣！」她輕輕感嘆道，彷彿連自己也融入到了那片霞光之中。……接著，他們一起走到了餐桌上，她吃飯的樣子十分優雅。可他們都沒有說話。語言會帶來一切，也會毀滅一切。晚飯之後，他繼續坐在那盞黃色的燈光下，他一個人坐著，她在一旁安靜地看著一天的生活就這樣慢慢消逝。她問他是否需要洗澡，她願意幫他。他有些遲疑，但並未拒絕。她讓他舒服地躺在溫暖的浴缸裡，不斷地撩水為他洗浴。她洗了他的每一寸肌膚和每一個部位，也瞭解了他身體的特徵。他的皮膚衰老卻光潔，他神祕的毛叢中靜靜地躺著一隻孤單的小鳥。令她驚奇的是那隻小鳥完全是一個小男孩的模樣，那麼小，那麼純潔，那麼羞怯，它羞怯的樣子可真像一個滿臉通紅的小男孩。她不斷逗弄它，想看一看它振翅一飛的姿態；同時也感覺到了自己身體的灼熱。她無限嫵媚地看了他一眼，他的眼睛正輕輕地閉著，彷彿在冥想，又彷彿在沉醉。她低下頭，用她的嘴去愛它，去愛那隻不屬於他這個年紀和這個時代的小鳥。它畏縮不前，像一個犯了錯的小男孩一樣躲在她的手裡。這時，她聽見了一個蒼老的聲音，那不知來自何處的聲音婉拒了她。他從浴缸裡站起來，回到了那盞黃色的燈光下面。他一直在那裡坐著；她走到陽臺上，看見那片海和海面上倒映著的滿天繁星。之後，她打開床單，在床上躺下，她深深地睡著了……

顯然，他的身體裡至少住著兩個人——九歲的小男孩和四十八歲的老男人，亡國之君和破產商人。除此之外，他其實還有多個自我隱藏在不同的地方。那些地方和那些不同的自我他並不熟悉。他也不知道剛才那個蒼老的婉拒的聲音經由何處而來。她睡了，他卻在黃色燈光下失眠了……。深夜，他忍不住走進臥室，躺在了她的身邊。他默默地感受著她身體的起伏，她的乳房在她平躺的身體上發出了微微的光亮。他忍不住叫醒了她，她乜斜著一雙睡眼和他一起坐在了那盞黃色的燈光下面。他問她是否願意在這個失眠之夜和他說說自己的童年與愛情。她笑了，再一次乜斜著一雙睡眼令人悵惘地笑了。她說可以，但她想先知道他為什麼長了那麼一隻嬌嫩、羞怯的小鳥，看上去就像還沒發育似的。他想說：「它本來就沒有發育，一個九歲的小男孩的性器怎麼可能不純潔、不羞怯呢？」可他沒說，他怕他同時會說出崖山之戰，甚至會說出他就是那個九歲的亡國之君。那可真像是一個謊言似的，她一定會哈哈大笑，會笑他是一個連故事都不會編的人。所以他的解釋應該符合常理。「沒什麼，有些人、有些事、有些東西在一定的時候就會返老還童。」她果然大笑起來。「返老還童？你的性器會返老還童？」他說是的，但他自己也不理解這種現象，他承認這聽上去多少有一點兒荒誕，可它的確已經返老還童了，成了一個九歲的男孩無比幼稚的性器，這讓他自卑和無地自容。說這話的時候他突然嚴肅和傷心起來。他又說他真沒想到他活到四十八歲，身體最重要的器官竟會發生如此重大的變化，一個九歲男孩的性器竟然長在了一個滿目滄桑的老男人身上。她又一次哈哈大笑，她問：「九歲？你確定它才九歲？」他說：「是的。」「好，九歲，我們就來說說九歲吧，我的童年正是在九歲那年結束的；從那年起，我就成了一個既美麗又古怪的小婦人，我再也不是一個兒童了。」「在舞蹈課上，他先是用手指伸進去，然後就用了他十分難看的生殖器！」……她哭了，她的哭聲讓他覺得滿天繁星都墜落下來了，夜也變得無比漆黑。他忍不住問：「他是誰？」她說是她在少年宮的舞蹈老師。他跟著也哭了，他又一次想到了陸秀夫，他的那位左丞相抱著他，以匹練束身從容投海，他當時也是九歲。這讓他覺得十分傷感。「從此，我看見的便只有性器，除了性器，我不知道一個男人身上還有什麼？」她說。「至於愛情，就只能是性器上的一支又一支舞蹈罷了。我是一位演員，也是一位舞者，性器上的舞者！」她說。她的哭聲已經停住，她的臉又變得像雨後的桃花一樣鮮豔，她一直喜歡桃花輝映的夏天。「從此，我就成了一個獵豔者。」她說。這句話讓他久久地看著她，也讓他回憶起了他自己的桃色生涯。「我是一個喜歡豔遇的人。」她繼續說。這句話與他寫過的一篇文章何其相似！

「我是一個喜歡豔遇的人。人活著，總得有一些意外之喜；豔遇讓我的生活多少有了一些戲劇性的變化，也讓我的人生有了一些舞臺效果，就像光突然照亮了一棵光禿禿的樹一樣……」

「我給豔遇下的定義是——偶然的、不期而至的、純屬肉體的快樂。這當然不是一個學術性的定義，也不能囊括所有人的獵豔經驗。可豔遇發乎自然，它的美是天然的，它的快樂是意料之外的，這一點應該不會產生太多的歧義。我因此認為不可能編一本豔遇指南之類的小冊子，以給那些渴望豔遇的人以必要的指導。豔遇需要天賦、經驗與機緣，但更重要的是要有一顆活潑的獵豔之心。你得讓自己隨時隨地都處於與陌生人戀愛的狀態，成為一個精神飽滿、嗅覺靈敏、行動果敢的獵豔者。不過我這樣說很容易讓人將獵豔理解為一個行當，似乎獵豔也需要入行，也有高下之分。我當然相信獵豔者的世界既有靈異之人也有愚笨之人，一些獵豔者還將其技能演化成了某種傳奇。可我只是一個普通的、喜歡豔遇的人。我也不同意將獵豔當作是一個行當，獵豔不是一個行當，而是一種熱愛。……」

「如果你是一個有獵豔天賦的人，那麼你的身體就會隨時向四周發出信號。要知道你所處的任何環境都會有像你這樣渴望豔遇的人。甚至可以說所有環境中的所有人都是潛在的豔遇分子。所有的人都有一顆潛伏的獵豔之心。因此，當你的獵豔之心活潑、強大，並帶著某種激情、風度、幽默感和詩意時，豔遇就有可能隨時發生。記住，任何豔遇都一定是簡單的、直接的，甚至於是無障礙的，複雜的東西產生不了豔遇，它只適合愛情、婚姻與法律。這也是我喜歡豔遇的原因之一。作為一個喜歡豔遇的人，我會對那些複雜的東西說：「見鬼去！」不錯，任何複雜的東西都會讓我們傷神，甚至於丟掉半條性命、一多半家財、一部分好名聲和幾乎是全部的平靜生活。那些為戀愛而哭的人，為婚姻而吵鬧的人是多麼地愚不可及！

很多人都持和我相同的觀點。當然，也有人既要愛情，又要婚姻，也要豔遇。他們有家，有情人，還有豔遇。這樣的人運氣比較好，對自己也有信心。但他們一定是一群危機四伏的人，不需要太久，他們就可能被列入不幸者的名單。因為他們不單純。人不能什麼都要，要多了就會遭雷劈。……

因此，如果非要編一本豔遇指南之類的小冊子，我能給出的第一條忠告就是：熱愛豔遇並成為一個單純的獵豔者。我並不反對多次消費，同一場豔遇也可以多次發生。但要弄明白界限，要守規矩；否則，它就可能向情人或婚姻方向轉化，並美其名曰「金玉良緣」。這會讓許多人都犯同樣的錯誤——將本來僅僅是一次性消費的豔遇變成一輩子的事情，將單純的肉體的快樂變成了情感、財產與法律的糾紛，從而產生交易、陰謀和沒完沒了的吵鬧……。何必呢？肉體的快樂當然越新鮮越好，肉體從來不具備經久耐用的品質，更不能在同一個人身上反覆不斷地使用。當你違背這條規則時，你必將——要麼絕望，要麼進入婚姻的死胡同，你也會因此成為一個貪心者和不明智的人！」

……

當然，他沒有和她談這篇文章。他們的交往尚淺，不可能涉及寫作這樣深層次的話題。寫作是隱祕的、觸及靈魂的。可他們顯然已經對彼此產生了同情，他正以一個四十八歲的老男人的孤獨與憂傷面對著她，她講了她的故事，讓他對她產生了無比的憐惜，他突然產生了與她深情相吻的衝動。他看著她，她的身體在那一瞬間變得無比柔軟，她彷彿同時聽見了他的耳語：「讓我擲骰子吧。」她說：「好！」她根據他擲的骰子，換了一身學生裝，這讓他多少有些驚訝和無措……

天亮的時候他們都睡熟了。她以一個女學生羞澀的幸福依偎著他，讓他覺得熟睡真好，熟睡對於一個四十八歲的男人是一件多麼奢侈的事情。他一直睡在第二天下午，而她早醒了。她穿了一件白色的薄呢長裙去超市和農貿市場，她買了很多東西，一回來就在廚房忙。她煲豬肺湯，還買了他最喜歡的青口[1]。她的廚藝一向很好，這是她真正熱愛的生活。她一生的夢想就是這樣安安靜靜地給她男人煲湯。如果這時候他醒來，她一定會讓他感覺到幸福，她也會很幸福。她眼含熱淚，陶醉在不知誰人編織的夢幻之中……

天又黑了，可他分不清自己躺在什麼地方。他聽見了滿城的吶喊與哀嚎。城池是保不住了，他和他的大臣們都已經喪魂落魄。陸秀夫找來了一輛馬車，可他跑掉了。他跑回他的宮殿，在一片廢墟中拚命地尋找什麼。還有什麼可找的呢？大臣和宮女都逃走了，宮殿已成廢墟。可他真找著了，是一隻螢火蟲，先是一隻，之後是好幾隻。他將好幾隻螢火蟲捧在手裡，他的手一下子變得透亮。看，亮起來了，先是他的手，然後是他的身體。他的身上和四周的殘垣斷壁飛滿了亮閃閃的螢火蟲，他的宮殿變得無比透亮。他哭了，他在一片透亮的螢火蟲中迷路了。可這正是他想要的，他寧願迷路也不願意逃亡，更不願意和陸秀夫一起跳海。那是陸秀夫的事，是陸秀夫的忠貞與律令。大海多深呵，深不可測的海底多冷呵，他寧願在那片亮閃閃的螢火蟲中被某個宮女領走，從此隱身在百姓之中。……

他這樣想著，就覺得自己既勇敢又幸福。可事實上他現在只是在一個商人的公寓裡，勇敢與幸福都只是他在另一個朝代的夢囈。他躺在這間公寓裡，躺在另一個朝代的黑夜，以一個衰退了的商人的嗅覺聞到了從廚房飄進來的香味。那是他喜歡的豬肺湯的味道，湯裡有花生仁、干貝和西洋菜。她進來了，輕輕地走到他的床前，「你醒啦？」她問。

「醒了，好長一個夢。」他說。

---

1 青口，即孔雀蛤。

「嗯，我也是。你夢見什麼了？」

「夢見了一個女學生。」他說。

「那不是夢，那是我們昨天晚上的愛情與生活。女學生就在你面前，她現在換了衣服，成了一個幸福的主婦。起來吧，她已經煲好了你喜歡的豬肺湯。」

他起床，走出臥室，但沒有坐在餐桌上，而是坐在客廳中央的黃色燈光下，他還在發呆，他的夢看上去還沒有結束。她陪他坐在黃色燈光下，讓他依偎在自己懷裡；她的坐姿優美無比。他依偎著她，緊貼著她的乳房，她含著豬肺湯一口一口地餵他，這讓他覺得愛情有時候真的是存在的；幸福就在眼前，他也可以這樣幸福地活下去。

「昨晚……好嗎？」他問。

「好。」她說。

「喜歡嗎？」

「喜歡。」

「可是你並沒有進去，你為什麼就那麼固執地不進去呢？」過了一會兒，她又說。他看上去並沒有聽見她的話，他的目光再一次沒有了中心。

「我喜歡你九歲的樣子……」她喃喃自語，然後又躺下了，她平躺在那盞黃色的燈光下，用她美妙的線條面對著他。她的聲音多麼色情！他明白了她的意思，她渴望他進入。可他走開了。「九歲！……」她的嘴唇微微張開，輕輕地發出了這個詞。他並沒有理睬，而是走到陽臺上，再一次站在那裡一動不動地眺望那片大海。之後他出去了，他在夜色中繼續沿著那片海灘散步，把她孤零零地留在了那盞黃色的燈光下……

「再說說豔遇吧，說說那些人生中最美妙的事情。」她說。他回來了，又坐在了那盞黃色燈光下，他可真是一個夢人！而她似乎一直在等他，他無情地把她撇下了，她也依然在等他。「好吧。」他笑了笑，迎向她殘餘的、所剩無幾的情色的目光。他沒有解釋他為什麼突然就撇下她走了，對於他如此無禮地撇下她，她似乎也無所謂。他付錢求歡，似乎也無須解釋。

「那一年我住在浙江的某個山村……」她的話讓他想起了他的第一次豔遇，他的神情突然間變得甜蜜，他甚至於要講自己的故事了。

「我已經記不清我去那裡幹什麼了，是旅行？流浪？還是逃避？……都記不清了。總之，那一年我住富春江畔的某個美麗的山村。」

「那次豔遇始於一個山村，始於一次夜間散步……」

「我總是白天做夢，夜裡散步；現實不過是我夢中的某個場景！一個人在夜裡散步是一件多麼奇妙的事情呵，塵埃落盡，空氣清新，渾濁的自我變得空靈而完整……」

「那個晚上月光如洗，我獨自一人走在山路上，邊走邊輕聲哼唱我熱烈的《卡門》序曲。那可真是心胸舒次，如夢如幻，我全身心都融入在了月色之中……」

「正當兒，一輛汽車在路邊停下，從車上下來了一個女人，一個修長、清瘦的少婦；她像是剛從遠地方回來，要回村子裡去。她下了車，一身雪白的長裙像一隻紙鳶，在我前面輕輕地飄著；月亮照著她的影子和她那顆十分寂寞的心。我在她身後繼續哼唱著《卡門》序曲，我的影子和她的影子挨得那麼近。我的身影也如紙鳶一般，兩隻紙鳶在月色之中優美並行……。這讓我突然就產生了一種詩意與激情，禁不住在她身後大聲唱了起來。我在她身後大聲唱起了《卡門》序曲。月光下的山間小路飄蕩著我的歌聲，山上的小鳥先是凝神靜聽，之後也跟著我唱了起來。眾鳥齊唱，迴蕩在山山嶺嶺。而她居然隨著我的歌聲跳起了舞來，是《卡門》中最經典的弗蘭明戈舞。我驚倒了，情不自禁地跟上她的節奏，和她跳了起來。我邊跳邊唱，整個山谷都飄蕩著我的歌聲和我們的舞影。我們本來是路人，卻在剎那間相愛了。我跟著她回家，踩著咯吱咯吱的樓板，到了她二樓的臥室。我打開窗戶，迎著月色和她瘋狂做愛。那時，漫山遍野都在無聲地響徹《卡門》序曲……」

「那一年，我十九歲，在另一個城市還有一個熱戀中的女人。我們喜歡在太陽曝曬下做愛，我們的身體一直灑滿陽光的粉塵。……發生在富春江畔的豔遇並沒有影響我們的愛情。我們繼續戀愛。可在以後的歲月中，每當我和我的女友肌膚相親時，我的耳邊就總會響起那支月光下的《卡門》序曲和咯吱咯吱的樓板聲……」

她抑制不住地笑了起來——「《卡門》～」「咯吱咯吱的樓板的聲音～」「烈日曝曬下的愛情和月光下的豔遇～」「兩個紙鳶般的身影～」……她邊笑邊說——「真是笑死我了！我想到的卻是《聊齋志異》裡的女鬼……」他明白她為什麼笑成那樣了，她想到了《聊齋志異》裡的女鬼，這正是他心馳神往的。他也跟著她大笑起來。最後她停住了，她問：

「那個時候你的性器也只有九歲嗎？」

「不，它十九歲，已經是一位能征善戰的勇士了。」他說。

「好吧，勇士！」她再一次哈哈大笑。「那麼你現在要不要換一個角色，將山村少婦換成高空飛行的美麗空姐呢？」她滿目生情，熱烈地問他。

他愣住了，他愣在那裡變得十分茫然，他的目光再一次失去了中心。

「現在我明白了，你很早以前就已經是一個臨死之人，這是你的天賦，你總是讓自己沉陷在各種幻覺中，你的幻覺讓你的生活變得乏味和醜陋，你真是生不如死……」

「瞧瞧你的眼神，瞧瞧你那雙毫無生氣的手，你的生活是多麼地令人絕望呵！」她說，她說這句話的時候是譏諷的，也是洋洋得意的。他又一次哭了，他覺得她的話已經讓他變得面目猙獰。

「好了，沒事的，我來就是陪你的，無論你有多絕望我都會陪你。」她說。她輕輕地撫摸他，安慰他。他在她的撫摸下睡著了，可他是心有餘悸的……

連續多日，兩個素昧平生的人在那套封閉的公寓裡相互安慰。他們白天睡覺，晚上求歡。他們在歡樂中展示無比複雜的內心活動。這些活動既滑稽又衝突——他正在死去，她阻止他去死，也阻止他絕望與瘋狂；她正在相愛，他阻止她去愛，也阻止她幸福……。但總的說來他們相安無事，多數情況下他們配合默契。她可真是訓練有素，能隨時調整自己的角色去適應他不同的狀態與心情。她說：「所謂豔遇就是那些完全不對回憶貢獻價值的肉體的歡樂。」他表示同意，說這真是一個深刻的觀點，但又強調人不應該承受太多的回憶。「生活已經夠難的了，不應該再被回憶折磨。」他說這句話的時候顯得既睿智又憂鬱。

「有時候我能記住快樂，卻怎麼也記不住他的臉。我多想記住一張人臉呵！」她說著說著就又哭了。他表示深切的理解與同情。這是豔遇者的共同處境，當然也是一種不幸。

「你覺得你愛過嗎？」他問。她撲哧一聲就笑了，她的笑容淚痕未乾。

「愛過呵，在某個瞬間我甚至會產生為他而死的欲望。」她說。

「那不是愛，那只是快感！」他說。

「好吧，那我就得承認我從未愛過。而且，你也一樣，我們都是不愛的人。」

「我曾經想過有一個固定的男友，我們彼此忠誠。可是不成，我只能和一個人建立短期的契約關係，就像和你一樣。」

「正是這一點讓我們走到了一起。」她又說。

他明白她的話，她是一個職業獵豔者，獵豔是她的行當。可他不行，他反對將獵豔當作一個行當，而這正是他比她更悲哀、更絕望的地方。

於是他提議去尋找兩個不愛的人相愛的可能性。她又一次咯咯地笑了，她說：「你可真是一個老天真！」

「好吧，我願意和你一起去嘗試……。其實我穿那身白色的薄呢長裙去超市買東西，又每天給你煲湯就是在嘗試。」

他說，他明白，但那是不夠的，還需要別的嘗試。好吧，他們繼續嘗試各種新的角色，可是沒有用。任何一種角色扮演都缺乏真心。她每次都大汗淋漓。「我盡力了。」她說。他承認他們最終都很失敗。

「也許我們早就把愛給弄丟了，那是找不回來的；愛與努力無關，與大汗淋漓無關。」他說。真是無可救藥！他們連記憶的每個角落都找遍了，他們的記憶和他們的內心一樣都是空的。她承認，可她又說：「何必多此一舉呢？你不覺得要是真找到了愛，我們的生活將會更絕望嗎？」

「那是肯定的，愛就是為了更深地體驗絕望，一個人沒有愛是不可能絕望的，他頂多只會空虛。」他說。

「好吧，那我寧願不愛，我害怕絕望。」她說，她說這句話的時候又咯咯地笑了。

「愛也許會賦予生活以意義。」他又說。

「我也不需要意義。」

她說，她說完他就哭了。他覺得他們的對話已經將他們的悲哀澈底地暴露出來。可這就是他們的生活，他們不知道自己從何處來，又向何處去，他們只是在玩角色扮演。

……

他繼續和她待在那套公寓裡。他們一起睡覺；當他一個人坐在那盞黃色的燈光下時，她依然會陪他。他總是陷在不斷的空虛與絕望之中；她照舊穿著那身白色的薄呢長裙去超市，也照舊給他煲湯。客廳和餐廳的花瓶依然盛開著玫瑰和香水百合。穿上那身白色的薄呢長裙時她可真美！可他置若罔聞。他對她的美熟視無睹，而且是有戒備心的。他每天都和她在不同的角色中做愛，但他從未真正進入過她的身體。他九歲的性器依然是純潔的、羞怯的，這讓他顯得越來越滑稽。不過他也因此感覺到了某種平衡，他似乎覺得還有某個自我在他的身體裡對他保持忠誠。然而，最近兩天他似乎越來越空虛、越來越焦灼了。他好幾次都想攆走她，他覺得她已經成為他的一面鏡子，她讓他看見了自己漆黑的內心。可他不敢攆她，他已經不敢再一個人回到那套公寓裡去了，他不敢再獨自面對自己。到了第九天，焦灼已讓他幾近於崩潰。焦灼同時帶給他恐懼，他似乎覺得有什麼事馬上就要發生了。死亡已經臨近。他再次獨自一人沿著那片海灘散步，他覺得他必須要找一個沒人的地方去大吼幾聲，就像十幾天前他必須找一個人說話一樣。他又一次坐在那塊礁石上，黃昏在海天之間燃燒，空氣中有一股難聞的糊味。他在這股糊味中令人窒息地聽見了一陣哭聲，是那個九歲的亡國之君在他身體裡哭。他邊哭邊說，他說他終於到了要與他告別的時候了。自從陸秀夫抱著他投海以來，他已不知投過多少次胎了；他投胎當過農民、當過武士、當過羸弱的詩人，也當過英雄和謀士……一個亡靈必須以一個活人的靈魂為食，一個人要是死了他就得重新投胎。任何一個活人都不足以餵養他，他只得不斷投胎、不斷漂泊，這可真是痛苦之極！……他哭得如此傷心，他無比驚訝地聽著他身體裡的這陣哭聲，同時感覺到身體的某個部位正在斷裂，他再也支撐不住了，他昏了過去……

醒來的時候他已經回到了那套公寓裡，她讓他依偎在她的懷裡，無比憐惜地看著他。她不知道他在海灘上發生了什麼，他的臉已變成死灰色。他看著她，他說今天他想要她。她點了點頭，她知道這可能是他最後一次愛的機會了。她讓他擲骰子，她根據他擲的骰子換了一套法官的制服。他看著她無比莊嚴的樣子，臉上露出了一絲無力的苦笑。他說：「也好，是到了該判決的時候了。你將代表生活對我判決。」「不，這也是你對生活的判決，任何判決都不會是單向的。」她說，她的制服誘惑中包含著對他的理解、憐憫與鼓勵。他點了點頭，然後用他那雙毫無生氣的手撫摸她；他的手透過制服感受著她身體的曲線，那美妙的曲線也無比默契地纏繞著他的身體。她開始呻吟了，她的呻吟從她身體的最深處傳來，在他的纏繞中綻開，同時召喚著他的愛欲。那強大的愛欲如乾河漲水，先是在遠處，緊接著就在眼前發出了陣陣轟鳴。她躺下，在那盞黃色的燈光下打開了她的身體，他這才發現她的身體如此完美。「快來，快來！」他彷彿聽見了她急切的聲音，可正待他急切著要進入時，她制止了他，她說：「讓我看著它，看著它羞怯的樣子怎樣振翅一飛，看著它無比純潔地進入。」他含著幸福的淚水坐了起來，他讓她坐起來看著它進入。「啊……不，不，不是的，不是的！」她一坐起來就驚恐地大叫，同時很快就跳開了，站在一旁無比驚訝地看著他。他看了看自己，也驚叫起來——他的性器變了，一個九歲小男孩的性器變成了一個四十八歲的老男人的性器。「不，不行，我不要，絕不要！」她迅速跑開了，邊跑邊穿衣服。他一下子就明白了，她這麼多天一直渴望他進入僅僅是因為他長了一條九歲的小男孩的性器！可它現在變了，那個九歲的亡國之君已經離開了他的身體，頹敗的破產商人回來了。他無可救藥地在她面前露出他俗不可耐的性器，它看上去歷經滄桑，卻毫無生氣與指望……

第二天，她說：「我該走了！」她已經收拾好她的行李，那個巨大的旅行箱十分醒目地放在客廳裡。他一直坐在那盞黃色的燈光下，她走過去，在他幾乎僵了的身邊坐下。

「對不起，」她低聲說，「我知道你花錢請我來原本是為了讓我阻止你去死。可結果不盡人意，錢阻止不了一個人去死。」

「我得承認這是我最艱難的一次豔遇。我接到訂單時就已經聞到死亡的氣息。我來這裡只是因為我們太相像了，我看見你的絕望就猶如看見我自己的絕望。死其實早就開始了，死就是生活，是生活不為人知的另一面，它每天都在發生，每一次告別、每一次結束都是一次微小的死亡，這些微小的死亡匯集起來就形成了最後的哭聲。其實，真正令人悲慟的並不是死而是活著，我們正在一點一點消逝的生活構成了死亡的本質……」

他面無表情地聽她說完這些話，知道一切都已無可挽回；可他心有不甘，他問：「這九天之中就沒有過美好的事情麼？」

「有過，當我穿著那身白色的薄呢長裙去超市的時候，當我為你煲湯並眼含熱淚地期待你和我一起分享的時候，我感受到了日常生活的美好與幸福。可你完全熟視無睹。你那顆自私、麻木的心錯過了機會；我也一樣，很快我就發現這一切都只是我不經意之中的另一種角色扮演而已。我扮演了一個幸福的家庭主婦，扮演了日常生活，也扮演了愛情！……」

「好了，現在結束了，我們的合同也到期了，再也沒有人可以阻止你去死，你如果還想死，那就去死吧。」

她說完，就拖著旅行箱走出了那套公寓。她的旅行箱裝滿了行頭，她將去另一個地方進行角色扮演……

三天後，他死在了那盞黃色燈光下，他甚至再也沒有去過那片海灘。

二〇一八年六月初稿於香港
二〇二二年三月定稿於臺北

一小扇條窗

我們不逃避生活，我們迎向生活。

——〔德〕赫曼・赫塞

某天，導演說（鎮定自若地）：「將舞臺布置成看守所的一間號房。號房裡似乎縈繞著豪的聲音，他的聲音時斷時續，似有若無。他用一種空氣的聲音說在說話——」

「我看見了一個早晨，一個在回憶中不斷出現的早晨。我看見一片菜地，看見捲心菜裡有一條白綠色的肉蟲，肉蟲在有露水的菜葉上蠕動，外婆在水塘邊舀水，我一會兒看一眼捲心菜裡的肉蟲，一會兒看一眼水塘邊的外婆。我怕我看肉蟲的時候外婆會突然消失。她會突然不見！我用一根草莖挑了一下肉蟲，牠蜷了起來；我迎著外婆抬起頭，她剛在水塘邊挑起一桶水，她的身後是一輪紅日。我向她跑過去，想抓住那輪紅日，也想抓住外婆在水塘裡輕輕搖晃的影子……」

「人人都說我死了，他們當然可以這樣說，他們或許正在談論我的死亡，他們談論的死亡無外乎是指心臟停止了跳動。但我並沒有死，我只是穿過一片死亡的峽谷回到了外婆的村莊。穿過那片峽谷時我因為害怕而嚎叫過，他們把這種嚎叫說成是——歇斯底里。我當然看不見我歇斯底里時是什麼樣的，我當時正在關禁閉。但我能感覺到撕裂的痛苦，我的身體已經被撕成一片狼藉。之後我停止了呼吸，像做了一個夢似地回到了外婆身邊……

我十一歲離開那個村莊就再也沒有回去，在那裡，我得了一種皮膚病。『癢啊，外外！』——村子裡總是迴蕩著我的哭音（它是否就是我生命的源頭？）。十一歲那年外婆死了，我悲痛欲絕；之後我離開，四十年後又以死亡的方式回來。現在，天已經亮了，我跟外婆去菜地澆水，我們這兩個死人開始了我們的早晨。天邊已經出現了一片灰藍色的亮光，我看見了捲心菜裡的肉蟲，看見太陽像一個紅雞蛋，我拿著一個紅雞蛋蹦蹦跳跳到學校去。

可我已經不能蹦蹦跳跳了。我已經沒有手和腳，重要的是我已經沒有面孔。我活著的時候總想喚回我的靈魂，現在卻總想喚回我的肉體。連面孔都沒有怎麼到學校去呢（而且還要穿過九獅嶺那段可怕的山路）？三妹、董校長、前進表哥和唐家兄弟他們都不可能認出我來，他們肯定會害怕。為什麼活人總是害怕死人？很簡單，他們害怕死。活人將死描述成地獄，他們通過神話、故事、傳說和戲劇……，竭盡所能地渲染著關於死亡的恐懼，並將這種恐懼一代一代地傳了下去。活人關於死亡的各種描述讓他們世世代代都不得安寧。

外婆說：『你可以像影子一樣回去。』

我說：『外外，鬼是沒有影子的，您忘了嗎？您以前講了那麼多鬼故事，所有的故事裡鬼都是沒有影子的。』

『可你不是鬼啊，人死了也不一定都變成鬼（這句話很重要）。要是那個人還記得你，你的面容就會在他心裡，有沒有面孔你們也可以說話。』外婆說。

我想起來了，一個活人和一個面容模糊的死人也可以說話。我活著的時候就經常跟死了的外婆說話，也經常跟死了的紀德、卡夫卡、普寧、茨維塔耶娃……還跟K、傑羅姆、卡拉馬助夫兄弟、蘿莉塔……說話。我明白了，我可以通過聲音回去，那些聽見了我的聲音的人會跟我促膝交談。這個世界什麼也擋不住聲音。聽見聲音他們就會想起我的樣子來。於是，我通過聲音回到了那個村莊，回到了我以前的別墅和寫字樓，也回到了我死之前待過的那間號房……」

此時劇院一片漆黑，戲就要上演——

戲每天都在上演，你把我放在你的構思中去了嗎？

此時正是最深沉的黑夜，鐵門緊閉，號房裡的燈整夜亮著。陳三兒側身抱著「老大」，十八歲的小不點「老大」皮膚嬌嫩，他的一條大白腿露在外面。從左後側，小張的一隻手伸在陳三兒胸前，他一直在摸陳三兒的「大咪咪」。老宋還在磨牙；大通鋪上的呼嚕聲此起彼伏，陳三兒的呼嚕聲像是鬼叫。丙多次在心裡狠狠地說：「操，我真他娘的想殺了他！」丙是號裡失眠最嚴重的人，一個殺人犯，心事與眾不同，開庭那天，他說：「我沒什麼可說的，只求速死。」小郭子和丁在值夜班，小郭子站著，丁斜靠在牆上。陳三兒又放了一個響屁，小郭子捂著嘴奇怪地笑了……。監控室的燈不斷閃爍，一會兒紅一會兒綠；夜正深，值班民警睡眼惺忪地在監控室監控著一切，包括東倒西歪的睡姿、隨時可能的手淫、某種猥褻，也包括夢囈和大小便……。小郭子警覺地看了看四周，不動聲色地偷吃了一小塊饅頭，他的胃裡溜進了一股寒氣。老李又在夢裡罵人了，他的一根手指頭一直朝上豎著，整個後半夜他都在折騰，一會兒醒來一會兒又睡下。他似乎在半夢半醒中等待什麼。夜越來越深了，整個號房都在停滯，就像一列駛向地獄的火車在鐵軌上停滯一樣。火車要麼壞了，要麼在等待另一輛火車過去。另一輛火車未必駛向地獄，它或許乾脆就駛向了某個斷崖……，天堂在不遠處亮著一盞燈。老李似乎睡著了。「大咪咪……」小張口齒不清地嘟囔了一聲，他依然抱著陳三兒，陳三兒進號裡的第一天就有了一個跟他很配的綽號——「大咪咪」，正如十八歲的小不點得到了「老大」這個綽號一樣。小不點一出生就沒了媽，瘦弱的身體正在發育，卻已經滿頭花髮。「老大，來，摸摸雞兒！」他就自個兒摸摸雞兒……。夜越來越深了，小郭子和丁還在值夜班，他們的夜班排在深夜兩點至四點。丁斜靠著牆，他的哈喇子從歪著的嘴裡流了出來。嫌疑人的夜和所有人的夜一樣，無論多長、多黑都會過去。正在過去的黑夜不為人知，外面的世界正在熟睡，天眼看著就要亮了……

早晨六點，老李睜開眼睛，看著左上角那扇窄窄的條窗。條窗透進了一縷暗弱的亮光，他看著那縷亮光，心想今天應該是個晴天。

昨晚，夢撲閃了大半夜，從三點起他就沒有再睡實。夢像飛蟲一樣在夜裡撲閃；他的睡眠向來很輕，輕得連鬼也要踮著腳尖走路。鬼從他身邊走過，他笑了笑，繼續睡，可一直沒有睡實。他在半夢半醒中熬到了天亮。天開始亮了，天光將不可阻擋地進來，並帶進來一些自由世界的生息。

一個被夢攪亂了的人，在一片玉米地裡竄來竄去……

那是一片不斷哭泣的玉米地；夏天，玉米地一直在嗡嗡作響，他的臉上和手上全是玉米葉劃破的口子。他總是在那片玉米地裡竄來竄去，在那裡哭，之後，又總是被他奶奶領走……

「李隊，對不起……」

他明白，他當了十幾年的警察，不可能不懂規矩。他伸出雙手說：「沒事的，來吧。」還笑了笑。他們銬走了他，四個曾經是他手下的兄弟默默地把他押上了警車——他被捕了，一年之後判了刑，判決書上寫道：「協助他人運輸、販賣炸藥，係主犯。」他不服，正在上訴。

從那扇條窗回過頭，老李又看了一眼裝在空藥瓶裡的蛐蛐。裡面的蛐蛐應該還在。他晃了晃瓶子，輕輕地吹了一聲口哨——「噓」，蛐蛐還在。於是，他穿衣服、疊被子，動作很輕，但乾淨利索。在晨曦的微光下，他的被子疊得整整齊齊的，每個邊角都很有型。這是他十年軍旅生活的成就之一。他看不慣那些動靜很大、不斷重複又總是出差錯的人，疊被子如此，做事如此，做人也如此。

就這樣在看守所待了一年多，每天六點準醒，然後習慣性閉一小會兒眼，再睜開；先扭頭看一眼左上角的條窗，判斷一下天氣的好壞，再回憶一下昨晚的夢；然後穿衣服、疊被子，絕對沒有一丁點兒重複、多餘的動作。

他對自己應該是滿意的。一年多了，吃得很清淡，生活有規律，麻煩找不著，有閒心看《易經》、養蛐蛐……

現在，他開始撒尿了，夢也自個兒收攏了翅膀，不再那麼驚心，也不再那麼紛亂。

他站在蹲位上，先打了一個嗝，然後「噓～噓～噓～」地撒尿。這是他在號裡的特權，十三個嫌疑人，只有他可以站著撒尿，還打嗝。「嗝～嗝～嗝～」「噓～噓～噓～」其他人只能像女人一樣蹲著，小便朝外蹲，大便面壁朝裡蹲。

沒有人理解他為什麼每天撒尿都要先打一個嗝。那顯然不是一個飽嗝，而是空氣在腹腔裡亂竄。每天都有那麼一股生氣在他的腹腔裡竄來竄去地找出路，他壓著，但被早晨的空氣一激，「嗝」的一聲就出去了。「嗝～嗝～嗝～」「噓～噓～噓～」，他的一天就這樣開始了，打嗝只是他每天出氣的一種方式。

「起吧。」撒完尿，他沉悶地說了一聲，十二個光溜溜的嫌疑人就一齊起床。這時起床號正好響起。六點半，左邊的條窗已投進了一大片亮光，但很曖昧，並不能斷定今天就一定是晴天。

嫌疑人們開始穿衣服、疊被子，他坐在一旁看一本營養學的教材。他左邊的鋪位以前是豪的，豪之後是軒的，軒之後是老白的。但豪和軒都不在了，未老先衰的老白慢慢地坐起來，他的動作既無力又遲緩。老李突然覺得條窗那邊有豪的聲音。

有的時候老李喜歡安靜，起床時只能有穿衣服、疊被子的聲音，沒有任何人敢說話。但有時候他也喜歡熱鬧一點。嫌疑人說不說話取決於他的心情，是要看他臉色的。今天他心情不錯，雖然後半夜沒睡好，半夢半醒地折騰了大半夜，但蛐蛐一早就在叫了，他像是聽見了某種召喚似的。而且今天還可能是個晴天。

如果在外面，他絕不可能用一個空藥瓶裝蛐蛐。他會找好幾個蛐蛐罐，各種材質、各種講究，也不會只養一隻蛐蛐。他的藏品中有一件官模子雙龍紋蛐蛐葫蘆，一件三河劉和尚頭式油壺魯葫蘆，都算得上是蟲具中的精品。他十幾年的愛好只有兩樣：收藏和養生。進來之後才添了一樣新的——看《易經》。他反覆看各種相關的書，上午看養生的書，下午看《易經》方面的書，偶爾他也看豪留下的書，可那些書讓他頭疼。軒是豪死後十來天進來的，上個月也走了，免予刑事訴訟，真是一個不錯的結果。

那隻蛐蛐是前不久與他結下的緣。不知從什麼地方蹦出來這麼一隻小生命，灰褐色的蟲子很瘦小，但聲音清亮，從早到晚叫個不停。蛐蛐很孤單，讓他憐愛，成為他生命的一個樣子，也是他眼前唯一一個能夠發聲的夥伴。

豪在他的手稿中也寫了一隻蛐蛐，他寫道——

「我被捕了，這是一個意外的、令人痛苦的事情。也許要再過若干年，我才能更真切地看清這件事。但現在我生活在一個逼仄的空間裡，時間那曾經飛翔的翅膀折斷了，墜落在一片無望的泥沼之中；潔白的羽毛紛亂而灰暗，讓人想到某種悲戚的死亡……。那天放風，大家聽見了幾聲蛐蛐的叫聲，於是你看看我，我看看你，所有的人都傻了。我把這幾聲蟲鳴看作是上帝的召喚和撫慰。沿著聲音，在一個牆角發現了一隻灰褐色的蛐蛐，所有的人都無比驚喜。小不點將這隻孤單的蛐蛐裝在一隻空藥瓶裡，蛐蛐在號裡叫了三天，第四天就死了。連一隻蟲子也承受不了號房裡的生活，牠死得無聲無息卻令人悲哀。小不點哭了，他認為他就像那隻蛐蛐似的，也活不了幾天了。可他又說，他甚至連一隻蟲子都不如；一隻蟲子臨死之前還被人收養，死了有人為他悲傷……

我沒有說話。我在心裡同意他的看法，有時候我們真的連一隻蟲子都不如。可一年多前，我還是一個多麼自信和狂妄的人呵！所謂的成功人士（笑！），開了好幾家公司，除了賺錢、開豪車、住別墅，還養著幾條狗和幾個年輕貌美的情人。我熱愛藝術，經常和詩人、藝術家、作家聚會，也收藏了不少藝術家的作品。我把自己弄得像是一個浪漫的、有追求的理想主義者似的。」

……

昨天晚上，軒一直在讀豪的手稿。

「『癢啊，外外！』他帶著哭音，邊撓邊對他外婆說。那是十二月底的一個陰天，天上飄著細雨，冷風瑟瑟。一大早村裡就在乾塘了，空氣中有一種久違的生機在瀰漫。這是一年中最快樂的日子，是沉悶生活裂開的一道可以歡笑的口子。對孩子們而言，那是幸福的狂歡，他和所有的孩子一樣期待著乾塘。頭天下午，孩子們就在說乾塘的事了，他們奔相走告——『乾塘了，明天乾塘了！』對他來說，乾塘既是歡樂的，更是痛苦的，既令人期待，又讓人害怕。

全村的人都圍在魚塘邊了，水慢慢放乾，草魚、鯉魚、胖頭魚的脊背露出來，青灰色、黑褐色和紅色的脊背在細雨中閃過一道道亮光。魚在跳了，魚已經被圍住；水越來越少，魚在泥水中蹦跳，在惶恐中游竄。大人們開始下塘抓魚了，孩子們在魚塘邊大聲尖叫——『這裡，那裡！……』『這條，那條！……』他們激動地喊著，有的已捲起褲腿，按捺不住地要下塘去，卻被大人喝住了。這個時候小孩子是不准下塘的，小孩子要等塘裡的魚都抓完了才能下塘。那才是孩子們的狂歡，孩子們可以下塘抓小魚小蝦了。所有的孩子都跳到塘裡去了，他們一身都是泥水，唐家兄弟很快就抓到了一條小魚。『又一條！』當哥哥的興奮得大喊。他也下塘了，不是跳下去而是撲下去的，可他一條魚也沒抓著。他在塘裡邊撓邊抓，他全身都腫了，風團已經遍布全身。『癢啊，癢啊！』他忍著，繼續在塘裡抓魚。他終於抓到了一條小鯽魚，可唐家兄弟的臉盆都已經快滿了。

『癢啊，癢啊！』剛下塘的時候，風團就起了。他和村裡的人在池塘邊看放水，冷風颼颼地吹著，冰冷的細雨飄在他的臉上和脖子上。他亂七八糟地圍著一條圍巾，英表嫂說：『豪伢子，乾塘你還圍著圍巾啊！』大家就哄笑。『豪伢子，你來幹什麼？你又不是唐家山的人，分魚沒你的份。』他既尷尬又氣惱。他扯掉圍巾，捲起褲腿，站在冷風細雨中，可他的臉上開始起風團了，先是額頭上、眉毛上，然後是嘴上、脖子上，後來他的臉、眉毛、脖子和嘴都腫了，連手指縫裡都是。

『又起風團了？趕緊回去吧。』前進表哥說。可他不回去，他要下塘抓魚；全村的人都在乾塘，全村的孩子都在等著抓魚，他怎麼能回去呢？他忍著，直到他撲到魚塘裡，抓到了一條小鯽魚，他終於忍不住了，他全身都腫了——『癢啊，癢啊！』……

『癢死了，外外！』他回到家，坐在地上，邊撓邊對外婆說。他的那副樣子就像一隻剛從泥水裡爬出來的賴皮狗。那條紅色的圍巾也全是泥水，姑姑送給他的圍巾。

『實在太癢了，外外！』

『癢死了！癢死了！』他終於哭了出來，連淚水都像是在出風團似的，他癢到骨頭裡去了。

外婆手足無措。

『說了不讓你去的！』『明知道有風團還要去！』——她邊嘮叨，邊燒水；用吹火筒不斷吹火，好讓火快點著起來。她必須儘快燒開那鍋水，好讓他泡在滾燙的熱水中。只有滾燙的熱水才會讓風團下去。她使勁吹火，可乾柴用完了，灶膛裡只剩下不多的松枝，還是生的、濕的，根本著不起來。她趴在灶堂前使勁吹火，一陣陣濃煙嗆得她不斷咳嗽，她的眼淚都流出來了，她使勁咳，同時使勁吹火。

『癢死了，外婆！』他邊哭邊撓，全身都是撓痕，一道一道的，手上和腿上都已經撓出血了。大冷的天，他掙脫了所有的褲子和衣服，穿上衣服他是撓不著的；他邊撓邊掙脫了所有的衣服，他一身都是泥水，衣服早就濕了，全身奇癢，像是有成千上萬隻螞蟻在他身上。他拚命撓，身體的大部分都已經麻木了，他卻渴望著有刀割他，他寧願疼也不願意癢，疼或許能夠轉移一下癢，疼比癢更可忍受。

若干年後，他看見『癢』這個字依然會全身哆嗦，他看不得癢，就像有些人看不得『癌』，看不得『死』，看不得『失戀』和『破產』這些字眼一樣，一看見癢，他就恐懼。那是多麼可怕，多麼令人絕望的癢啊！……」

軒讀的是豪的一篇小說——《一小片浮雲》，那是一個中年男子臨死之前對生活的回憶。豪小時候得了一種俗稱「風團」的皮膚病。這種病讓他不能沾涼水和吹冷風，否則就會全身奇癢。軒一生之中從未得過任何皮膚病，他對癢缺乏真切的感受。在他的印象中，皮膚病人都很敏感，很難看，也很討人嫌。他曾患有肝病，到了看守所又得了糖尿病。肝病患者看上去臉色發黃，沒有精神；糖尿病的實質是胰島素分泌不足，從而不能將糖分解成人體所需的能量。這兩種病都讓人沒有精神，也讓人產生不可治癒的擔憂與恐懼。但皮膚病不至於死人，它只會讓人嫌厭和難受……

雖然缺乏切身感受，但軒在某種意義上也能夠理解豪的癢。「癢啊，外外！」他的耳邊不斷響起豪的哭音，他的全身彷彿也長滿了風團。他們不認識，前段時間老李將豪的手稿託付給他，正是這部手稿讓他感受到一個皮膚病患者的痛苦的。癢和難受貫徹了豪的一生，以至於在他看來，一個人活著更多的時候面臨的不是痛苦而是難受，不是死而是生不如死。痛苦是短暫的，再大的災難與風暴也會過去，可難受卻沒完沒了，終其一生。最後他終於憤怒了，他以一種極端的方式表達了自己的憤怒，一個風團病患者在難受中掙扎、絕望，最後死於歇斯底里。

豪的手稿也讓軒想起了他自己在看守所的生活。

導演說：「將舞臺調整成軒的書房，書房裡要有一張明式書桌，上面要有電腦、書、雜誌、各種資料、豪的手稿；還要有香煙和煙缸，有筆筒、硯臺和茶。軒坐在椅子上，他的聲音低沉、平緩，像是剛從遠地方回來；早晨的陽光斜照著他，他像是在自言自語——」

「一年前，我因涉嫌共同貪汙在看守所待了三個月；之前，我在一所大學的出版社任總編輯。我們的出版社實在太小了，一度連生存都很困難。但我們的社長是一個有雄心的人，他上任以來，銳意改革，竟將一家小小的出版社發展成了一家在全國都有影響的大出版社。他也成了出版界的風雲人物；出版社的成功很大程度上都有賴於他的理念、氣魄與膽識。大家都很佩服他，我也是。當然，作為一家知名出版社的總編輯，我有自己的影響力。但否極泰來，這樣一種欣欣向榮、躊躇滿志的局面很快就因為被人舉報而出現了危機。做事情總會得罪人，一旦成功就必然遭到嫉恨，社長也不例外。舉報的人說他在出版社私設小金庫，搞帳外帳。實話講，這些都是難免的。他被雙規了，很快又被捕了，社委會的人都受到了牽連，我也沒有倖免。但三個月後，我因罪行輕微被免予刑事訴訟。我重獲自由，甚至還保留了公職。當然總編輯一職被免掉了，我成了一名尷尬的普通編輯，過著半退休的生活，整天讀一些閒書和一些愁怨的古詩，正所謂『親朋無一字，老病有孤舟』……。也許我太看重自己的不幸了，有某種無病呻吟的傾向。但我從不跟人說看守所的事，只當自己是做了一個噩夢。事實上，我到現在都像是只生活在夢裡……

一個清清白白的讀書人在看守所那樣的環境裡的心路歷程可真是難以言說啊！那段時間我見識了不少罪行，也認識了老李，他是我所在監室的坐號，原本是公安局刑偵支隊的支隊長，因非法運輸、販賣炸藥而獲刑十年。我認識他時他正在上訴，不久二審判決了，他的刑期減至四年。但他依然不服。他說：『這個案子只要是有罪判決我就會申訴。』當然，這是他的權利。

離開看守所的頭一天，老李交給我一部手稿，說是豪臨死前留下的，他設法保存了下來，可眼看著他也要去監獄了，沒法將手稿帶走。他希望我能將這部手稿帶出去，並適時予以出版。我很吃驚，看著他說：『看守所怎麼能保存這麼一部手稿呢？這是嚴重違規的事情，弄不好要加刑的。』他笑了笑，說：『還怎麼加刑？都這樣了，無所謂的。』我無話可說，之後又問：『豪死後還有什麼人？我將這部手稿帶出去之後交給誰？』他說有妻子，也有女兒，但妻子在國外，女兒是前妻生的，跟他妻子的關係似乎一直很緊張。你設法交給她女兒吧，豪死了之後，他女兒專程從國外回來處理他的後事，現在正在起訴看守所將他父親虐待致死。

我剛進看守所時就聽說過豪的事情。他在上訴期，卻突然死了。有人說他是暴死的，也有人說他是自殺。他的死給很多在押人員都留下了陰影，讓每個人都聯想到自己的命運及可能發生的不測。據說，上面曾來人調查豪的死因，當班的一名管教和四名警察被帶走了，他們將被調查是否玩忽職守或使用暴力。

之前，老李從未跟我說起過豪，現在，他將這麼重要的一件事交給我，免不了要跟我說一些與豪有關的事情。豪因非法吸儲獲刑五年，他對一審判決很不滿，下判的時候法官問他是否上訴，他說：『當然！』

僅從案子的角度我對豪並無興趣。這樣的罪行實在太多了，豪也並未成為一個可供研究的判例。我感興趣的是他的死，以及老李何以對他的手稿如此上心。但我最終答應設法將手稿帶走，還是因為我對他臨死之時還留下了這麼一部手稿產生了好奇與同情。一個人臨死之時有話要說，我們應該給他機會。

我曾問老李為什麼寧願冒風險也要保存這部手稿？他笑了笑說：『就算是緣分吧！我們都是很各色

的人。』接著他又說：『一個人犯了罪，他的手稿可沒犯罪。』

我覺得老李是一個有同情心和正義感的人，又忍不住問：『你喜歡文學？認為那部手稿很有價值？』

他說：『不，我基本上不看文學方面的書，也沒法判定那部手稿是否有價值，但豪不是普通人，則是肯定的。』

我吃了一驚，問他為什麼這麼說？他說：『我剛才說了，他是一個很各色的人；我從未見他關心過任何一件小事，他像是生活在另一個世界裡，在那個世界他是一個癡人。他幾乎看穿了我們這個時代的所有小把戲——包括財富、地位、尊嚴、罪行，以及美醜、善惡、幸福和自由。』

『我甚至認為他是一個天才，而且只為自己的天賦受苦；我也知道他是一個絕望的人，但他也只為自己絕望。他像是把看守所的生活當作是一種修行了。有一次他跟我說——在看守所多好啊，**每天都可以看見自己的靈魂**。他經常呆呆癡癡地坐在鋪位上，目光空洞而渺遠，對眼前的事非常漠然。但我相信他擁有一顆真正的虔誠之心。』

老李的話讓我對豪有了一些雖然初淺但難以忘懷的印象。我想他在精神上一定有某種特別深切的痛苦，一定程度上甚至可以說是錯亂。但他的手稿的確讓我吃驚！」

導演說：「再將舞臺調整成看守所的號房。燈光集中在大通鋪上，一群嫌疑人在整理內務，左上角的條窗透進了一大片天光，天已經亮了，時間已經是早晨……」

這段時間豪斷斷續續地說了三句話，他說：「老李還是老習慣，他總是下意識地關注天氣。他每天睜開眼就看那扇條窗，他根據那扇又高又窄的條窗透進來的一縷天光判斷一天的天氣。其實天氣好壞與他何干？一個犯人的世界裡沒有陰晴圓缺。」

「所有人被捕時都會驚魂未定。當手銬『咔』的一聲銬在他手上，他的腦子立即就會變成一片空白，靈魂隨即出竅，臉上同時出現恐懼的愁容。他本能地想呼救，卻發不出聲音。他需要一段時間才能讓自己回過神來，需要一段更長的時間才能適應喪失自由之後的生活。」

「瞧，老李又在看那本營養學教材了，我在的時候他就在看。一個判了十年刑的人喜歡看營養學教材——你可以想像任何一件不可能的事情。」

老李同時也感覺到豪在號房裡說話，他似乎聽見那扇條窗有豪的聲音。

我們現在再回到號房裡去吧。

「操，老宋，你他媽的磨了一宿的牙，還讓人睡不讓人睡了？」

陳三兒邊疊被子邊衝老宋大聲嚷嚷。他和小不點「老大」是號裡兩個年紀最小的嫌疑人，出事前是開豆腐坊的，去年新開了一家豆製品加工廠，施工過程中電死了人，因重大安全事故被公安局拘了。死者的哥哥說：「人都死了，你賠八十萬吧，賠了我們就達成諒解。」公安局也想息事寧人，說：「只要達成諒解就放人。」他不願意賠，說即便有責任也不是主要責任，賠十萬吧。雙方的想法相差太大，公安局只好移交給檢察院。他老舅說：

「賠八十萬？嚇唬誰呢？誰也不是嚇大的。別說警察還沒找你，就算真把你拘了，我也能讓你當天出來。」他老舅是本地法院的副院長，他相信他老舅。可十五天拘留期過去了，他還沒有出去；相反，他被批捕了，他既憤懣又無奈的心情是可以理解的。他在看守所等待公訴，在號裡也快四個月了，什麼時候開庭還不知道，他在心裡是恨他老舅的。

那天早上，陳三兒起床，很用心地梳著他有些自來捲的分頭，還哼著小曲兒，微微地噴了一點香水。懷孕六個月的靜兒說：「三兒，下班後早點回來，我想去吃澳門豆撈。」他滿心歡喜地答應了，又「啵了」一下靜兒，就開著那輛氣派的林肯車上班去了。下午，他正在一間風格另類的咖啡館和朋友聊著北京的一場演唱會，四名警察進來，一副手銬銬走了他，他那輛嶄新的林肯車還停在咖啡館門前。

通常情況下，他和他的朋友們每個月都要開車去北京聽一場演唱會（他是學傳媒和藝術專業的嘛），然後去那間叫「滾石」的酒吧嗨一個晚上，他們在那裡銷魂！第二天再高聲唱著昨晚某個歌星歇斯底里的歌，回到這座距北京只有一百多公里的小城。在這座小城，他們是富裕與時尚的代表。雖然所謂的時尚都是從北京過來的，卻依然像模像樣地引領著本地生活的潮流。

不久前，城東開了一間澳門豆撈店。起初，大多數人都不知道什麼叫豆撈，他上百度搜索後說：

「嗨，就是海鮮小火鍋，澳門人叫豆撈，香港人叫打邊爐」。他答應聖誕節帶靜兒去香港和澳門。雖然他們在本地過著時尚的生活，知道許多一線品牌，對不同品牌的當季新品也如數家珍，但他和靜兒還沒有去過香港和澳門。他跟靜兒描繪了他們未來幾個月的生活——聖誕節去香港和澳門（當然，得提前一週去，先去SOGO、時代廣場和海港城掃幾天尾貨），平安夜在中環的蘭桂坊嗨皮；第二天去澳門不大不小地賭一場，晚上在新濠酒店看神奇的《水舞間》……，然後回家，在本地最豪華的酒店舉辦婚禮；在另一間豪華的酒店為孩子擺滿月酒……。某個週末的早晨，肥胖的陳三兒和文雅、清瘦的靜兒在一張寬大、柔軟的床上做著上述計畫。他們詳細羅列了所購物品的清單——兩三個牌子的包包、歐米茄的情侶對表、周生生的戒指和項鍊、香奈兒的香水；陳三兒的西裝、鞋、打火機、旅行箱，靜兒的時裝、大衣和羽絨服；以及用於新房布置的燈、廚具、餐具、床上用品、地毯、工藝品……。他們對生活充滿了最切合實際的憧憬與夢想，這些夢想是可以列入他們的計畫與預算的。啊，生活！這會兒靜兒想吃豆撈了，作為一個幸福的孕婦，她當然可以經常改變口味。前些天是火鍋和烤鴨——尤其是火鍋中的肥腸和豬腦；這幾天則是澳門豆撈。有時候又是一些別的東西，比如她突然就想吃智利的車厘子[1]和紐西蘭的獼猴桃了……。靜兒可真是一個幸福的孕婦，當然，她也即將成為一個幸福的新娘。她明白這幾個月她是可以盡情盡興地使小性子的，所有這些小性子都會給她帶來更多的寵愛和更大的滿足。B超的結果三個月前就出來了——是個兒子，老陳家的！她很得意，這也是她婆婆的期待和要求。她還沒有結婚，就

1 編按：車厘子，即櫻桃。

已經一次性滿足了陳家的願望。至於陳三兒，他無所謂的。他故作遺憾地說：「唉，怎麼不是女兒呢？我就想要一個像你一樣溫柔、賢淑、有個性、有主見的女兒。」靜兒幸福極了，用一種近乎發情的熱烈語氣說：「二胎，三兒，我們可以要二胎……」她想像她的二胎，她還可以這樣再幸福一次，還可以像這樣盡情盡興地使使小性子，甚至稍稍濫用一下她作為一個孕婦的權利。可陳三兒那天並沒有帶她去吃豆撈，她接到的是一個警察的電話——陳三兒已經進了看守所了……

（現在，你可以再體會一下豪關於被捕的那段描述……）

「李哥，打呼嚕有法治了，磨牙咋辦？」陳三兒對老宋嚷嚷完，又轉身對老李說。他的夜班排在凌晨四點至六點，正是一個人最睏的時候，人沒睡好，心情就煩躁。可不，他都已經敢對老李大聲嚷嚷了。

「咋磨的？聲音大嗎？」老李心不在焉地問。

「大呀，那聲音可瘆人了，像鬼在磨刀，又尖又利。」陳三兒裝腔作勢地說。

「陳三兒，別在李哥那裡瞎咧咧，你倒是不磨牙，可打呼、放屁，你一樣都不少，睡著了還一個屁接一個屁地放，你他娘的都吃了些啥？」老宋毫不客氣回敬他。

陳三兒是一個肥肥胖胖的小夥子，腸胃不好，如果不放屁，每天就要上好幾次大便。

「李哥，實在憋不住了，蹲一會兒行不？」

號裡的規矩是每天只能上一次大便，而且只能早晨六點半至七點這段時間上，不然就得向老李報告，老李心情好就准了，否則就只能憋著。憋來憋去陳三兒就成了屁大王。奇怪的是，他每次放屁都要先抬一下屁股，屁股一抬那個屁就會很響、很痛快；否則就要拐幾道彎，然後陰陰地溜出去，臭極了，讓人笑無可笑，又忍無可忍。

「管天管地，你他娘的還管老子拉屎放屁？」他同樣回敬了老宋一句。

老李一直沒言聲。

十三個嫌疑人擠在一間不足二十平米的號房裡，打呼是個問題，磨牙、放屁也是問題。嫌疑人的心事都很重，動靜太大根本就睡不著。剛開始，老李讓值夜班的彈腦瓜，不管是誰，只要呼嚕聲太大，值夜班的就彈他腦瓜。可前段時間出了一點小意外，一個值夜班的不小心彈在了小張的眼珠子上，差點兒造成視網膜脫落。他就改進方法，讓值夜班的用一根線蹭打呼嚕的人，呼嚕聲一響，線就在他的臉上、嘴上、鼻孔裡蹭來蹭去，人一癢，呼嚕聲就停了，這個辦法很管用，打呼嚕基本上是治住了。可這個巧法子對陳三兒並未起作用，他太胖了，睡得又太死，無論怎麼蹭他的呼嚕聲都照舊驚天動地，這可真讓號裡的人討厭和頭疼。這會兒他卻提起老宋磨牙的事來，他像是在挑釁。老李心知肚明，可只是淡淡地說：「三兒，你先想想，看怎樣治老宋磨牙；老宋也想想，看怎樣才能管住陳三兒放屁。」他用一句漫不經心的話就給陳三兒和老宋的口舌定了調。想辦法是他管號房的一招，有問題他先讓發牢騷的人想辦法。想出辦法當然好，問題就解決了，想不出來就再想，別盡自個兒發牢騷。

「不過，李哥，您昨晚也太奇葩了。」陳三兒涎著臉，又說。

「怎麼啦？」老李斜了他一眼，問。

「您知道您昨晚罵了幾次娘嗎？我數了數，十次！每次都罵得咬牙切齒，威武雄壯。」

「最奇葩的是一晚上您都豎著一根手指頭。」

「豎著手指頭？」

「我就想知道一個人睡覺時豎著一根手指頭是什麼意思？」

「這個，就得問你媽了。」老李說。

「問我媽？問得著嗎？」

陳三兒丈二和尚摸不著頭；過了一會兒，似乎又覺出了一點什麼意思來。當然他是不能發作的。他在心裡狠狠地罵了一句：「操，問你媽！」

老李坐在一旁，想起了陳三兒剛進看守所時的情景。

陳三兒站在號房外喊：「報告！」一米七三的個子，鬆鬆垮垮的全是肉。號裡的兄弟說：「李哥，來了一個C罩杯——大咪咪！」

老李看了他一眼，面無表情地說：「去，脫了，先洗乾淨。」

號房裡的人剛吃完晚飯。一天眼看著就要過去了，不會再有什麼不好的事情，也不會再有什麼希望。這是看守所一天之中唯一的娛樂時間，大夥兒只盼著這段時間能樂一樂。按規矩，新來的人必須先沖八桶水，無論什麼季節都得沖。這是號裡給新來的人的下馬威，也是為了不讓人把外面的髒東西帶進來。陳三兒運氣不好，正是下雪的天氣；他遲疑著，小聲地求老李——

「大哥，別鬧我行不？」

「你說啥？」老李剛擺好棋，準備跟人下一盤。

「我說——別鬧我行不？」

「你他娘的是自己沖還是讓大夥兒給你沖？」

「我沖，我自己沖。可是，別鬧我行不？」

陳三兒又說。老李上去就是一腳——「你他娘的都沖乾淨了，還鬧你個球啊？」

「我是說——別鬧我！」陳三兒爬起來，又說。

「鬧你個啥？你想鬧你個啥？」老李又是一腳。

陳三兒倒在地上，哭著說：「哥，鬧啥都行，就是別鬧我，求你了！」

老李愣了一下，突然像是明白了什麼。

「操，你他娘的還真像是個女人，屁股大，奶子也大，老子今天心情好，就鬧你了，去，先給老子洗乾淨！」

陳三兒本來已經嚇癱了，這會兒卻突然站起來，勇猛地說——

「你他娘的，要是敢鬧老子，老子就跟你沒完！」

大夥兒全都明白了，「哈～哈～哈～」地笑成了一團——陳三兒一定是想到雞姦了，他怕老李鬧了他。

「還真他娘的是個大咪咪！」有人上去摸了他一把，另外幾個人按住他，一桶涼水一桶涼水地澆他。澆到第四桶時，陳三兒就跪在蹲位上求饒了。並沒有人雞姦他，但之後的若干天，每天都有人拿他打叉——「來，大咪咪，讓老子鬧一下。」所有人都可以隨隨便便地在他豐滿的乳房上摸一把，他也得到了一個和他滿相稱的綽號——「大咪咪」！這顯然是一種戲謔，他都記下了，一直懷恨在心。三個多月後，陳三兒已經迅速成為號裡最凶惡的人，但凡有看不順眼的，他上去就是一腳。他明白在看守所這樣的環境裡絕無道理可講，他已經學會了以惡制惡，當然，這也是因為老李二審要下判了，他已經沒有心思再管號裡的事。陳三兒呢，似乎天天都盼著老李走，老李走了他就可以當坐號，這當然也是一種法權。

昨晚的夢似乎還沒有散盡，老李應付完陳三兒和老宋那點破事，它們就跟了上來。豪在夢裡跟他說話，他彷彿看見豪正趴在鋪位上寫東西，當然鋪位是空的，人已經不在了，豪在夢裡說的話無頭無尾，全是一些像齒痕一樣的短語。他的話總是既突兀又令人吃驚。

老李經常懷念豪和軒在看守所的日子，他們在的時候號裡有一股書籍和思想的氣味。

那段時間的號房可真是安靜啊！可現在不同了，現在全是一些亂七八糟的人，是毒販、盜搶犯、強姦犯、殺人犯……，是一群真正的人渣。當然了，看守所本來就該是這樣的，它是羈押犯罪嫌疑人的地方嘛，豪和軒那樣的人在看守所可真是一件怪事。但豪從不排斥任何一個犯人，他彷彿把號房當作了實驗室，在這裡，他可以更深入地發掘人類最隱祕的心靈圖景。

「他每天都趴在鋪位上寫東西。剛開始的時候他的進展很慢，一天也寫不了幾行，而且寫了就撕掉。他像是遇上了很大的困難，對自己十分不滿，也非常絕望似的。他不斷地寫，又不斷地撕掉，像一頭困獸似地折騰了好長一段時間。後來他似乎獲得了某種靈感，完全忘記了他所處的環境，全身心地沉浸在自己的世界裡。一個罪犯，沒有死在他的罪行上，卻死在了他瘋狂的思想和夢想中……」老李說。

「他進來那天，穿一條質地很好的深灰色牛仔褲，因為看守所不准繫皮帶，他的褲子歪歪斜斜地掉在胯上，衣服也皺巴巴的，這使得他看上去有些滑稽和狼狽。我讓人給他找了一根紅色的布帶，他用那根紅色的布帶繫在牛仔褲上，看上去就更加可笑。」

「一個五十出頭的中年男子，中等個兒，香港身分，家境殷實，吃得清淡。看上去像是一個商人，但面容中又有一些別的東西，讓人覺得十分陌生。」老李說。

導演說：「將舞臺再布置成看守所的號房，將燈光集中在老李身上，所有的嫌疑人都後退到一片昏暗的背景之中……」

號房裡依然縈繞著豪的聲音，他說——

「我和外婆從菜地裡回來，她挑著一副空桶，我提著一籃子捲心菜，捲心菜裡有一條白綠色的肉蟲，肉蟲在有露水的捲心菜上蠕動。這是一個晴天，我不會起風團。這會兒三妹一定也起床了，她正在梳頭，董老師正將一隻粉綠色的髮卡別在她的頭髮上。我跟在外婆後面，我們已經給菜地澆完水；我跑到學校（對，是跑，而不是蹦蹦跳跳），見到了三妹；她偷偷地給了我一顆紙包糖，我含著糖塊在早讀課上朗誦課文，腦子裡又浮現出那條白綠色的肉蟲。」

「『豪伢子，有人找你。』董老師說。我看見一個高大的影子，站在淒迷的晨曦中，他問：『你姓王？』我說：『是的。』他又問：『你姓王？叫豪伢子？』我連聲說：『是的，是的！』然後他塞給我一包東西，轉身就消失在晨曦之中了……。我的腦子轟然一片，彷彿又看見了外婆在水塘裡搖搖晃晃的身影。外婆說：『見到你爸爸了？他去學校找你去了，還給你帶了最好吃的東西！』我傻了，呆住了——那個站在淒迷的晨曦中塞給我一包東西的高大的傢伙就是我的父親！這麼多年過去了，父親和外婆都死了，我也死了。但我想起了他，想起了外婆、三妹和那個有太陽的早晨。我把父親安排在一段往事中，把外婆和三妹安排在一個夢裡；我讓三妹像一株矢車菊一樣在風中搖曳，讓外婆慈愛的笑臉映照在天空中，讓父親蹲在一個角落裡——我要看清他們破碎不堪的面目！我看見我曾經十分體面的生活霎時間就破碎了，所謂的愛，所謂的閒適、優雅、富裕、讓人羨慕的生活原來只是泥做的……」

「在過去的某段歲月中我曾經是生活的主角，一個多少有些怪僻卻雄心萬丈的董事長，一個多少有些神經質卻十分負責任的丈夫和父親，一個蒼白無力的藝術愛好者和慈善人士，有時候會受邀去大學演講，還百無聊賴地接受記者採訪，在社交場合保持矜持並受到尊重（真的還是假的？），在行業裡有某種虛張聲勢的地位，在公司例會上讓主管們緊張得不敢喘氣（當然了，很快就會遭到他們私底下的嘲諷）……。現在，我以一個舊貨收藏家冰冷的目光回望那段歲月，我輕聲地然而也是釋然地說——那些都是泥做的！

的確，生活破碎了，我們所謂的生活其實早就是一堆碎片。但是，這種七零八碎的生活也可以構成一部心靈史，而我正將自己零零碎碎地奉獻給下一段不確定的歲月——這段被人們稱之為死亡的歲月似乎更沒有盡頭。也許我該如實給你們報告這裡的景象……」

老李接著說：「他看上去十分聰明，有著豐富的經歷和複雜的內心，他目光睿智，彷彿一眼就能看穿周圍的事情。」

「我特意關照他，讓他睡在我旁邊；他進來的當天就沒安排他值夜班，可他拒絕了。他說和大家一樣，他也值夜班。我笑了笑，說：『恐怕你受不了這個苦吧，平時養尊處優的，好日子過慣了。』他說：『沒事，不過換了一個容器。』我沒聽懂他的話，問他說什麼，他說：

『容器，以前住別墅，別墅是一個容器，現在在看守所，看守所是另一個容器』。他的話不大好理解，我也沒有再問下去。他顯然是一個特別的人，一個一眼看上去就會覺得很重要的人，可這種重要性並不來自他的身分與地位，而是來自於他的思想與內心。」

「沒承想，他很快就和大夥兒打成了一片。和其他嫌疑人一樣，他穿號服，值夜班，幹活，坐板，見到警察大聲喊報告，放風時高聲唱四首雄壯的革命歌曲……，他還和大家一起打牌、講笑話、傻裡傻氣，哈哈大笑！」

「沒過多久他就搞掂了所裡的管教。他讓李管教幫他在網上買書，也常有人給他寄生活用品來：香煙、咖啡、茶、各種堅果，甚至還有古巴雪茄。」

「『我習慣了幹活的時候吃點零食。』他對我解釋，我沒有說話。他帶進來的都是違禁品，甚至大大咧咧地在號房裡用打火機；他將食品分給其他嫌疑人，自己每天喝兩杯咖啡，抽一支雪茄。我知道他外面一定有人，李管教見到他也總是客客氣氣的。這沒什麼，他畢竟是一個商人嘛！不久，他就弄進了上百本書（他像是已做好準備，要在看守所長待似的）。他開始看書，在書裡夾了許多紙條，上面全是他寫的各種短語。除了放風時打一小會兒牌，他不再跟大夥兒玩，也很少說話。他神情專注，從早到晚都坐在鋪位上看書，似乎沒有任何人也沒有任何事能夠打擾他。他從不和人談案子，甚至拒絕請律師，彷彿他的案子也是一件與他無關的事情。」

「他看書的方式也很特別，通常都是好幾本書同時看，其中一些章節他會反反覆覆地看很多遍，但似乎很少將一本書從頭到尾看完；他似乎只在書裡找他感興趣的東西。我很好奇，問他為什麼同時看幾本書；他說看書猶如拜訪朋友，有時需要同時見幾個人。他的話讓我覺得很新鮮。有幾次我向他借書看，他說：『看吧，不過你不一定喜歡。』我當然不喜歡，都是一些很古怪的書，坦白講，我一本也沒看進去，也看不懂。他在手稿中多次提到過一些書的作者；夾在書裡的紙條寫滿了有關《卡拉馬助夫兄弟們》、《唐・吉軻德》、《尤利西斯》、《荒野之狼》和《蘇格拉底之死》的短句。有一段時間他反覆讀喬伊斯和普魯斯特的書。他告訴我他們都是意識流的巔峰人物（什麼是意識流？），他們的書充滿了各種不斷流動的意象，就像河面上不斷閃耀的光斑一樣；他們發現了蘊藏在時間之中的美，並在時間的流逝中感悟美與生命，他們的一生都在與時間博弈、對決、和解……。我喜歡聽他講這些新奇的事情，雖然與我的實際生活毫無關係，我也不大聽得懂，但我能感覺到他的超凡脫俗。是的，超凡脫俗！偶爾他也會跟我談他對某本書、某個作家的看法，他曾在一張紙條中寫道：『杜斯妥也夫斯基、喬伊斯、普魯斯特……，可真是群山之中的一座座山峰；卡夫卡則是一座險峰，險到如此孤僻和寒冷，險到人類無法攀登。可紀德不同，他是一座精緻、優美、令人驚嘆的花園，曲徑通幽，洞察幽明。可你畢竟可以碰上他，你碰上他，和他聊天，感嘆他的睿智與才情，也可以和他有共同的話題，甚至彼此理解與欣賞。可你得記住，紀德永遠都只是一個你尊敬的朋友，你們之間得有距離，一年，甚至幾年見一面即可，你們沒有任何血親關係。赫曼・赫塞就不同了，這個熱情、浪漫、深刻、博學的人，既有自己的花園，也有大海和原野，他是你靈魂的兄長！還有普寧——哦，憂傷的普寧！俄羅斯的普寧！漂泊的普寧！下雨天和迷霧中的普寧！以一顆最敏感的心洞察一切的普寧，你們算得上是同父異母的兄弟，都有一顆十分獨特的心靈，能夠從最平凡的事物中感受到色彩、聲音和氣味……。可有些人你要當心了，像維吉尼亞・吳爾芙，她喜歡文字的煉金術，每天都在擺滿瓶瓶罐罐的實驗室中鼓搗，你們不可能相愛，生命也不是那個樣子的。去愛茨維塔耶娃吧，去向阿赫馬托娃那從容大度的天賦表達你的敬意吧！茨維塔耶娃，她在給帕斯捷爾納克的信中寫道：「我停下來，迎著你抬起頭，我就這樣同你朝夕相處，在你的心裡起床，在你心裡入睡。」這是何等奇妙的心靈！以至於我一看見她的簽名——瑪・茨，就會流淚！茨維塔耶娃和帕斯捷爾納克一生之中從未謀面……。當然，還有歌德——「群山一片寂靜，稍待我也安息」……，你瞧，有詩意的文字、心靈和生命的文字，哪怕僅僅是一句，也足以讓我們致命。他會讓你立即想到最美好的事物，想到鳥兒的翅膀，想到花和草葉上的露珠，想到一天之中不斷變化的色彩，想到死，想到非如此不可！對，推倒重來，非如此不可！』……他寫的東西話我並不能完全看懂，可他說這些話的時候，眼裡放射出奇異的光彩，的確讓我十分感動。」

「有一次，我問他對中國文學和中國作家的看法。他瞥了我一眼，沒有說話。他當時的眼神令人難以忘卻，其含義簡直可以寫一本書……。過了一會兒，他搖了搖頭說：『真的不行，用中文寫作是不可能成就偉大作品的；因為我們現在的中文，或者說所謂的白話文，與源遠流長的漢語早已脫節。我們以前的文學成就全都是用古漢語完成的，白話文不過一百餘年的歷史，而且一直都在強權與習俗的淫威之下結結巴巴的……。』他的話令我吃驚，我永遠也忘不了他說這句話時痛苦的面容，他甚至在輕微顫抖。最後，他說：**『我一生的努力只是在抵制種種文化俗套！』**說這句話時，他完全像是在自言自語……」

「他繼續讀各種書，外面也不斷有人給他寄書來。之後，他便開始寫作……」

「我曾在不經意中問過他的生意，他是因非法吸儲而獲刑的。可他說：『與儲蓄毫無關係，那是一種新的金融工具，一種衍生產品。當然你是不懂得的，不僅你，連監管當局也未必懂。』他既惆悵又遺憾。後來他又說：『錯在做得太早了，所謂創新——我們的傳統與習俗並不鼓勵創新。因此，做事情應該百分之七十的傳統，百分之三十的創新，這樣比較穩妥，也比較安全。』『當然，創作不同，創作可以反過來——百分之七十的創新，百分之三十的傳統，甚至徹底推倒，而且，非如此不可！……』他多次用『推倒重來』、『非如此不可』這兩個詞，這兩個詞應該包含了他最堅定的意志與決心……。他甚至認為：『法律太無知，法律只能解決既定的，已經千百次重複過的行為與問題；法律與新東西無關，與未來無關，它在新領域裡是個瞎子……』他說這些話的時候是很無奈的，這也許正是他拒絕請律師的原因。他又說：『一般而言商人都是逐利的，可許多商業行為完全不在利害，甚至沒有可理解的動機。我們這樣做而不那樣做，都是非理性的，我們只是這樣做了而已，只是表達了做的決心與意志。最理智的商業行為也並無邏輯，邏輯是加上去的，是自欺欺人。沒有任何行為會根植於我們完全想透了的理由。我們分析了所有相關因素，選擇了自以為最佳的方案與時機開始行動。結果完全錯了，錯得一塌糊塗。更可怕的是並不存在我們錯了，吸取了教訓，下次就會正確這麼一回事。不是這樣的，我們每一次的行為都像是在擲骰子，問題是誰在真正擲骰子我們並不知道。事實上早就沒有真理這回事了，那種獨一無二的、總體的絕對真理早已分解成局部的、此時此刻的、各取所需的相對真理。這些真理像一團亂麻似地纏繞著我們的生活，此時的真理不斷地被彼時的真理取代，一個各取所需的真理不斷地被另一個各取所需的真理所否定。世界早已支離破碎，人要麼適應，要麼惶惑不寧……』『不過，無所謂了，不過是一單生意，不過要做幾年牢。這也是一種真理——天命如此！生意是欲望的容器，寫作卻是靈魂的天空；欲望的容器摔破了，靈魂的天空卻無限高遠、遼闊和自由……』」

「我看出他那個時候已決意潛心寫作，寫作已成為他對抗絕望的手段，也是他不甘平庸的唯一出路。我又想起他剛進看守所時所說過的話：『以前住別墅，別墅是個容器；現在在看守所，看守所就是容器』……他對自己的罪，對自己被羈押，有著多麼主觀、浪漫和不切實際的想法啊！似乎這一切都只是他生命的一種體驗。他說這些話時顯然已經處於半癲狀態，當然也可以說是半神狀態。實際上，他在看守所一直都處於半癲和半神狀態，可最後還是瘋癲占了上風，他在歇斯底里中死了！」

「我也曾和他探討過所謂的自由，因為我們都是羈押人員，最令我們痛苦的就是我們失去了自由。他說：『那是當然！失去自由會使人產生深刻的、近乎於物種的變化。冰箱裡的魚和大海中的魚，關在籠子裡的老虎和曠野中奔跑的老虎完全不是同一種動物。可是你不妨去問問那些在大街上自由行走的人，他們自由嗎？』」

「『不！他們大多數都只是關在籠子裡的鳥，放在冰箱裡的魚，他們被生活、被生活的習俗與格式所囚禁……這是一群什麼樣的傢伙啊，他們思考了嗎？或者他們只是失魂落魄躑躅於大地之上……』」

「他又說——諾瓦利斯說過一句話：『絕大多數人在會游泳之前都不想游泳。他們當然不想游泳，他們為陸地而生，不是為水。他們當然不願意思考，他們為生存而生，不是為了思考。』他說完，又笑了笑——『哦，這不是我說的，是赫曼・赫塞的話，我引用了他在《荒野之狼》中的話。生命如此，自由也如此，芸芸眾生只有習俗沒有自由，他們甚至害怕自由，因為他們不習慣。所以要命的不是喪失自由而是在根本上被自由所拋棄，不是『抓』而是『被抓』，不是『坐牢』而是『被坐牢』。自由在本質上只與思考、精神和心靈有關。他是美、創作和靈魂的象徵。只有在精神與思想上特立獨行的人，才會真正擁有自由。可這得付出多大的代價啊！幾乎需要一生的戰鬥和一輩子的漂泊……』」

「我笑他，說他慷慨陳詞就像某種志士和先烈似的。他卻十分嚴肅的對我說：『是的，我的確是一位志士，也有一顆烈士之心。』他的樣子讓我不能不相信他的話，至少他說這些話的時候是嚴肅的，也是真摯的。」

「我不瞭解赫曼・赫塞，也沒有看過《荒野之狼》。豪跟我說的話跳躍性都很大，很突兀，又經常有頭無尾。他不是一個用邏輯表達自己觀點的人，他似乎也不想說服什麼，一個人信不信他的話、接不接受他的觀點也不重要，他只是在表達，用他獨特的、充滿詩意的語言在表達，他只告訴你他看見了什麼，想到了什麼……」

「我喜歡聽他說話，雖然我並不能判斷他的話是否正確，他說的也都是我不熟悉的東西。但我喜歡他說話的態度與方式，他說這些話時神情專注、目光炯炯，彷彿整個心靈都在燃燒，他的每一句話都像是他心靈燃燒時的火焰。他似乎也很樂意跟我說話，因為我對他抱有熱情與好奇。他也許把跟我說話看作是一種釋放與休息了，因而並不在乎我聽不聽得懂，但他在乎我在聽。我跟他說話就像在把他從某種瘋狂中喚醒了似的，或許我無意中阻攔了他的瘋狂，讓他在他的世界裡稍稍放慢了一些速度。他生活在一個怎樣的夢幻世界之中啊，又正以怎樣的死亡的加速度在那個世界裡奔跑啊！」

「當然我們也談一些生活中的話題，談到過女人與性。我甚至很坦率地跟他講了我和絹兒的事。他聽著，還哈哈大笑，但他心不在焉，他的心思又去了另一個我不熟悉的世界。有一天他突然說：『我一生所渴望的就是收到一封茨維塔耶娃那樣的情書，哪怕只有一句——我就這樣同你朝夕相處，在你心裡起床，在你心裡入睡』『僅此一句，來自瑪・茨，一句就夠了。』他喃喃自語，一個可憐的夢人在夢中眼含熱淚。」

「過了一會兒他又說：『可是，瑪・茨天賦太高，她的愛情太熾烈，那是不行的，會被燒死的，……瑪格麗特・莒哈絲也許更好一些，那可是一個八十歲還會讓你一眼就愛上的女巫，雖然歷盡滄桑卻依然風情萬種……。當然還有香奈兒，香奈兒會讓你熱愛生活——你們在露臺上喝一瓶五十年窖齡的白葡萄酒，她叼著一支細長的煙嘴，你吻她，她撩起她的長裙。風將她的裙子吹得嘩嘩作響，美麗的裙子蒙住了你的眼睛，你們在裙子裡相互挑逗，她咯咯地笑，黃昏將整個露臺染成了金紅和金黃，你們在絕美的夕陽下瘋狂……』」

「瘋了，真是瘋了，這個癡人，這個半神，已經完全錯亂了！我驚愕不已，完全不知道如何回應他的話。」

「我也問到過他的家庭，他說：『有太太，也有女兒。太太在國外，我一出事她就跑了，去了歐洲。』我很憤慨，為他抱不平。我說：『出了這麼大的事，她卻跑了！她為什麼不回來？她應該立即回來！』他笑了笑說：『也許……正確，可每個人都有自己的習慣與方式，也有他對事情的判斷與理解。再說，她回來又能怎樣呢？』『她至少應該在你身邊，法院是要活動的，她得在外面幫你活動。』『有意義嗎？她已經做得很好了，給我寄了那麼多書來，還有茶、咖啡、香煙、堅果和雪茄。這讓我看上去完全不像是一個在押人員。你看我像一個即將服刑的犯人嗎？』他哈哈大笑，他的笑聲可真讓我無語……」

導演說：「將舞臺繼續布置成看守所的號房。將燈光從老李調整到整個號房。十三個嫌疑人從昏暗的背景中出來，時間大約是早晨七點。」

早上七點，大夥兒開始刷牙、洗臉、輪著個兒拉屎撒尿……，然後，吃早餐。早餐可以說是老李照顧大家的。看守所一天只吃兩頓飯，上午九點一頓，下午四點一頓。號裡窮人多，有的窮得連買牙膏、牙刷、衛生紙的錢都沒有。老李就讓有錢的上點帳，沒錢的搞點服務。這樣，有錢的也舒服一點，多少也賺回點面子與尊嚴。但所謂舒服一點也只是不用刷馬桶、拖地、洗碗，或者偶爾可以用熱水洗洗頭。老李當然例外，他不用值夜班，有人洗衣服，刷牙都用熱水，而且還得事先擠好牙膏；大便也是，有人拿著衛生紙和香皂在一旁伺候著，衛生紙事先都疊得整整齊齊的。

這會兒他開始吃早餐了。小郭子將一張硬紙板擺在鋪位上，上面放了一碗牛奶、四片麵包、一個蘋果，然後恭恭敬敬地站在旁邊伺候他吃早餐。

「這是什麼？」

「誰的？」他厲聲問。

「不，不知道。」小郭子戰戰兢兢地回答，又趕緊說：「可能是……是……是我的。」他越說越結巴。

「舔了！」他將牛奶倒在地上，讓小郭子舔了，小郭子「撲通」一聲就跪在了地上。

「去！」沒舔幾下，陳三兒就踹了過去。

「以後知道怎麼做事了吧？」老李是個愛乾淨的人，小郭子油膩的頭髮絲掉在牛奶裡，那碗牛奶的確沒法再喝。

「知道了，李哥！」小郭子連滾帶爬地站起來，用墩布將地上的牛奶擦了，可剛擦了一半，陳三兒過來又是一腳。

「透你娘！李哥讓你舔了！」

老李擺了擺手，小郭子算是過了一關。

八點，管教開始點名，大家都規規矩矩地坐在鋪位上。所有的人都一個模子坐著，嫌疑人的模子——剃著光頭，穿著號服，坐成一排……。光線很暗，一長溜腦袋悶聲立在黑黢黢的號房裡。從外面鐵門的小方窗望進去，陳三兒和小郭子坐在一片昏暗中，他們低著頭，縮成一團，讓人疑心是兩隻被扔掉了的布袋。布袋裡裝著他們暫且活著的軀體，陳三兒的軀體肉乎乎的，小郭子的軀體瘦骨嶙峋，他們都散發出令人作嘔的怪味。兩個二十七八歲的年輕人身上的氣味如此難聞，恰恰是他們自己不知道的。他們聞不到自己的體味，也聞不到靈魂的氣味，當然，他們也不見得相信有靈魂。

此時，管教打開鐵門，讓光透進來，站在鐵柵欄外點名——

「李成風！」

「到！」

「陳三兒！」

「到！」

「白玉昆！」

「到！」

……

日復一日，每天都點兩次名，早晚各一次。這件事看上去平淡無奇，不過在例行公事，可它已經成為看守所的生活重點。點名的時候沒人喊「到」是可怕的，表明有人不在了，死了，或者跑掉了。總之是出了亂子。當然，點名也是一種儀式，表明管理有序，法紀莊嚴。所以，你必須挺胸站立，大聲喊「到」，讓人覺得這件事莊重圓滿，管教也受人尊重。

小張是號裡唯一一個拒絕喊「到」的人，他也拒絕放風時唱歌。剛開始誰也沒注意，只覺得他聲音小。其實他是在抗拒，覺得每天喊「到」就是在提醒他是個犯人，這讓他覺得羞辱。他和管教爭論了好幾次，說自己堅決不喊「到」，放風的時候也絕不唱歌，結果被關了三次禁閉。他很倔，關了禁閉也不喊「到」，管教就讓老李收拾他，用鞋底子抽他，讓他通宵值夜班，站在一個正方形的框框裡，連盹都不准打。最後，小張屈服了，聲音卻變得比誰的都大，還拖得很長，怪聲怪氣的，讓人覺得像是在惡作劇。

「張桂東！」

「到！……」

他立正、挺胸，嘶聲力竭地喊「到」，管教斜了他一眼，冷冰冰的，也沒搭理他，就過去了。

老李對小張拒絕喊「到」這件事從未說過什麼。從某方面講，他是理解小張的。一個人犯了罪，還要每天被人提醒，心裡的確不是滋味。可他照舊讓人用鞋底子抽他，因為看守所有看守所的規矩，誰違背了規矩就得抽他。而且他也認為小張太矯情。讀書人也許都有自己的那麼一點堅守，但在這麼一件小事上如此固執，還讓自己吃了不少苦頭，實在沒有必要。小李讀過大學，算得上是個半生不熟的讀書人，有很多讀書人的怪毛病，比如執拗、酸腐，老李很討厭這些毛病，他對這類人是不喜歡的。

點完名就開始坐板，這是一天之中最死寂的一段時間。

坐板就是反省自己的罪行，但這種思想活動沒人看得見，也不大管得了。一個人怎麼可能管得了另一個人的思想呢？一個人其實是連自己的思想也管不了的。因此，甲和乙在打盹，丙在想女人，丁腦子裡一片混亂，各種想法像沼澤裡的氣泡一樣冒了出來……

並非所有人都能在短時間裡辨明自己的處境。人們習慣了過自己的生活，也只會照著自己理解和希望的樣子去生活。生活突然變了樣，他們會本能地牴觸。陳三兒就如此，他對生活有自己的理解；三個月過去了，他依然帶著一顆自由人的心。這會兒他又想起了他老舅的話，他相信有一位在本地法院當副院長的老舅，他的事就不算什麼。因此，對於目前的處境，他暫且忍著，卻每天都在心裡咬牙切齒地罵道：「他娘的，等著老子出去！」他的恨意並無具體所指，但他就是恨，恨他鋪位旁邊的蹲坑，恨那個殺人犯，恨監視器不斷閃爍的燈，也恨老宋和老李……。這麼久了，他的恨意每天都從蹲坑那邊竄出來，以至於他一說話就像是有一種怪味似的。

老李又在想那片玉米地了，潛意識裡他總在想那片玉米地。很多人都說他被捕前躲在那片玉米地裡完全不像是一個有十幾年刑偵經驗的人幹的事。其實他不是在躲，他只是回去看看。他娘的魂是在那裡丟掉的，那年夏天她死在了那裡。他知道也就是這一兩天了，他那些小兄弟馬上就會來抓他，無論如何，他都要回去看看。

小時候他就總是在躲，也總是躲在那片玉米地裡。他爹和他娘一打架，他就躲在那片玉米地裡；他爹和他娘三天兩頭就打架，他就三天兩頭躲到那片玉米地裡。後來，他娘死了，他就去那片玉米地裡找娘。他總覺得娘臨死之前一定給他留了話，他一直在玉米地裡找他娘留下的話。所以，對他而言，那片玉米地是他唯一要回去看看的地方，也是他最熟悉、最親切、最有安全感的地方。他在玉米地裡竄來竄去，在那裡發呆，還自己跟自己說話，一個人哭，甚至咬牙切齒，賭咒發誓……

蛐蛐兒又響亮地叫了幾聲，牠不知道坐板是要保持安靜的，更不能逗樂子。老李閉上眼，又回到了昨晚的殘夢中……

他每天都要做夢，每個夢都語焉不詳，是一些互不相連的碎片，沒有邏輯，也沒有結果。他對自己說：沒有結果的夢多好啊，可以一直做下去，否則，就該無趣了。有頭有尾的夢是很無趣的，也不真實。其實所有的東西都一樣，最好沒有結果。有結果的東西都是死東西，或者眼看著就要死了。一棵樹如此，一粒草籽如此，一種生活、一個夢也如此。只要有結果，有結論，就算完了，再好的結果也只是到了頭，他是不願意到頭的。

實際上這個世界上任何東西都是沒有結果的，也沒有結論。死是一種結果嗎？如果有靈魂，死就只是一種開始（就像豪一樣，死是他的開始）。他的案子也是，法院下了判，形成了結論，但他說：「不！這個案子的結論就只能是單方面的。」他不允許任何一個人自己的命運單方面下結論！

小郭子餘悸未消，坐板的時候還在發抖。老白看了他一眼，拍了拍他的手，好點了。他看著眼前的那堵牆，牆距他不到一米遠。他看著牆，腦子裡又閃現出他老婆偷人的情景。他老婆偷人，那個男的打電話叫他過去，說：「你老婆在我這裡，你領她回家吧，他在我這裡白吃白喝住了這麼久，你給兩萬吧。」他怒不可遏，先捅了那男人一刀，回到家裡，又捅了他老婆，糟糕的是他還捅了他老丈人。當然他很快就被捕了，驚魂未定地在號裡待了五天了。這五天，他總是聽見各種聲音——那個男人在他老婆身上撞擊的聲音，椅子砸過去的聲音，刀子捅進去的聲音，兩個孩子的哭聲，他老婆的腸子流出來的聲音，疼痛和詛咒的聲音……，還有更遠一些的各種腳步聲和人聲——他甘肅老家黃土坡的風聲和院牆暴烈的微響……。他的腦子裡嗡聲一片，看不見自己的面容，也看不見自己失魂落魄的樣子，只看見他的瞎眼母親倒在山坡上，山坡上全是黑茫茫的鬼影……

「貼牆站好，背監規！」進來的那天，陳三兒讓他像一張皺巴巴的紙片一樣緊貼在牆上，還揪著他的頭讓他朝上看。他哆哆嗦嗦的，陳三兒又踹了他一腳，讓他站直了，仰起頭看牆上的字。監規貼在牆上，他緊貼著牆站直，使勁地看牆上的字。他個子小，號房的光線幽暗，上面的字根本看不清，但他嘴裡依然很認真地念念有詞。他雖然念念有詞，腦子裡卻全是各種轟然響起的聲音。

半小時後，陳三兒考他，他結結巴巴的一條也沒背出來。

「透你娘，把褲子脫了！」

陳三兒讓他脫掉褲子趴在牆上，他就挨了十幾下鞋底子。他的屁股又紅又腫，像是被陳三兒拍在了牆上。

「算了，讓他刷馬桶吧。」

老李制止了陳三兒。小郭子的馬桶刷得很乾淨，連續四天都沒有受制。但第五天倒牛奶時卻出了錯，他的一根頭髮絲掉進了老李的牛奶裡。

其實他的頭髮應該一綹一綹掉才對，他老婆前些天揪他的頭髮，就揪下了好幾綹。他打他老婆，他老婆就死命地揪他的頭髮。

一個外地人，在本地既無親戚又無朋友，二十八歲，可憐得像一隻被扔在路邊的鞋子；個子又瘦又小，兩隻手出奇地大，眼睛像一隻烏鴉拉出去的稀屎，不經意掉在了他乾瘦的臉上……。老李可憐他，給他找了一身衣服，他穿著一身又大又肥的絨衣在號房裡刷馬桶，混濁得一塌糊塗。

「你怎麼回事？怎麼還捅了你老丈人？」老李問他。

「反正都捅了，捅一個是捅，捅兩個三個也是捅。」他說。

「傷得厲害嗎？」

「不厲害，但我老婆的腸子出來了，一大截腸子掉在了肚子上。」

「捅了幾刀？」

「三刀，那把刀太鈍，事先也沒有磨一下。」他低著頭，又說。他對自己的行為是多麼清楚啊！

他十八歲離開甘肅老家，到北京郊區的一個服裝廠打工，認識了他老婆，兩人很快就好上了。他老婆當時才十六歲，一年後懷了孕，生了一對雙胞胎，之後他就在他老婆家落了戶，成了一個倒插門女婿。如果在老家，給人家倒插門也未必有機會。他父親早死了，一個瞎眼母親把他和兩個哥哥拉扯大，家裡實在太窮，兩個哥哥一直沒娶上媳婦兒。所以老家的人羨慕他，都說他是一個有福氣的人，才二十歲，就有兩個兒子了。他也很惜福，倆口子的日子一直也都過得很平順。

轉眼間，孩子都八歲了，他跟他老婆商量，說孩子上學了，在家裡是養不活的，他要去北京做快遞。他老婆說：「好，但要保證每個月至少回來一次。」他答應了，說那是肯定的，他也想兒子。他們生活的那個小鎮距北京不過一百來里，倒兩次車就到了。他在北京做快遞，每個月回一次家。後來他老婆在外面有了人，他回來，他老婆很冷淡，既沒有笑臉也沒有激情。他知道一定出問題了，他在外面掙錢，他老婆在家偷人。他找他老婆談話，他老婆開始不承認，後來承認了，卻說自己才二十出頭，熬不住。他哭了，還下了跪，說她不能再偷人了，無論如何也不能再偷人，他受不了，不能總這樣戴綠帽子……。他老婆也哭了，還陪他喝酒，一次一次喝醉，但醒來又去那個男人那裡。她把他老婆拖回家，按在地上，拿著一把錘子說：「還去嗎？下次還去嗎？」他老婆不說話。他又說：「你還要去是吧？還要去是吧？」「咣」的一聲就砸斷了自己的一根手指。那個斷指在地上像是在動，也像是在笑。他又要砸，他老婆發瘋一般尖叫：「不去了，不去了！」但之後又去，那男人還打電話給他，向他要錢，他覺得她實在太賤了，就捅了那個男人和他老婆，順帶著也捅了他老丈人……

「你他娘的對自己還真夠狠的！」老李看著他的斷指說。

「真他娘的蠢，你可以捅那個男人也可以捅你媳婦，可怎麼能砸自己的手指頭呢？」陳三兒說，他在心裡很不屑地說：「真他娘的，活該！」

老李似乎很同情他。一個斷指的人，一個王八，一個老老實實的外地人，捅了他老婆……。他是故意殺人，而且是連傷三人，對他老婆還連捅三刀。如果不出諒解書，刑期就短不了，才二十八歲，老婆沒了，孩子也沒了，老婆恨他，孩子長大後也可能恨他，不再認他——這樣的人生也太黯淡了……

「畢竟有兩個孩子，找人說和說和，看在孩子份上，也許他老婆會出諒解書。」老宋說。他的罪在號裡是最輕的，一個宰羊的，賺了點錢，剛買了輛新車，一高興，喝多了，就撞了人。問題是那個人沒死，在醫院躺著，光醫藥費就已經花了三十多萬了，人還沒有醒來。交通肇事最重要的就是賠償達成諒解，可對方要一百二十萬。「賠不起，愛咋的就咋的。」——他說。一個人對自己處理不了的事只好不處理，交給老天爺，任由老天爺發配。所以他反而成了號裡最想得開的人，整天下棋打牌，吃得好也睡得好。

每次來新朋友，老李都讓大夥兒給說道說道。這對新人來講似乎是一種關心，對老人而言也是一種打發時間的方式。大家說道說道，過過嘴巴癮，時間也就過得更快一些。而且看見有人比自己更慘心裡也會平衡一點。所以只要是說別人的事，老宋就很熱心。他長得五大三粗的，滿臉的絡腮鬍子，他最喜歡說的一個詞就是「萬馬奔騰」，他把搞女人，騎在女人身上比喻成「萬馬奔騰」。

「諒解？他把人家的腸子都捅出來了，還捅了老丈人，怎麼可能還給他出諒解？」陳三兒斷然說。

「其實他老婆偷人也是可以理解的，才二十六歲，男人又不在身邊，擱誰誰也熬不住。」他又說。

「啥叫偷人？現在也只有土鼈才這樣想了。」小不點接過陳三兒的話。他已經是第二次進看守所了；第一次偷了朋友的銀行卡，從卡裡取了五千，去北京痛痛快快地玩了三天，回來就被抓了，法院判了他一年刑，刑滿後，他又偷，很快就又進來了。

「哥，別鬧我行嗎？我給你看大白腿。」第二次進來時，陳三兒讓他貼在牆上背監規，他無比嫵媚地說，說完就脫褲子，讓陳三兒看他的大白腿。陳三兒愣住了，他說：「得了，老大，你厲害。要不你自個兒擼吧。」他就靠在牆上自個兒擼……。一個還在發育的小孩，髮型很漂亮，也很講究，可十幾天後已是滿頭花髮。老李說：「瞧這孩子愁的，可真是一夜白髮啊。」他笑嘻嘻地說：「染的，我是少白頭，十三四歲就這樣了。」

「染的？」老李覺得像是有什麼在跟他開玩笑似的。也是，他有什麼可愁的？才十八歲，還有大把時間，不過是小偷小摸，大不了再進一次看守所。

「不管怎樣都不應該捅人家，他倒好，連老丈人都捅了。其實像咱們這樣的人，在裡面關著，讓老婆怎麼守？一年半年還好說，時間再長點，誰也守不住。」乙說。

「這是兩回事，小郭子當時還沒進來，他在外面掙錢養家，老婆卻在家裡偷人，只要是個男人，誰都受不了！」老宋說。但他認為小郭子應該只捅那個男人，老婆再有錯，畢竟也是孩子他媽。

「三兒，要是你，你咋處理？」老李也跟著湊熱鬧。

「不就是褲襠裡那點事嗎？睡就睡了唄，頂多不過離婚。而且，這種事誰也不會閒著。」陳三兒說。

「靜兒也不會閒著嗎？」丙突然說道。

陳三兒的腦子頓時就「嗡」了一聲，對著丙的臉一拳就打了過去。老李拉開了丙，陳三兒呼哧著大罵：「透你娘！靜兒，靜兒也是你叫的嗎？」

「我平時是不叫，擼管的時候才叫——靜兒，靜兒……」丙火上加油。陳三兒又撲了過去，老李拉住了他，號房裡一片混亂……

一個殺人犯的陰暗心理實在不可揣度。丙不斷地在號裡惹事，也不斷被調號。他乾瘦、矮小，正常打架不行，可夜深人靜時會趁值班的人不注意砸你的頭，這是難以防備的。他已經兩次將人砸得頭破血流了。

小郭子一動不動地坐在鋪位上，任由大家胡天海地地談他的事情。他悶聲悶氣的，一句話也沒說。沒有人注意他在想什麼，也許他什麼也沒想。他昏昏沉沉，腦子裡依然是各種聲音。他看著陳三兒和丙差點打起來，不著痕跡地笑了笑，然後，坐在鋪位上睡著了。

導演說：「將舞臺再布置成軒的書房，燈光照在軒的臉上。這是一張五十出頭的讀書人的臉，疲憊、憂傷，他點燃一支煙，繼續說（語氣依然低沉而平緩）——」

「從看守所出來後，我輾轉找到了豪的女兒，並將手稿交給了她。她坐在我面前，有些神經質，二十出頭的樣子，顯得十分疲憊。她接過手稿，眼圈一直都是紅的，一種欲哭無淚的悲哀讓我不知道如何安慰她。她問了一些與看守所相關的事情，主要是想知道她父親死亡的真相。我說我到看守所的時候他父親已經死了，不過，大家對她父親的死有許多議論，有說他是暴死的，也有人認為他是自殺。」

「『自殺！他怎麼可能自殺？』——她突然大聲地說道，幾乎帶著哭音，尖叫著大聲反駁我。我突然意識到不該向她轉述那些顯然是道聽塗說的話。我連忙說我並沒有見證過她父親的死亡，我只是受人之託，將這份手稿帶出來給她。她垂下頭，沒有再說話。我見她情緒如此低落，忍不住又安慰她——『上面不是已經在調查了嗎？你父親的死因終會水落石出的。』她似乎並沒有聽見我說的話，我的安慰實在也太空洞無力了，她恍恍惚惚地在一旁坐著，之後又自言自語地說：

『至於暴死，一個人怎麼會莫名其妙地暴死呢？法醫的驗屍報告說他死於冠狀動脈血栓；他的身體向來很好，怎麼會得這種病呢？這種病又怎麼可能讓人暴死呢？』

過了一會兒，她又問：『我父親死的時候李叔叔應該在吧，他怎麼說？』

老李的確跟我說過豪死亡的過程，他說豪在看守所原本過著很正常的生活，與其他在押人員相處得也很好。可不知為什麼突然就歇斯底里起來，管教關了他三天禁閉，他就嚎叫了三天，他是在嚎叫中死去的。可我不敢再把這些話轉述給她。她見我不說話，又問：『我能見到李叔叔嗎？』我說老李可能已經入獄了，非直系親屬是不許探監的。她沉默了一小會兒，就起身告別。『無論如何，我都很感謝您和李叔叔。』說完，她就帶那部手稿走了。」

「沒過幾天她又來找我，將手稿還給了我。她說：『請您先看看吧，如可能出版我們再商量。』我問：『你看過了嗎？你父親的手稿你不整理嗎？』她說：『我怕看他的文字，也沒有能力整理。再說我還得處理他遺留下來的其他問題。』我表示理解，又問：『你母親呢？』她看著我，過了一小會兒才反問道：『你是指K小姐吧？這個人跟我沒有任何關係，我父親這樣不幸，從某方面講也是拜她所賜。』她的情緒有些激動，而且帶著恨意。我沒有再說下去。『總之，這部手稿交給您是最好的，您就先從一個編輯的角度幫忙看看吧。』我答應了，之後就開始整理豪的手稿。『如果您想進一步瞭解我父親，我們可以見面再聊。』離開的時候，她又說。我點了點頭，目送她孤零零地離去……」

「通過手稿，我對豪有了更多的瞭解。大致說來，他是一個商人（他在手稿中說：『我得承認，我曾經是一個不算太俗的商人，甚至還可以說是有雄心和品味的。』），卻有著藝術家的心靈。當然了，這會讓他的生活像是長了息肉似的，雖然不痛不癢，但多餘、難看，還時常會因此自尋煩惱並惹出些麻煩。他下海經商前也曾寫作，之後停止了，將所有的精力都投入到了商業活動中去（他在手稿中說：『我曾經也寫作，就算和那些桀驁不馴的文人在一起，我的作品也頗有一些為人稱道的地方。有人說如果我不經商而是一直寫作，我的成就甚至可能是卓越的。我知道說這話的人多半是出於客氣，寫作與我是否經商也沒有半毛錢的關係。問題是我很絕望，認為用中文寫作是不可能成就偉大作品的……。』）。這大約已經是二十多年前的事情了（他在手稿中說：『我對寫作早已喪失信心，這麼些年我還經常與文人們在一起，是因為某種哀念。我在憑弔一種夢想，也在紀念一段歲月與某種雄心……。』）。

後來他被捕了，在看守所待了近兩年，與自由世界失去了聯繫，卻得以認識另一群人，看見另一個世界的各種罪惡與人性，也發現自己身上存在著另一些自我，與他以前熟悉的自我很不相同。他有了觀察世界的另一個角度（其實是另一些角度），也經常陷入到各種幻想和回憶中去。再者，我猜，大約也是因為看守所的生活太難熬了，他就斷斷續續地寫了這些文字——一些速寫，描寫他身邊和記憶中的人與事，一些思想片段，雖不成體系，卻也跳蕩著可以照亮他沉悶生活的火花；還有一些回憶與幻想，無頭無尾，突如其來，讓人感到驚悚……。在近八十萬字的手稿中，有二十幾篇已經完成的短篇小說，筆觸簡練，意蘊深沉，一篇接一篇地浮現出蒼涼世態；另有四部中篇，敘述的是他少年和青年時代的生活；還有一部尚未寫完的長篇（已寫了二十餘萬字），帶有明顯的實驗性質（其實驗性與先鋒性我暫時還難以評述）。從一個有近三十年文字生涯的老編輯的角度看，他的文字悠遠、清冷，然而精緻，算得上是上乘之作。他有些離經叛道，也有些反常，他似乎一直在尋找某種突破，希望創作出屬於自己的文體與效果。」

「總的說來，他是一個既充滿矛盾又十分尷尬的人，他活得痛苦，他的孤獨很少有人能懂，他應該在很早的時候就已經不再熱愛自己的生活了。他看似成功（某些方面），卻十分失意。他一直在從事很現實的商業活動，卻是一個病入膏肓的白日夢患者。可怕的是，他總是一面做夢，一面不斷否定並批判自己；他始終將矛頭對準自己，將自己折磨得體無完膚。他是一個十分不滿足於自己的人，是一個缺乏常識、輕視常識，卻又總是被常識嘲弄和擊敗的人。他身邊的人有時候會誤認為他是一個強者（他屢敗屢戰似乎又總能反敗為勝），其實他很早就對自己喪失了信心。他絕望得太早也太久了，死的時候才五十二歲，對自己非常不滿意，又不知道如何再走下去。我猜，連寫作最後也一定讓他充滿了無法擺脫的困惑與絕望。不過他的文字十分真摯，對自己、對生活、對這個他總想反抗的世界充滿了真摯的情感，雖然這一點並無多大價值，卻依然很打動我。」

「應該是受條件所限（說到條件，看守所怎麼可能具備寫作的條件呢？），這部手稿一部分是寫在一些紙片上的，另一部分顯然已經整理過，抄在一個很粗劣的筆記本上。但手稿的很多地方又塗又劃，很難辨識哪些是他確定了的內容，哪些是他還在猶豫或乾脆就不要了的。手稿的一些地方也很不連貫，另一些地方又太過突兀，顯得十分混亂。我猜大約是有所丟失，再也沒法找到了；但或許也是他正在探索的某種表達方式。他認為生活本身就是突兀的、不連貫的，也是混亂的。他對文字十分敏感和挑剔，似乎在糅合多種風格與角度，也在追求時間（音樂）與空間（意象）的統一。他曾引用了奧維德《變形記》中的一句詩——『他用出眾的才思拓展出新的藝術領域。』這像是在描述他自己，也是在表達他的願望與雄心。手稿中有一小段與寫作相關的文字，既像是在表達某種懺悔又像是在表達某種願望。從這段文字中我看得出他已經把寫作當作是他全部的和唯一的生活，寫作已經成為他逃避和迎向生活的唯一方式。他寫道——

寫作是我的初戀，我們結合過，如癡如醉。她可以說是我的糟糠之妻。我們曾經有過某種法定的契約關係，彼此早就將對方私有化了，是神聖的和不可侵犯的，也是雙方在身心方面的約束。可後來，我的性子變野了，文字和精神方面的狂野轉化成了肉體和生活的狂野。我開始嫌厭她，嫌厭她的貧窮和落寞，也嫌厭她的清高與妄想。我也受夠了她的孤獨與憂傷。我們分手了，我投身商海，變得富有；很多人羡慕我，一些人奉承我，無外乎是因為錢，假意或真心，在酒色中虛擲了年華，卻始終過著無所歸依的漂泊生活。最後我被捕了，成了一個犯人，打下了某種烙印，在陰影中尋找光明和出路。

說來也怪，一旦我失去自由，寫作的面容又再次出現。剛開始是虛幻的，若隱若現，從某個不知名的苦寒之地走來，站在我被捕之後的某個夢中，像月光下淒冷的影子。我一眼就認出了她，雖然闊別多年，她也歷經滄桑，但面容中依然有著某種初始的神情。我們相互凝視，彼此都期待著對方說出第一句話，可誰都沒有說。之後她走了，在我的夢中消失了；我驚坐起來，想追出去大聲叫她，請她留下。但我的四周只有冰冷的牆壁，我追不出去，只能噙著淚水，無比淒涼地看著她消失。十幾天之後，她又來了，在我的另一個夢裡，同樣含著寬解的微笑。她的樣子已變得十分清瘦，但眉宇之間卻有著某種奇古高格的氣質。我看得出她同樣在承受思念之苦；她自始至終都沒有譴責我。就這樣反反覆覆，來了又走了，走了又來。有時候是從牆壁上，有時候是從天花板上，有時候甚至直接就穿過那扇鐵門進來。她站在我面前，無限深情地看著我，等待我說第一句話。這句話應該是：『我愛你，這麼多年過去了，依然愛你。』可這是一句多麼難以啟齒的話！我戰戰兢兢，羞愧萬分；我是一個背信棄義的人，曾經那麼無情又那麼決絕地拋棄了她，我怎麼可能還有勇氣說出這麼深情的話來呢？如果我這樣說了，我將再次成為一個輕浮、無禮和不慎重的人。我知道在我一無所有之後，只有她會再一次接納我，只有她的懷抱依然是溫暖的。我們曾經共同受苦，而她從未計較過得失，任何時候都保持著初心。我終於鼓起勇氣，說出了第一句話：『我被捕了，成了一個犯人，一無所有了。』她平靜地聽著，之後她說：『我是孤獨的，我是自由的，我是自己的帝王。』我明白她的意思，她引用了康德的話，講的是某種信念，她當然也在安慰我。康德的那句話也是一個寫作者和思想者活下去的祕訣……

寫作始於苦難與仇怨，似乎早已是不爭的事實。快樂有什麼可寫的呢？任何一種快樂都是膚淺的，轉瞬即逝。人們期待並享受快樂，快樂卻難以在心裡扎根，更不會枝繁葉茂，遮天蔽日，成就盛大的風景。人們牢記的永遠都是那些在苦難中不甘屈服的心靈。只有在被擊打之後，美才是結實的；只有在歷經風雨之後，美才可能攝人心魄……

我寫作，是基於我希望發現價值，希望找到事物中那些讓我感動並讓我免於自殺、免於過度悲傷和絕望、免於自暴自棄的精神內核。我寫作是因為到處都是虛假、空洞和缺乏表現力的漢字。是因為我陷入到了無可救藥的孤獨與絕望之中。我正在對漢字使狠勁，正如我正在殘忍地對自己的生命使狠勁一樣。我承認這是一種血淋淋的自殘。自殘出自於自我蔑視，但我相信能讓我感動並活下去的必定也能讓大多數人感動並活下去。因此，寫作對我而言就彷彿一場戰鬥，是對平庸與俗套的殊死抵抗，也是對憂傷與絕望的救贖。寫作讓我再一次看見心靈深處的風景和卓異之人的光彩，讓我抵抗住時間的侵蝕，也讓生命在回憶與想像中變得絢爛，讓未來充滿了柔和的生機與意趣。當未來不再面目猙獰，我又開始有了新的確信……

雖然深陷囹圄，看不見萬千世界的變化與美麗，感受不到鮮花的嬌媚與柔美，也聆聽不到月光的呢喃和黄昏日落時萬物的微響，但回憶與想像卻讓沉悶的生活發出了亮光。

當我再一次拿起筆，寫下第一行字，就如同信念純潔、堅定之人開始唸『唵』，我立即就聽見了萬千世界那美妙無比的韻律與節奏；那是我所熟悉的節奏，是天體運行、萬物生長和靈魂飛翔的樂音，是海洋的澎湃和大地的靜穆。它將在漫長的跋涉之後，與亙古變幻的萬物交相輝映……

此時，我聽見了牆壁的聲音，聽見了天花板和那一小扇高高的條窗的聲音，聽見了鐵門和鐵門之外清晨與黑夜的聲音，也聽見了一隻破舊的垃圾桶的聲音。號房殘破的牆壁在敘述歲月的故事，號服更加豐富，一件號服被不知多少犯人穿過，浸透著不同的體味與罪行，在向我講述著一個又一個活潑跳蕩的生命的故事。我看見了太多犯人的臉，強姦犯的臉、搶劫犯的臉、詐騙犯、毒犯和職務犯罪者的臉。這些臉像任何一張人臉一樣豐富，既有麻木、孤獨、凶殘、猥褻的一面，又有樸實、快樂、知足、感恩和良善的時候。我彷彿聽見一個聲音在對我說：『廣闊、深厚、博大的藝術世界裡，既沒有犯人也沒有牢獄，有的只是人臉、性格和心靈……

我大段大段地摘錄這段文字，不僅是因為他動了真情，道出了心聲，還因為我把它們看作是他歇斯底里的先兆。他彷彿完全擺脫了生命的羈絆，從最深沉的混沌中升騰起來，說著他的夢囈與誑語。這正是我擔心的，因為他讓自己深陷在無邊無際的幻覺之中了。看守所的生活陰暗和令人絕望，他卻在一個幻想氾濫的世界裡歡呼雀躍。我想他一定走不遠了，因為他的心已如兒童般透明和易碎。果然，緊接著我就在一張紙片上看見了他寫的一句話——『我不行了，再也寫不出來了，一個字也寫不出來！』我彷彿看見他在痛哭，接著就是他的歇斯底里……」

導演說：「再將舞臺布置成看守所的號房，這會兒是早晨八點至九點，大夥兒繼續坐板。」

號房裡似乎又出現了豪的聲音，他說：「我總在想父親塞給我的那包東西；我也在想三妹私下裡給我的紙包糖，我含著紙包糖在上早讀課，腦子裡又想起唐家兄弟用光板球拍打乒乓球的聲音——『劈克～劈啪，劈克～劈啪。』我把這些聲音安排在記憶裡——記憶長著兩隻多麼警覺的耳朵，它一直在傾聽我命運深處的聲音……

文字在聲音中拐彎，在想像的鐵錘下變成各種形狀（你聽見打鐵的聲音了嗎？不妨想像一下鐵匠揮汗如雨的勞作）。薄如蟬翼的文字飛了起來，它們掠過原野，發出閃亮的響聲。亮如鏡面的文字折射出長久的絕望與孤獨。另一些文字則帶著生活的折痕，帶著一隻貓在花園裡失落的美夢；可是你瞧，還有一些文字，像一隻蒼蠅一樣被『啪』的一聲拍在了地上。你可以看見蒼蠅的血跡，看見生活百無聊賴的一面……

轉折、跳躍、飛行，深深地在現實的大地中扎根，挖掘、捕捉住每一個流逝的意象。任何場景都有體溫、面容和背景，有鮮花、杯碟和令人悵惘的早晨，有少女和寡婦……

從一個房間進入另一個房間，去尋找每個房間的夢，尋找一種瘋狂的愛，尋找一個人的喃喃自語。喃喃自語在任何時候都會發生，當你打開一扇戶，掀開一床被子，疊起一件衣服，看見一座花園……『哦，我的小麵團！』——當她貼著你的臉這樣說，你的心一下子就融化了，並經記憶的模具成為一枚徽章……

此時你聽見的是文字斷裂的聲音。始終都是文字在牽引你。文字引領你進入一片陽光地帶，抵達一片海灘；你看見一隻鳥和一隻船。也引領你站在某座山上；你看見花開葉落，也看見洪水氾濫，妻離子散，烽火連天……

所有這一切都是文字製造的迷宮，你在一個偌大的迷宮裡細心體會每一個詞，撫摸它的語境與皮膚；將它們扭來扭去，還將它們折成一架架紙飛機；你看見它們閃著光，穿過一片叢林；也看見它們在荒涼的湖沼墜落……

在文字的迷宮裡你永無出路！

寫作就是魔鬼在說話，夜在傾斜，夢翻過籬笆進入花園；是幻覺在一旁自語，樹葉在風中撩撥，是人在死，貓在尖叫，是恨從手中落下，愛停在雲層之上（恰如一具哭泣的棺材！）是一個又一個絮絮叨叨的陰雨天，是蜜糖罐、紙包糖、蜻蜓；是掠過、閃動、劃破、墜落，是哭！不停地哭！是吶喊與迷醉！是所有的生機與意趣——你隨時隨地都在被萬物所感動……

讀納博科夫的小說，看他的文字如何轉折、閃動。時間在流逝中飄滿了繽紛的、令人驚愕的意象。建築、荒野、灌木、餅乾盒、聖代、舊雜誌、睡衣和汽車旅館……，全都是生機與欲望。詞語在其中跳蕩、轉換、閃亮；敘述、抒情和議論渾然一體，如夢幻般向前鋪張……，僅僅這些就成就了他作為一個文體家的盛譽嗎？哦，文體！文體！文體！」

……

時間再一次像泥濘似地凝滯著，可一腳下去又冒出了一串串髒水。

老李站在泥濘中，想起了他奶奶。他奶奶上個月走了，八十六歲，坐在炕上，頭一歪就死了。應該算是喜喪，老人沒受一丁點罪，連一句話也沒留下。

沒留下才好，沒留下就說明沒牽掛。人都死了，還有那麼多未了之事那才叫沒活明白——一個人真有什麼非要在閉眼時才說的話嗎？要是在外面，他一定會給奶奶辦一個像模像樣的喪事。他是長孫，也是村裡最有出息的人。十八歲當兵，在部隊考上軍校，畢業後分到坦克旅，轉業後到了公安局，三十八歲就當了刑偵支隊的支隊長……

在老家，奶奶把他開坦克的照片放大，掛在牆上；同時還掛了他十幾張獎狀，小學、中學、大學和工作後的獎狀都有。他當兵第一年回去，千里迢迢帶回些果脯，奶奶說：「以後啥也不要帶，把每年的獎狀帶回來就行。」他就每年都帶一張獎狀回去。可有用嗎？再多的獎狀也抵不上他犯一次罪。

其實，奶奶早就知道他會出這麼一檔子事；她找算命先生算過，算命先生說她這個最有出息的孫子四十歲那年會有牢獄之災。前些年，奶奶跟他說起這件事，要他留意，四十歲那年要特別小心。

他笑了笑說：「這是迷信啊，奶奶，不能信的，您也是當過村長的人。」

「住口！信不信由得了你？老話講了，小心駛得萬年船。」奶奶說。好吧，他四十歲那年就格外小心。

其實他比算命先生看得更透、更遠。他很早就知道他四十二歲那年會死，天命如此，他看得清清楚楚。所以他工作以後就一直買保險，而且只買死亡險，買到四十二歲那年為止。

他此後的生命彷彿就只是為了迎接四十二歲似的。他在玉米地裡竄來竄去，不斷地說話，還不斷地哭……，他竄來竄去只是想聽他娘親口把這件事告訴他。

結婚前他曾跟他老婆說起過這件事。可她說：「我不信邪！」還笑話他，說他的心太老了，不像個軍人，這樣不行的。好吧，也許她命中註定了要當寡婦，那也是擋不住的。他結了婚，依然每年買保險，也給他老婆買；但給自己只買死亡險，也只買到四十二歲。他覺得除了四十二歲那年會死，其他的就算不上什麼，包括生兒子、當支隊長，也包括算命先生說的牢獄之災。

還有什麼比死更大的事情嗎？

死，也許就像一陣颶風，它來了，身邊的景象就全沒了；山變成了平地，海變成了火光，一切都煙消雲散了。

他平靜地迎接著正在來臨的一切。

有關死亡的那些念頭總是在他腦海裡浮現，他從不去想為什麼、能不能避免，他甚至還很期待。死是一件他一直都很期待的事情，也是他活在世上的最終目的。除了死，這個世界任何東西都是輕飄飄的，也不真實。只有死才能真正改變生活，其他的，則無論做什麼都只是重複。

沒有人知道他的這些想法，他老婆或許多少知道一點，可在另一個世界，老婆和兒子也都是陌生人。另一個世界是一個多麼令人嚮往的世界啊，凡夫俗子是去不了的。他在等另一個可以和他一起去的人。他曾在單位和同事聊到過死，他說人都是因死而生的。可他們不理解，他們一定都在說他很荒唐。

豪應該是理解他的想法的。可他也說：「你把死戲劇化了，這樣就誇大了死亡的作用與力量。」「我們平常說某人死了，其實只是一個醫學概念，是物質意義上的死。真正的死並不只是發生在心臟停止跳動的那個時刻，而是發生在每時每刻。死貫穿了我們的一生，生命在本質上就是一個不可阻擋地朝向死亡的過程。我們每走一步、每說一句話、每一次離別、每一次結束，其實都是一次死亡。說某人死於某月某日只是因為我們需要一個標識與紀念，但這個標識錯誤地將生與死隔開了。其實生與死從來都沒有隔開過，每一種生都是死，每一種死也都是生，生與死一直都在交替循環。舊葉落下，新芽就長出，新芽長大，必將成為落葉。每一天，每一個時刻，都既是生的時刻也是死的時刻，只是我們平常不注意，直到死亡的那一刻，才如夢初醒，悲痛欲絕，似乎死亡真的來了，並改變了一切。」豪說。

可他說：「即便是這樣，死亡也具有最大的力量，因為只有它才是終結的，平常的死只是死了一點點，終結性的死才具有標識性的意義與價值。」

「也對，」豪說，「追尋終極價值可以有另一種人生。可說到底，並不存在終結這種東西，這個世界是不斷變化的，生生不息，不可終結。」

也許絹兒會是他在另一個世界的同伴。才二十三歲，第一次見到他時就說：「我的世界是新的，空空如也，還沒有人去過。」他隨即就去了，去得那麼自然與快樂。他們先是在海邊，在草原上，後來又在他那套小公寓裡做愛。他們翻來覆去地做愛，有時候像旋風一樣騰空而起；有時候像海浪一樣衝擊著礁石；有時候又像一對小鳥一樣停在樹上，那時月上梢頭，他們睡著了……

其實所謂的海、所謂的草原都是不存在的，都只是絹兒的幻象。他們經常去的只是他那套小公寓。但絹兒經常幻想他們是在海邊和草原上。

「多美啊，在這樣的夢裡永不醒來就好了。」絹兒每次都這樣說。

「好吧，永不醒來，可永不醒來就只有死才能做到。」他說。

「那我們就死吧，一起去死吧。」絹兒依偎著他，似夢非夢地呢喃著……

一個人很早就知道自己的命數究竟是一件好事呢還是一件壞事？他經常問自己。他很清醒地活著，似乎把一切都看透了。生命對他來說已經沒有任何神祕可言，也沒有任何意義。這其實也是一種死亡，生命停止了，終點只是亮晃晃地在遠處對他招手，活著不過是走上前去，握住它的手說：「我來了！……」

大家繼續坐板。

小張因為某種不為人知的緣由在心裡兀自發笑；他的笑是隱祕的，不特別留意根本就看不出來。

小郭子不斷地對自己說：「有個可怕的事情，我剛才還記得，可這會兒卻忘了。」他使勁想，他想弄明白那個可怕的事情究竟是什麼？

老白帶著自怨自憐的神情，低下頭，彷彿在問：「為什麼每件事都在跟我作對，每件事！」

老宋扭過頭，看見最裡頭的鋪位黑咕隆咚的，似乎充斥著不計其數的鬼魂。

甲突然大聲叫道：「大頭，我的襪子，考慮考慮吧。」他是號子裡另一個殺人犯，進來的時候管教就跟老李說：「可能精神有問題，正在做鑑定，你們留點心。」什麼叫可能精神有問題？他本來就住在精神病院，不知怎麼就跑了出來，第二天就殺了他奶奶。

陳三兒教他：「大頭！」

他說：「大頭！」

「我的襪子！」

他說：「我的襪子！」

「考慮考慮吧！」

他說：「考慮考慮吧！」

「連起來讀——大頭，我的襪子，考慮考慮吧。」

他學會了，之後每天都喊：「大頭，我的襪子，考慮考慮吧。」他的喊聲從風場傳出去，也從一間號房傳到另一間號房，有段時間所有號房都跟著他喊——

「大頭，」

「我的襪子，」

「考慮考慮吧。」

連民警們下班時也拿這句話來逗樂。

「考慮考慮吧。」——天空中充斥著不同的人喊出的這句並無緣由的聲音。

不知怎麼這會兒甲突然就喊了起來。他的兩隻手抓住耳朵，模仿著開飛機的樣子——一會兒朝左往下飛，一會兒朝右往上飛。「大頭，我的襪子，考慮考慮吧。」他飛向左又飛向右；向上飛又向下飛……

老李呵斥他，他做了個鬼臉，又安安靜靜地坐在了鋪位上。

陳三兒這會又在想靜兒了。剛才丙叫靜兒時猥褻的樣子真讓他氣不打一處出。「他怎麼知道靜兒的？」他自言自語地問。彷彿他和靜兒同時被一個髒人給調戲了似的。

「老大，是你自己說的，你跑馬的時候總叫靜兒。」小不點偷偷地提醒他。他愣住了，過了一會兒又問：

「我？都怎麼叫的？」

「靜兒，靜兒……啊！——你的馬應該已經跑出來了。」小不點笑著回答。

陳三兒不再說什麼，他心裡湧出一股暖流——「瞧，靜兒，我該有多愛你啊！」他在心裡默默地對靜兒說。

八年前陳三兒考上了那所民辦大學，和靜兒成了同班同學。靜兒是他的班長，他是一個差生。可他這個差生卻是學校最活躍的人。他幫學校擴展業務，開拓市場，成了校長身邊的紅人。學校雖然是民辦的，可有國家承認的文憑，又是很時髦的藝術與傳媒學院。這兩樣讓他很容易就幫學校打開了市場。當然，他也賺了錢。二年級的時候他有了自己洋洋得意的財務自由。重要的是他還結交了一位有權勢的盟兄。學校的宿舍樓前經常停著他和盟兄不知從何處弄來的賓士車。哦，賓士，有的女生僅僅因為賓士就願意把身體給他們。他帶她們去兜風，讓她們從天窗伸出去對著滿天的繁星驚叫。那是一些多麼嬌嫩、自由和歡樂的身體啊！他和他盟兄比賽，看一學期下來誰會有更多的情人，結果總是他贏。他沒有盟兄的權勢與才貌，但他更親和、更體貼，也更會討女人歡喜。然而他最終選擇了靜兒做他正式的女朋友，甚至為靜兒放棄了寶貴的自由，卻是連他盟兄也沒想到的。靜兒在他眾多的女友中甚至連中等人才都算不上。他第一次約靜兒的時候，靜兒說：「一邊兒去！」第二次約靜兒的時候，靜兒說：「憑什麼？」第三次約靜兒的時候，靜兒說：「一夜情嗎？本姑娘不感興趣。」第四次約靜兒的時候，靜兒笑了，她說：「你可真賴皮啊，能不這麼賴嗎？」第五次約靜兒的時候，成功了，他把靜兒帶到海邊的一家五星級酒店，和靜兒開始了一段具有標誌性價值與意義的愛情。靜兒的閨蜜中有人和他有過一夜情，她挑釁她，在宿舍公開講她和陳三兒的那點事情。可靜兒笑了，她說：「我還真不在乎他過去的那點爛事，他以前就是個爛人，可你看，他和誰在一起之後就不再爛了？」這還用說嗎？當然是她靜兒了！陳三兒聽說這件事後很感動，他們的感情達到了前所未有的高度！大學畢業後，靜兒隨陳三兒到了他的老家。他從母親手裡接過了他們陳家做了幾十年的黃豆生意，之後又搞了豆製品加工業務。他計畫將豆腐從即食食品變成休閒食品，這是一個很有創意的計畫。他不斷擴大生意規模，也接觸了不少投資商。不久，靜兒也懷孕了，他們正朝著美好的未來大踏步前進，他卻被捕了……

九點大夥兒開始吃飯。所有的人都蹲在地上，一人一個饅頭，一碗熬菜。老李和幾個有帳的坐在一起，他們將一塊又舊又髒的泡沫板放在一個紙箱上，每人都有一份小盒飯。小張坐板前就被提出去了，刑警一早就來提他出去指認現場。

「一個強姦犯，人都進來三個月了，還指認現場，指認個球啊！」老李說。

「據說這次情況複雜，那女人的內褲上同時有兩個男人的精斑，陰道裡卻只有一個男人的精液。可能是要確認他是否強姦未遂。」老白說，他用手摸了一把沾在灰白鬍子上的菜汁，再將菜汁舔掉。

「李哥，我就是不明白，老張強姦了三次，每次都強姦同一個女人，有勁嗎？」陳三兒問。小張大他三歲，整三十，他叫他老張。

「這方面的事還問我？你不是褲襠裡的專家嗎？」老李白了他一眼，掰下一塊饅頭塞進嘴裡。他的腦子裡又閃現出豪吃饅頭的樣子。豪是南方人，饅頭難以下咽，他總是將饅頭掰成一小塊，泡在熬菜裡吃。

陳三兒經常在號裡講各種性事，也常講自己的光輝歷史，所以老宋叫他「褲襠裡的專家」。他見老李白了他一眼，就接著說：「那我也不理解，這都什麼年代了，他又不是沒錢，人也長得不錯，還是個大學生，幹嘛非要強姦呢？性價比太低了。」在他看來，性是這個社會交易成本最低的東西，小張是搞財務的，應該算得過帳來，無論如何都犯不著去強姦的。

「你他娘的就知道性價比，什麼都算帳，可你自己的帳你算過嗎？」老李說。他一直勸陳三兒多給人賠點錢，別在看守所跟一個農民較勁。可陳三兒不同意。

「我的帳？我有啥帳算不過來的？」他問。

「你說呢？你一個生意人，才二十七歲，電死人了，多賠人家點錢，達成諒解也就完事了，可你非得在這裡跟人耗著，不知耽誤了多少正事。你算過帳嗎？性價比高嗎？」

「我覺得高啊，我都弄清楚了，我這個案子抻死了也就判兩三年，賠他八十萬，我瘋了！我拿十萬給法官，爭取判緩不就得了？」

「判緩？要是判你兩年實刑呢？」

「那也值啊，就算判兩年實刑不也省了八十萬嗎？」他又說，可心裡想的卻是他老舅說過的話，他相信有老舅在，他就不可能判實刑。

老李很無語，他沒有再說什麼，他心裡突然就有了一種莫名其妙的煩躁，他覺得一切都夠了，他在看守所實在是待夠了，他必須撕碎眼前這種極其陰暗的生活。

其實陳三兒並不是油鹽不進，他也知道畢竟死了人，這麼一件不幸的事，賠點錢是應該的。「賠十萬吧，賠了就了事，工程是交給包工頭的，就算有責任也不是直接責任。」他說，可死者的家屬不同意，雙方的想法相差太大了。他們圍住他的辦公室，砸了他的電腦和家具，他讓步了，說：「那就賠十五萬吧，賠了就了事。」對方依然不同意，他們抬著屍體去了市政府，市長很惱火，說農民工的權益大於天，陳三兒必須賠四十萬。陳三兒沒辦法，只好說：「那就賠四十萬吧，賠了就了事。」（這句話聽上去就像是他從牙縫裡擠出來的）可後來，安監部門出了個報告，將事情定性為重大事故，死者的家屬就不幹了，原因是他們為這事耽誤了很多時間，也誤了不少工，陳三兒無論如何也得賠八十萬。陳三兒火了，說就四十萬了，多一分也沒有，愛咋的就咋的！他老媽、老舅和剛懷孕的靜兒都支持他，他們都認為做事情要有底線和原則。有人曾提醒他說：「陳總，這件事還是要協商解決，畢竟死了人，是有刑事責任的，你才二十七歲，生意做得那麼好，靜兒又懷孕了，順風順水的，犯不著讓自己在牢裡和一個農民較勁。」他和他老舅商量，他老舅認為說這話的人一定是對方的托兒，目的還是多訛點錢。他很激憤，拍著胸脯說：「嚇唬誰呢？我們是被訛大的嗎？別說警察還沒找你，就算真把你拘了，我也能讓你當天出來。」陳三兒說：「要不我先出去躲一躲？我可不想真被拘了。」他說這句話時顯得有點膽怯。

他老舅說：「躲？真有事你躲得了嗎？」靜兒也不同意他躲，她懷孕了，只想他待在身邊，所以她同意老舅的話，說有事就該直面，躲是沒有用的。他就沒有躲，結果真就被拘了，之後又被捕了。他雖然不怕人訛，可在看守所一直都忐忑不安的。他當然也不想給對方以可趁之機；他在心裡恨他老舅講話不負責任，可他還得相信他老舅——他真怕自己被判了實刑。

導演說：「再將舞臺布置成軒的書房，他在書房裡接待客人。這是一個久違的、陽光燦爛的午後，陽光灑滿了他長久孤寂的書房。他正在和他的朋友D說話——」

「紀德曾在一篇日記中寫道：『寫作最難做到的就是真誠。幾個月來，由於擔心作品不夠真誠，我備受折磨，不敢動筆。』他進而還對真誠做了進一步的闡述：人們把『真誠』和『放肆』混為一談了！我認識多少以真誠自詡的青年，有的自命不凡，令人厭惡；有的粗暴無禮，甚至講起話來都裝腔作勢……。總的說來，所有沒有主見、沒有批評能力的青年都自以為自己是真誠的。……紀德的話很打動我，我對此也有切深的感受。做編輯幾十年，我讀過多少稿件啊，可真誠寫作的人少之又少。好作品是一個人，也是一個民族長期審美積累的結果。可放眼望去，我們的生活又何來長期的審美積累？由於充斥著太多的偽作者，以至於出版社幾同於垃圾回收站和廢品處理車間……」

D在另一家出版社供職，算得上是軒相交頗契的老同行了。他來看軒，分明是因為軒最近的遭遇

（不幸的、難以言說的）。但他顧及軒的自尊心，只說新茶上市了，他專門去龍井村給他買了幾斤上好的明前茶。軒知道酒可獨酌，茶卻必須共賞；他正好珍藏了一把好壺，D來了，便可與他一同品鑑。D當然也是一位有見識和有品位的人。正值早春良辰，當天暖日當空，兩位老朋友在書房坐下；果然，D一看見那把茶壺就問來處。軒介紹說是美院的一位朋友在靈隱寺下的工坊所製；這位朋友前些年辭去公職，到靈隱寺辦了這間工坊，只為重拾失傳已久的技藝，潛心製壺。因此，出品極少，每有新品，好壺者便趨之若鶩。D反覆把玩那把茶壺，感慨那位朋友的超絕人生，同時也笑軒——恰如安史之亂之後的王維，已有了「行到水窮處，坐看雲起時」的心境。軒含著一絲不易覺察的酸楚淡然回笑，這酸楚所包含的自嘲與自憐當然只有他自己知道。之後，軒便用那把茶壺泡了D帶來的明前茶，和他慢慢地閒聊起來。D問起他的近況，以及下一步如何打算。軒呢，避開他的話題，反問他是否認識一個叫豪的人。D笑了笑，說：「豈止認識，我還在他手下做過副總經理呢。」軒知道他二十年前曾被出版社委派到一家合作公司任職，也知道那家公司最後以失敗告終，一段時間成了業界的笑談。現在聽D說豪還是當年那家公司的董事長，軒真是感到莫名的驚訝。

「當年他就像是拖著一麻袋錢來找我們合作似的。」D說，語氣中不無譏諷。

「他和我們合作辦了兩本雜誌，還收購了一份報紙，我看得出他有不少想法，甚至想顛覆點什麼——他喜歡用『推倒、打通、顛覆』這樣的詞，就像一個粗魯的闖入者和自以為是的拯救者一樣。」

「如果他的願望得以實現，今天他當然已經是一家報業集團的董事長了。可即便這樣，他的結果也未必比現在更好。」

軒忍不住問：「現在？他人都死了，還有什麼比死更糟的嗎？」

D說：「也是，他居然這麼年輕就死了，而且還死在了看守所那種地方。」

他突然又問（像是突然就明白了什麼似的）：「你們是在同一間看守所吧？」可接著又說（還未等軒回答）：「唉，這個人無論生死都會讓人吃驚，他可真是折騰，也真是與眾不同！」

軒有好一陣子沒有說話，之後又問：「豪究竟是一個什麼性格的人？又怎麼與眾不同？」

「他把生意當事業來做，也想在文化界有所作為。應該說他的理念不錯，他的公司也是當時少有的幾家有願景和戰略規劃的公司。」

「一個敏感的人，聰明卻不精明，不懂得審時度勢，不擅長權衡利弊，他甚至不清楚文化領域其實是禁區，他做事似乎只為過癮……」

「這人的智商很高，情商也很高，但智商與情商總是各行其事，從不配合。彷彿一個人用左手時不懂得用右手，用右手時又不懂得用左手——你可以想像一個雙手不協調的人走路時的樣子。」

軒笑了笑，聽他繼續說——

「做生意其實並不需要才華卓異，卻要懂得趨利避害、左右逢源，並將每件事做實，這些他都做得很差。他似乎很得意他是某種先驅人物，他有某種英雄情節和烈士之心。」

「烈士之心？」軒問，他對這個詞不甚了了，感到既新鮮又好奇。

「敢為天下先，敢擔當，甚至於為此犧牲也在所不辭。」

「一個具有悲劇精神的理想主義者？好比譚嗣同？」軒問。

「也許是吧，可這些都是違反商業精神的。」他說。

「他是一個很會講故事的人，也有煽動性；做事情的方向感也不錯，卻都不能持久，做著做著就會出問題，甚至前功盡棄。」他又說。

「哦？他那麼早『下海』，應該也做過不少項目吧？」軒又問。

「錢他似乎也賺了一些。他應該也是一個有毅力的人，一個項目不行了，很快就又啟動一個，他似乎總能找到先機。後來他做了一隻文化基金，投了不少項目，但除了一個網站就沒有一個是做強和做大了的。在我看來他根本就算不上一個商人，更談不上是所謂的企業家……。他應該就是在這支基金上出的事，非法集資，獲刑五年……」

軒這才知道豪是一個著名網站的投資人之一，他心想：單憑這個網站，豪也不能算是一個太失敗的商人。他又問豪是否與文藝界有所交往，他說：「記得他搞過一個沙龍，也資助過幾個作家出書，但效果並不好。」

「他似乎看不起這些作家，卻又總想利用他們。作家們呢，你也知道，在這個圈子裡混的又有哪個不是人精？——其實也只是想利用他。」

「他在圈子裡的做法也可見出他的不明智。該花錢的時候他跟人談思想；該真心交流的時候他只會花錢。所以，你若去圈子裡打聽，恐怕就連那些切實得到過他好處的人也未必會多說他一句好話。」

「照你這麼說，他倒像是個滑稽人物了？」軒問。

「也不能這麼說，客觀地講，他是一個真誠的人，也很想做些事情，但效果都不好。很多人都曾對他抱有期望，最後都失望了……」

「另外，他有時候過於犀利，也得罪了一些人。他像是一個躁狂症患者似的。」

「躁狂症患者？」

「是的。總之，他缺乏一種平順和圓滑；也許是他天賦太高而又不能善加利用，從而在很多方面都失去了平衡。當年和他同事的時候，公司所有人都知道上午十點前不要去他辦公室，否則準會被他劈頭蓋腦地訓斥一頓。那個時候，他可真是不分青紅皂白。由於這種缺陷，他似乎總也不能凝聚人才，公司再大，人再多，都只有他一個人在使狠勁。」

「上午十點之前？」

「是的，大家私下裡都開玩笑，說他一定是性生活不和諧，昨晚恐怕又沒睡好。」

軒笑了笑，又問他豪是否在情感方面也不順心。

「我知道他有個情人，是那年師範大學剛畢業的研究生，後來在公司做了他的助理。他一向我行我素，這樣的事也不避諱，因而在公司也並不是什麼祕密。」

「不過，像所有在外面折騰的人一樣，他的家庭生活大約也不會幸福。」他又說，突然又像想起了什麼似的，反過來問：「你怎麼會對他那麼有興趣？他不過是一個死了的人而已。」

軒便說了他輾轉將豪的手稿帶出來的事，以及他對豪的手稿的印象與評價。D點了點頭，又說：

「聽說過他文筆不錯，似乎也寫點東西。不過，應該只是愛好而已吧，你想，我們這些人又有誰年輕的時候沒有愛好過文學呢？文青——這個詞有時候也頗具諷刺性。」

軒本想說豪絕不像他說的那樣只是一個具有諷刺性的文青，可話到嘴邊也只是問了一句：「你讀過他寫的東西嗎？」

他想了想，說似乎有一篇小說發表在當時的一本同人刊物上。「我當時讀了，印象很深，就留了下來。」

軒知道那是一本內部出版物，印量很少，只限於小圈子贈閱，便問他是否還能找到那篇小說。他答應回去找找，可接著又問：「有意義嗎？」軒笑了笑，沒有回答。

過了幾天，D來電話說他已經找到了那本雜誌，並讓快遞送過來了。他在電話裡問：「H小姐你想認識嗎？她那裡也有豪的幾篇舊稿。」軒問：「是那位做過他助理的研究生嗎？」他說：「是的，前幾天碰巧遇見她，跟她說你正在整理豪的手稿，她主動說她有一些豪的舊作，並提出想和你見見面。」

「我想起你曾說豪正在對漢字使狠勁，便又讀了一遍那篇小說，我得承認它的確不同凡響。不過這也許正是他英雄末路的結果，他只可能在失意之時才使這種狠勁，寫作不過是他的一種出路，他非寫不可，否則，還有什麼生趣與希望呢？」軒說：「也許吧，一個人總得有點希望。」

第二天，軒收到了D寄來的雜誌。雜誌做得很簡樸，卻有著某種典雅的品質。雜誌的封面上印了一行小字：「僅供內部人士參閱。」顯然這是一本具有探索精神的實驗性刊物。作者都是生人，之後似乎再沒有在別的出版物上見過。雜誌上僅有的一篇小說，正是豪寫的。那篇小說寫了一個破產商人令人絕望的故事。臨死前他獨自住在海邊的一套公寓裡，而他的身體裡同時住著一二七九年南宋那位九歲的亡國之君。他以一個商人的財富餵養著這個憂傷的亡國之君，卻以一個商人的腐朽面容苟活於人世。後來這位商人認識了一位酒吧經理，她向他兜售一個可以陪他的人。於是她來了，一個藝術家和演員來到了他的身邊。她的箱子裡裝滿了各種性具和制服，她讓他每天擲一次骰子，然後穿上不同的制服進行角色扮演。可他始終不願意進入她的身體，因為他滄桑的身體上竟長著那個九歲的亡國之君無比幼稚的性器……「九歲?你確定他才九歲？」她問。「是的，他才九歲，尚未出征。」他說。「尚未出征！」她笑得全身亂顫，同時也想起了自己的九歲，她的童年正是在九歲那年結束的，從那一年起她就從一個天真浪漫的小女孩變成了一個美麗而古怪的小婦人。「我在少年宮的舞蹈老師，先是用手，然後就用了他十分難看的生殖器……」在那間面臨深海的公寓裡，他提議他們去尋找兩個不愛的人相愛的可能性。她說：「好吧，你可真是一個老天真，我願意跟你一起去嘗試。」之後他們就在各種角色扮演中去尋找相愛的可能性。可是不成，任何一種角色都缺乏真心。她每次都大汗淋漓。「我盡力了。」她說。他也承認他們失敗了。「也許我們早就把愛給弄丟了，那是找不回來的，愛與努力無關，與大汗淋漓無關。」他說……

那正是一篇使了狠勁的小說，將一個絕望之人空落落的內心剝蝕得體無完膚。軒讀完，情不自禁地摘錄了其中的一部分內容——

……

他這樣想著，就覺得自己既勇敢又幸福。可事實上他現在只是住在一個商人的海邊公寓裡，勇敢與幸福都只是另一個朝代的夢囈，他躺在這間公寓裡，躺在另一個朝代的黑夜，以一個衰退了的商人的嗅覺聞到了從廚房飄進來的香味。那是他喜歡的豬肺湯的味道，湯裡有花生仁、干貝和西洋菜，這時她進來了，她輕輕地走到他的床前——「你醒啦？」她問。

「醒了，好長的一個夢！」他說。

「嗯，我也是，也做了一個很長的夢。你夢見什麼了？」

「夢見了一個女學生。」他說。

「那不是夢，那是我們昨晚的愛情與生活，女學生就在你面前，她現在換了衣服，成了一個幸福的主婦。起來吧，她已經煲好了你最喜歡的豬肺湯。」

他起床，走出臥室，但並沒有坐在餐桌上，而是坐在客廳中央那盞黃色的燈光下，他還在發呆，他的夢看上去還沒有結束。她陪他坐在黃色的燈光下，讓他依偎在自己的懷裡，她的坐姿美妙無比。他依偎著她，緊貼著她的乳房；她用嘴含著豬肺湯一口一口地餵他，這讓他覺得愛情有時候真的是存在的，幸福就在眼前，他也許可以這樣幸福地活下去。

「昨晚……好嗎？」他問。

「好。」她說。

「喜歡嗎？」

「喜歡。」

「可是你並沒有進去，你為什麼就那麼固執地不進入我的身體呢？」過了一會兒，她又說。

他看上去並沒有聽懂她的話，他的目光再一次失去了中心。

將她孤零零地留在了那盞黃色燈光下……

「我喜歡你九歲的樣子……」她喃喃自語。然後又躺下了，她平躺在那盞黃色燈光下，用她身體最美好的凹陷處面對著他。他明白了她的意思，她渴望他進去，可他走開了。她的嘴唇微微張開，「九歲……」她輕輕地發出了這個詞。他並沒有理睬她，而是獨自一人走到陽臺上，再一次一動不動地站在那裡眺望大海。之後他獨自一人出去了，他在夜色中沿著那片海灘繼續散步，

「再說說豔遇吧，說說那些人生中最美好的事情。」她說。他回來了，又坐在那盞黃色的燈光下。她似乎一直在等他，他無情地將她一個人拋下，她也依然在等他。

「好吧。」他笑了笑，他沒有解釋他為什麼突然就撇下她走了。他去了哪裡？幹了些什麼？他對一個他付錢求歡的人無須解釋。可她的話讓他想起了他的第一次豔遇，他的神情突然間變得甜蜜。

「那一年我住在浙江的某個山村。我不記得我去那裡幹什麼了，是旅行？流浪？還是逃避生活，都記不清了。總之，那一年我住在富春江畔某個美麗的山村。

我那時已養成夜間散步的習慣，我總是白天做夢，夜裡散步。現實不過是我夢中的某個場景。一個人在夜裡散步是一件多麼空靈的事情啊！塵埃落盡，自我清新而完整……

那個晚上月光如洗，我又獨自一人走在山路上，我邊走邊輕聲哼著《卡門》序曲，全身心都融化在了月色之中。正當兒，一輛車在路邊停下，從車上下來一個人，一個修長、清瘦的少婦，

她像是剛從什麼地方回來，要回村子裡去。她下了車，在我面前走；月光照亮了她修長的身影和她那顆寂寞的心。我在她身後繼續哼唱著《卡門》序曲，我的影子和她的影子挨得那麼近，這讓我突然間產生了一種激情，禁不住在她身後大聲哼唱了起來。我在她身後大聲唱起了《卡門》序曲，月光下的山間小路飄蕩著我的歌聲；山上的小鳥先是凝神靜聽，之後也跟著我唱了起來。眾鳥齊鳴，迴蕩在山山嶺嶺；而她居然隨著我的歌聲跳起了舞來，是《卡門》中最經典的弗蘭明戈舞。我驚呆了，情不自禁地跟上她的節奏，和她一起跳了起來。整個山谷都飄蕩著我的歌聲和我們的舞影，我們立即相愛了，我跟著她回家，踩著咯吱咯吱的樓板到了她二樓的臥室。我們打開窗戶，在滿山遍野的《卡門》序曲中瘋狂做愛……。那一年我十九歲，在另一個城市另有一個熱戀中的女友……」

她抑制不住地笑了。「《卡門》序曲……」「咯吱咯吱的樓板聲……」她邊笑邊說——「真是笑死我了！」他不明白她為什麼笑成那樣，糟糕的是他也跟著大笑起來。最後她停住了，她問：「那個時候你的性器也只有九歲嗎？」

「不，它十九歲，已經是一位能征善戰的勇士了。」

「好吧，勇士！可我聽上去怎麼就覺得那個女人像是從《聊齋志異》中走出來的女鬼呢？那麼現在你要不要再換一個角色，將山村少婦換成高空飛行的美麗空姐？」她滿目生情，熱烈地問他。他愣住了，他愣在那裡變得十分茫然，他的目光再一次失去了中心。

「現在我明白了，你很早以前就已經是一個臨死之人，你總是讓自己沉陷在各種幻覺之中，你的幻覺讓生活變得乏味和醜陋。瞧瞧你的眼神，瞧瞧你那雙毫無生氣的手，你的生活是多麼地令人絕望啊！」她說，她說這句話時有一種洋洋得意和譏諷的表情。他又一次哭了，他覺得她的話正在撕去他的面具，她已經看見了他猙獰而空虛的面容。

「好了，沒事了，我來就是為了陪你的，無論你有多絕望我都會陪你。」她說。她輕輕地撫摸他，安慰他，他在她的撫摸中再一次心有餘悸地睡著了。

連續多日，兩個原本素昧平生的人在那套封閉的公寓裡互相安慰。他們白天睡覺，晚上則展開各自複雜的內心。那些內心活動就像一個個既衝突又滑稽的劇目似的——他正在死去，她阻止他去死，也阻止他發瘋；她正在相愛，他阻止她去愛，也阻止她幸福。但總的來說他們相安無事，多數情況下他們配合默契。她可真是訓練有素，能隨時調整自己的角色去適應他的狀態與心情。她說：「所謂的豔遇就是那些完全不對回憶貢獻價值的快樂。」他表示同意，說這真是一個深刻的觀點，但他同時強調人不應該承擔太多的回憶。他認為生活已經夠難的了，不應該再背上記憶的負擔，被回憶折磨。他說這句話時是十分憂鬱的。

「有時候我能記住快樂，卻怎麼也記不住他的臉。我多想記住一張人臉啊！」她說。他表示理解與同情。這是豔遇者的共同處境，當然也是一種不幸。

「你覺得你愛過嗎？」他問，她撲哧一聲就笑了。

「愛過啊，在某個瞬間我甚至會產生為他而死的強烈欲望。」她說。

「那不是愛，那只是快感！」他說。

「好吧，那我就從未愛過；你也一樣，我們都是不愛的人。」

「正是這一點讓我們走到了一起。」她又說。

於是他提議去尋找讓兩個不愛的人相愛的可能性。她又一次咯咯地笑了，她說：「你可真是個老天真！好吧，我願意和你一起去嘗試。」

於是，他們嘗試各種方式和角色扮演，可沒有用，任何一種角色都缺乏真心。她每次都大汗淋漓。「我盡力了，」她說。他也承認他們失敗了。

「也許我們早就把愛給弄丟了，那是找不回來的，愛與努力無關，與大汗淋漓無關。」他說。

這可真是無可救藥！他們連記憶的每個角落都找遍了，他們的記憶和他們的內心一樣都是空的。

……

導演說：「再將舞臺不厭其煩地布置成看守所的一間號房，將燈光照在所有嫌疑人身上。天已經大亮，豪的聲音已經消失……」

九點至十點，通常是一天中最忙的一段時間。檢察院、法院都會在這段時間提人，律師也會在這段時間與當事人會面。老白和陳三兒都被提出去了，老白今天應該是開庭前會議，陳三兒是見律師。

小郭子怯生生地過來問：「李哥，要是我把整隻手都砸了。他們會不會放了我？」

老李大吃一驚，瞪大眼睛看著他：「你他娘的再把兩條腿給砸了也不會放你。」他說。

小郭子突然就哭了，他嗚嗚咽咽，語無倫次——「我，我，我就是心疼那兩個可憐的孩子啊！」

老李拍了拍他的手說：「別急，你的事不大，很快就會出去的；可千萬別幹傻事了，自殘會加刑的。」

小郭子悶著頭，回到了自己的鋪位上。

十點至十一點是放風的時間。

老李在放風前也被提出去了，管教要找他談話。小郭子又在想那件可怕的事情，他彷彿看見了滿地的血，看見自己的兩條腿萬分疼痛地朝緊閉的鐵門爬去……

所謂放風就是讓嫌疑人透透氣。看守所每天放兩次風，上午十點至十一點一次，下午三點至四點一次。號房盡頭有一扇鐵門，打開鐵門就是風場。每間號房都有一間十來平米的風場，大夥兒可以在被鐵柵欄圍著的風場裡走一走，也可以打打牌、下下棋。放風當然是一件開心的事，因為可以看見天空了，也可以呼吸新鮮空氣。大夥兒先排隊唱歌，然後下棋、打牌；當然，也有人嚎叫……，天空和雲彩讓所有人都想朝外大吼幾聲！

今天放風老李和陳三兒都不在，大夥兒顯得格外輕鬆。老宋邊打牌邊說昨晚跑馬的事，他說這是他在看守所三個月以來第一次跑馬。

「透他娘，才四十歲，人眼看著就要廢掉了。」

小不點老大對著隔壁的號房喊：「李亞東，發個女女過來。」李亞東將手從柵欄外伸過來，他說：「老大，來，摸摸女女。」小不點就無比沉醉地撫摸李亞東的手……

小郭子依然在悶聲悶氣地發呆。老宋問他到底是怎麼捅他老婆的，他突然很大聲地說：「就那麼捅了，一刀一刀捅了進去。」

丙問：「當時你是不是覺得特痛快？血一下子就飆了出來！」

老宋說：「那是你！小郭子不行，飆不出來的，水果刀嘛。」

他每年都要宰數百隻羊，對於一刀下去、血飆出來這樣的事情是很熟悉的。他又問乙：「你明天就去監獄了，今天應該可以和家裡人見見面吧？」

乙說：「見個球！良心都餵狗了，我進來之後小兔崽子一次都沒來過，連律師都不給請。」

乙犯的是信用卡詐騙罪，欠了銀行十五萬，判了五年刑。按說信用卡詐騙只要還錢是有機會判緩的。可他還不了，家裡的房子兒子媳婦又不願意賣。老宋很為他打抱不平，說這兒子白養了，當爹的都六十歲了，還讓他受這份罪。乙長長地嘆了一口氣，說其實也不怪兒子，主要是兒媳婦找錯了，兒子的性格又太窩囊。

說到兒媳婦，老宋又扭過頭去問丁：「老丁，你說實話，那條狗和你兒媳婦有沒有一腿？」

「這我哪知道啊。」丁說。他和小郭子一樣都是故意傷害罪。但他的事頗為滑稽——他家養了一條狗，他兒媳婦每天只跟狗睡不跟他兒子睡。這樣兒媳婦當然就懷不了孕。為了讓兒媳婦跟他兒子睡，他趁兒媳婦不在家把狗殺了，目的也只是想早點抱上孫子。可兒媳婦不幹了，成天都和他鬧，還砸東西，他一氣之下就打斷了她兩根肋骨……

「肯定有一腿，不然你兒媳婦怎麼寧願跟狗睡也不跟你兒子睡呢？狗可騷著呢，比人還騷。」

「真的假的？」小不點問。

「可不！狗可會舔了，比人還會舔。」老宋就又講了一些與狗有關的事情，大夥兒聽了都笑個不停……

管教很嚴肅地找老李談了一次話，談話的重點是老王。老王一個月前在看守所死了，跟豪一樣，也是在歇斯底里中死的。具體死因還不清楚，老王家裡的人一直都在鬧事。這已經是今年看守所第二次死人了，豪的事情還沒有了，老王又死在了看守所裡。

「事情本來都過去了，該賠的也賠了，可檢察院不幹，要以虐待罪起訴看守所。這不，連公安部也驚動了，責令省廳下來調查。要命的是，死了兩個人所裡都沒上報；連部裡都是在網上看到的消息。」管教又說：「老李，你也是老刑警了，老王進來的時候又是在你們號裡；下午省廳來人肯定會找你瞭解情況，估計他們也會再問豪的事情，你說話可要有譜兒。」

他明白，這兩件事弄不好會讓很多人倒楣，他讓管教放心，說自己是不會亂說話的。

上午十一點半至一點半是午休時間。陳三兒和老白都回來了。陳三兒一進號房就罵娘，說律師真他娘的都是騙子，又說他老舅把他給害了。看來他與律師見面的情況不大好，律師並沒有給他帶來他一直都在期待的好消息。

「誰害你了，三兒？」老李問。

「我老舅啊，要不是他，我早就跑了，他說過我要是被拘了，當天就能讓我出去；可都四個月了，不僅沒出去，還可能要判兩年實刑。」

「出去我他娘的就鬧他！他一個副院長，光房子就有十幾套，不受賄怎麼可能？」他不斷地罵，老李就勸他。說他可是你親舅啊！又說稍不如意就要鬧人家，連親舅你都要舉報，以後誰還敢幫你？可陳三兒聽不進去，依然在一旁罵罵咧咧，老李就煩了，說：「都他娘的睡覺！」陳三兒就趕緊脫了衣服。

老李又問旁邊的老白：「老白，你呢，庭前會議開得如何？」

「他們調出了以前的錄音錄影，證明檢察院沒有對我逼供和誘供。老李，我怎麼就像一條狗似的，坐在審訊室的鐵椅子上，不是這裡抓一下就是那裡撓一撓？」老李輕輕地嘆了一口氣，沒接他的話。他閉上眼睛，準備睡覺，可恍恍惚惚的似乎又聽見了豪的聲音……

老白進來前曾是一位市委副書記，三年前被人舉報受賄十八萬，結果卻查出受賄了六千多萬，這就成了一個大案，是要判無期的。老白到看守所就開始翻供，還指名道姓說檢察院對他誘供和逼供。他的案子因此拖了近三年，現在終於要開庭了，法院很慎重，擔心證據不扎實，辯供雙方分歧太大，就先後召開了好幾次庭前會議。針對老白的指控，法院調出了檢察院訊問他時的錄音錄影，證明檢察院並無人對他誘供和逼供。他看完錄影後說檢察院一定銷毀了一部分錄音錄影，或許關鍵的訊問根本就沒有錄。當然了，他這些話並無證據（怎麼可能有證據呢？）。從法院出來，他就不斷地問自己：「我怎麼就跟一條狗似的？坐在鐵椅子上不是這裡抓一下就是那裡撓一撓。」回到號房，他又問老李，可這個問題老李也回答不了。

陳三兒上床後放了一個響屁，然後開始睡覺。但只眯了一小會兒就醒了。他望著天花板，腦子裡亂糟糟的，一會兒是靜兒，一會兒又是他坐牢了，在監獄裡被人打得滿地找牙。他長長地嘆了一口氣，又發了一小會兒呆，就從床底下摸出一本書來。那是一本講宮廷豔事的書，書裡的插圖調動了他的想像，讓他的身體有了某種衝動。他想要不然就擼一管吧，擼出來就可以睡著了，醒來那些煩事兒也許就不在了。他扭過頭，看了看周圍，今天是乙值班，他正睜著雙眼看著他。他很氣惱，狠狠地擺了一下手，壓著嗓子說：「滾一邊兒去！」乙走開了，他閉上眼睛，開始想像一個又一個女人，有與他交往過的，有他還沒來得及下手的，也有書上和影片中的。當然，他也想靜兒。他腦子裡的每一個女人都那麼美，又都有不同的味道，他開始激動，他的手伸進被子裡，卻集中不了意志。乙雖然走開了，可還時不時就扭過頭來看他，他突然覺得自己是那麼無奈，又那麼無聊。他十分沮喪，在心裡恨恨地罵道：「今天真他娘的倒楣！」他顯然什麼也幹不了了。

老白也在胡思亂想。當然，他和陳三兒不同，陳三兒更多的是幻想，他更多的是回憶。不知道為什麼，最近半年多，他總是夢見他母親，連白天坐板也這樣。他夢見母親站在他跟前，彷彿伸手可及，但又像氣泡一樣飄飄忽忽……。母親是四年前去世的，他非常清楚地記得每一個細節。他小時候生活很苦，父親在他六歲那年就去世了，是母親含辛茹苦把他帶大，叫他走正道，要熱心助人，不要怕吃虧。他在一個很偏遠的地方考上了大學，還當上了學生會主席。所有的人都喜歡找他，因為他熱情、友善，遇事有主見、有決斷。後來他走上了仕途，結了婚，便將母親接到了身邊。很多人都說他這樣有出息是母親教育的結果，他總是笑一笑，既不表示贊同也不表示反對。事實上，他和母親說話很少，連母親生病時都這樣。他們似乎從來不需要多說什麼。後來，母親就走了。母親走了之後他照舊那麼忙，他很少想母親，也很少跟人談母親。但母親住過的房間他一直不敢進去，他甚至都不敢在家裡掛母親的遺像。他總覺得母親要他做的事他沒有做到，也沒有做完。而且無論如何努力都沒有用，有些事他就是做不到也永遠做不完。他甚至慶幸母親早走了一年，如果母親還活著，患著癌症，看著他被人抓走，那該多殘忍啊！不知為什麼，最近半年他在夢裡總是和母親沒完沒了地說話，他們說他小時候的事，說他的父親和他的兒子，也說他舅舅和幾個表兄弟。但就是不說他自己，母親也只是問他身體怎麼樣？頭還疼不疼？要他少熬夜，少抽點煙。他在夢裡看見母親的身體好好的，手也很溫暖，還撫摸了他。他忍住眼淚，很想跟母親說：「媽，你等等我……」但他一直沒敢這樣說。他知道母親在的時候，來的路是清楚的，走的路有人擋著；可母親走了，來的路變得模糊，走的路也沒人擋著了……

一點半，午休後起床，老李又看了一眼蛐蛐瓶，說一上午都沒聽見蛐蛐叫了，早晨醒來還在叫，這會兒卻沒聲了。他晃了晃瓶子，說：

「三兒，往瓶子裡加一丁點兒白菜葉。」

陳三兒接過瓶子。「李哥，不會是死了吧？」他問。

「呸，你他娘的烏鴉嘴！就算你死了牠也不會死。」

「真的，李哥，真死了，你看，都死翹翹了。」

陳三兒將蛐蛐倒出來，蛐蛐真的死了。他愣了一小會兒，說：「還真有靈性，一隻蟲子比一個人都有靈性。」陳三兒覺得他話中有話，想多問一問，可老李擺了擺手說：

「你不會懂的。」接著又說：

「下午放風的時候省裡會有人來檢查，大夥兒先整理一下內務，尤其是床底下要好好歸置歸置。可能要搜號，把煙、打火機、火柴都藏好了，別讓人查出什麼違禁品來。」

又說：「檢查的時候人家問什麼就答什麼，知道什麼就說什麼，千萬別多嘴。」還特別叮囑了陳三兒幾句。

小不點偷偷地將陳三兒拉到一邊，小聲地說：「哥，你晚上可要留點心，千萬別睡太死了。」

陳三兒愣了一下，問：「為啥？」

「哎呀，哥，反正你當心點就是。」陳三兒的心砰砰直跳，「是不是丙？他要幹什麼？」他逼視小不點，小不點只好輕輕地點了點頭，說上午放風時丙對丁說了，準備晚上對他下手。

三點，省裡來人檢查。管教讓大夥兒在風場站成一排，兩個省裡來的人問了大夥一些問題，但全是些生活小事，完全不關痛癢。大家很冷漠地問一句答一句。來檢查的人可能也覺得挺沒趣的。他們走了，大夥依然在風場站成一排，管教們開始搜號。搜號的時候陳三兒的腦子裡全是血淋淋的場景——晚上丙會砸他，他的腦袋會開瓢。他似乎預感到了某種危險，他是一個即將當爹的人，絕不能置身於危險之中。他覺得他必須馬上離開。當然，他是不可能離開的，唯一的辦法就是調號，可調號也得有理由。他是不是該把小不點回饋的資訊報告給管教呢？當然了，他報告了，管教也可能不會管；因為他說的只是擔心與猜測，事情畢竟沒有發生。可事情真發生了也就遲了，丙是個瘋子，心裡太陰暗，他將防不勝防。對了，找人打一架，逼著管教給他換號——這也許是唯一的辦法。可一旦換號，他將會失去現在的地位；到了新的號房，或許還要受制。他想起剛進來時受的制，就覺得不寒而慄。真是煩透了，他原以為在號裡已經有了基礎，卻不知這基礎如此不牢實。管不了那麼多了，先設法換號吧，無論如何，他首先得脫離危險。他這樣想著，就決定找機會和什麼人打一架。

管教們走了，號房一片狼藉；每一次搜號都像是遭遇了一場劫難似的。衣服、被褥、書、碗……，各種零七碎八的東西扔得滿屋子都是，所有的人都哭喪著臉。老李說：「都別傻待著了，趕緊收拾吧。」一正當兒，管教又來了，把他提了出去。

兩位來檢查的人說：「老李，你別緊張，坐。」他坐在一把鐵椅上，管教沒有給他上鎖，他心想：

我緊張個球啊。

他們坐在他對面，其中一個目光很深沉，也很犀利，他看著他，想讓他產生一種無處可逃的感覺。管教將門拉上，他明白這是要單獨談話了，連看守所也不准有人在場。那個目光深沉的人應該是一個頭兒了，而且看上去心情也滿沉重的。他們對視著，對方的眼神很自負。之後，他開始問他問題——

「老王是幾號進來的？」

他說了一個大概日期。

「究竟是幾號？」

他說記不清了，這得問所裡，他是嫌疑犯人，記不住事情，也沒必要記。

那人用犀利的眼睛盯著他，停了一小會兒，又問：

「他一進來就在你們號裡？」

「是。」

「他進來的時候有沒有什麼反常的行為？」

「啥叫反常？」他反問，接著又說：「又哭又鬧算不算反常？」

「怎麼個又哭又鬧？」

「就是又哭又鬧，不停地罵髒話，上至中央下至政府，全罵遍了。」

「然後呢？」

「然後？還是罵……。他的魂應該已經不在了。」

「嗯？」

「他是縱火犯，上千畝山林著了火，一般人都會嚇得靈魂出竅。」

「繼續。」

「沒了。就是又哭又鬧，說火不是他放的，是鬼放的，鬼放了火，他擋不住，就去救火，沒想到火越燒越大。」

「鬧了多久？」

「進來就開始，鬧了一整夜。」

「你們打他沒有？」

「打了。」

「誰動的手？」

「陳三兒、老宋，還有丙，都打了。」

「打哪兒了？」

「耳光，搧了他耳光。」

「幾耳光？」

「沒數。」

「當時你在幹什麼？」

「躺著。勸他勸不住，就躺著。」

「他們打他的時候你做了什麼？」
「我攔了他們。」
「然後呢？」
「然後他繼續又哭又鬧。」
「他說了些什麼沒有？」
「一直在罵人，罵髒話，不斷地說：『燒光了，燒光了，透你娘！』」
「然後呢？」
「第二天又鬧。」
「你們又打他了？」
「沒打。」
「為什麼沒打？」
「他靈魂出竅了，打也沒有用。」
「然後呢？」
「管教就把他帶走了。」
「什麼時候帶走的？」
「第二天早晨。」
「帶哪兒去了？」

「不知道。」

「不是把他銬在過道上了嗎？」

「好像是的。」

「好像？」

「我們在號裡，看不見外面。只聽見他在過道上繼續鬧，還砸椅子。」

「砸椅子？」

「是，我聽見手銬砸椅子的聲音。」

「鐵椅子？」

「應該是。」

「然後呢？」

「沒然後了。他在外面，我們在號房裡。」

「他又鬧了多久？」

「一整天。」

「還在砸椅子？」

「過一段就聽見那個聲音。」

「什麼聲音？」

「應該是手銬砸鐵椅子的聲音。」

「幹警或管教打他沒有？」
「不知道，我沒看見。」
「他沒喊救命？」
「沒聽見。」
「叫沒叫疼？比如發出哎呦的聲音。」
「沒聽見。」
「有沒有人給他倒水喝？」
「不知道，我在號房裡，沒看見。」
「有沒有人給他東西吃。」
「我在號房裡，沒看見。」
「有沒有管教勸他？」
「有，一直在勸。」
「怎麼勸的？都說了些什麼？」
「我在號房裡，聽不見。」
「你對老王的死有什麼看法？」
「沒看法。」
「你是一個老刑警，怎麼會沒看法？」

「我是一個在押人員。不過，我說過他的魂不在了。」
「什麼意思？」
「一個人沒魂了，你說是什麼意思？」
「我在問你。」
「沒魂了……。如果哪天你也沒魂了，就會明白是什麼意思。」
那人愣了一下，瞪了他一眼，又問：
「你的意思是他是被嚇死的？」
「我沒這樣說。」
「那你說他是在哪兒被嚇死的？」
「我怎麼知道？」
「你好像很瞭解死了，尤其是嚇死？」
「我從沒死過，更沒嚇死過。」
……
（可說這句話時他已分明聽見了死亡的聲音。死亡已經斟滿美酒，在靜靜地等他。「乾杯！」他彷彿端起了杯子，正和死亡乾杯，他們乾杯的聲音清脆而歡愉！同時他也彷彿聽見了豪的聲音，豪的聲音一整天都在號房裡縈繞……）

「豪也是你們號裡的吧？」那人突然又問。

「是的。」他愣了一下，回答道，同時奇怪對方怎麼又問起豪來。

「他是怎麼死的？」

「不知道，幾個月前有人來調查過。」

「他死之前也是又哭又鬧？」

「在號裡鬧了半天，然後就關禁閉了。」

「關了幾天禁閉？」

「三天。」

「他一直在鬧？」

「據說是。」

那人停了一會兒，又問：「聽說豪一直在寫小說？」

「他每天都在寫東西，但寫了些什麼我不知道。」

「誰給他的紙和筆？」

「不知道。」

那人瞪著他，彷彿在等他說實話似的。

「不知道？那他寫的東西呢？」他停了一會兒，繼續問，同時用他犀利的雙眼逼視著他。

「沒看過。」

「你幫他帶出去了？」

「我？帶出去？我有這個能力嗎？」

「你應該知道知情不報的後果。」

老李看著他，沒有說話。

「豪有沒有寫看守所的事情？」那人又問。

「我沒看過。他是一個有大學問的人，寫的東西我看不懂，也沒興趣看。」

「有大學問的人？你怎麼知道？」

「從他平時聊天可以看出來。」

「哦？他平時都跟你聊些什麼？」

「人生、美、靈魂……還有死亡。」

「說說看。」

「說了你也不懂……，當然，我也不懂。他說的話都很深奧。」

……

「好吧，今天就到這兒。」那人說完，就讓人叫管教進來。

四點，大夥兒開始吃第二頓飯。陳三兒和丙打了起來，陳三兒踢了丙一腳，丙將一盆熬菜扣在了陳三兒臉上。之後，他們就扭成了一團。丙被打得不輕，眼睛都腫了，還流了鼻血。管教把他們提出去，可能要關他們禁閉了。如果真關禁閉，陳三兒一定受不了，甚至會哭；丙可能無所謂。

他們打架的時候老李還在管教室跟省裡來的人談話。小張回來了，他一直坐在鋪位上，連飯也不吃。老白給了小郭子一個雞蛋，他悶聲悶氣的，但一口就把雞蛋給吃了。

五點至七點，是大夥兒自由活動的時間。小不點老大在和乙聊天。

「明天就要去監獄了，你監規背熟了嗎？」他問。

號房裡的燈還沒有開，屋子裡黑乎乎的。但藉著從那扇條窗透進來的一縷亮光，乙依然可以看清小不點的臉，他唇紅齒白的樣子就像一個無邪的少年。

「年紀大了，背不下來。」乙說。

「你得背啊，要背得滾瓜爛熟，警察隨時都會考你的。『呂承志，監規第三十二條，背！』你得脫口而出，否則，就只有做手勢了。」

「做手勢？做什麼手勢？」

「背不出來就只有做手勢啊。」小不點坐起來，演示給乙看。他先用一根手指頭在額頭上抹一下，然後是兩個手指頭，再然後是三個手指頭……，接著是一隻手，最後是一雙手捂著臉。

「什麼意思？」

「連這個都你都不懂嗎？背不出來的人，站在警察面前，一根手指頭抹一下就是說：『背不出來，一百塊行嗎？』『不行！』兩個指頭再抹一下——『那二百塊行嗎？』『還不行。』那就是三個手指頭，四個手指頭，最後你就得用一雙手捂著臉了，那可是一千塊啊。」

乙恍然大悟，他呆呆地坐在鋪位上，不知道說些什麼。

「『別聽小不點瞎咧咧，他說的是一年前的監獄，現在都在改革，監獄也進步了，你去了不會受制的，五年一眨眼就過去了。』老宋說，接著他又說：『咱倆再下兩盤，這可能是最後一盤棋了，出來後去找我，我宰羊給你吃。』老宋擺好棋，乙心事重重地出了一隻車，老宋一炮就把他的車給吃了。

晚上七點至九點是看電視的時間。電視節目不錯，是《挑戰不可能》，那一集的挑戰者正好是一個警察，她通過足印識別犯人，從幾十個模特中很快就找到了她要找的足印。丁說：「太厲害了，看來有些事情還真是可以找出真相來的。」

十點是睡覺的時間，睡覺前要再點一次名，可老李不在。管教點名：「李成鳳！」沒人喊「到」，又點了一次：「李成鳳！」還是沒有人喊「到」。大夥兒這才想起老李一直沒回來。

管教問：「李成鳳呢？」老白說：「提出去了。」

「什麼時候提出去的？」

「搜完號就提出去了。」

「誰提的？」

「你。」

「不是進來了嗎？」

「沒進來。」

「怎麼可能？我送他進來的。」

「一直沒進來。」

「還有人提過他？」

「沒有，就提了一次，他再也沒進來。」老白答道。

管教慌了，他跑進監控室，翻了半天監控，然後就打電話。

十一點，看守所響起了警報聲，緊接著就傳來了各種嘈雜的聲響。老白他們已經上床了，但沒有人睡得著。大家都在猜測可能發生的事情。

「老李不會跑了吧？」乙問。

「不可能，看守所戒備森嚴，連一隻老鼠也不可能跑出去。」老宋說。

「怎麼不可能？老李可是當過十幾年刑警的人。」丁接過話，但突然又問：「不會死了吧？自殺？老李自殺了！」

「別瞎猜。」老白說。

小張依然無以名狀地兀自發笑。小郭子又在想那件可怕的事情。

「可別再死人了，今年都已經死了兩個人了。」丁說。外面依然是警報聲和各種嘈雜的聲響。

十二點，警報聲停了，看守所安靜下來。老李回來了，他臉色蒼白，彷彿剛經歷了一場劫難似的。

老白想問他——你怎麼了？可看見他呆呆癡癡的樣子就沒有開口。

號裡的人又睡著了，老宋仍在磨牙；老白趴在鋪位上寫信。他幾乎每天都寫信，每封信的開頭都是

——「親愛的老婆，今天繼續寫信。」其實這些信是寄不出去的，看守所不准寫家信。

老李靜靜地脫了衣服，躺在床上。今晚十點是他的生辰，他就是四十二年前的晚上十點來到這個世界上的。很多年前他就知道他四十二歲那年會死；過了晚上十點他就應該死的。可他沒有死，他還要繼續活著。活著如此荒謬，死又如此艱難，他感到十分疲憊和無助。他閉上眼睛，留下了兩行眼淚。

小張在一旁說了一句夢話：「真是度年如日。」老白瞥了他一眼，嘟囔著回了一句：「不對，是度日如年。」

甲又在夢裡大喊：「大頭，我的襪子，考慮考慮吧。」

小郭子驚坐起來，看了看這個黑咕隆咚的夜晚，笑了笑，又睡下了。

老李彷彿進入了一個巨大的虛空之中，他終於聽清了豪的聲音。豪在虛空中跟他說話——

「我知道，你追求的是一種來世的生活。」

「此生我們幸福過，但那是一種不能讓我們為之而死的幸福；它早已變得無聊和了無生趣。」

「我先走一步，就是為了穿越地獄，與混沌不清的人世抗衡……」

「人人都在面臨死亡。有些人是漫不經心的死，有些人是自自然然的死，更多的人心有餘悸、不甘心、沒辦法，他們正在無可奈何地死去。但也有人是英勇地、毅然決然地奔向死亡，正如一隻鳥飛向天空，一條魚躍入大海，一個浪子撲向故國家園一樣。」

「對我而言，寫作與死亡具有同等的意義，都是對平庸的摒棄。寫作就是對此生的判決！」

「我寫下這些詞——孤獨、膽怯、絕望、不安……還有故園、鄉愁和無處不在的陌生感……，每一個詞都是一種生命狀態，死亡當然也是。我從一種狀態進入另一種狀態，從一個迷宮進入另一個迷宮。我已經耗盡心力，因為從根本上講，我生活在一個與自己不相容的時代。」

「可最可怕的是我自己與自己不相容。自我否定與自我仇恨既產生了極度的孤寂與絕望，也產生了自我毀滅。我很想有與自己和諧相處的時候，但我沒有。事實上，即便有，那也僅僅是一種臨時的休息，我需要喘一口氣。我喘一口氣，緩過神，繼續走向自我毀滅的征程。我什麼時候才能學會隨遇而安與自我滿足呢？我是一個棄兒，也是一個殉道者，我所缺少的只是一種幽默。」

「……或許我應該告訴你我們曾經稱之為另一個世界的死亡是什麼樣子的。它是一個由許多稜鏡構成的巨大空間。在這裡，我們再也看不見花，看不見城市，看不見人臉了；當然我們也看不見親人、朋友和自我。死亡正在通過一面面稜鏡對過去、現在與未來進行重組；死亡讓人從一個可以依循的平面世界進入到一個不斷分離又不斷聚合的立體空間。死亡就是重組。我們以前的概念——比如生與死、成與敗、愛與恨……（如果你願意，可以一直寫下去）全都不在了。可來世還沒有出現，也許我們可以在一面又一面稜鏡中去尋找，並將若干支離破碎的影像拼成一幅有關來世的圖畫。可是，如果這幅圖畫的確存在的話，它也只是一件無用的附屬品了。死亡已將一切重組，我們又拿來世來做什麼呢？」

「不過，你瞧，此時千萬個靈魂正如雪花紛飛，轉眼之間，大地已一片雪白。雪要到下一個春天才會融化。雪融化，靈魂滲入土地，將長出新的草葉與嫩芽……」

二〇一七年六月定稿於香港

風燭殘年

「雷醫生快不行了。」——我在一旁，聽母親跟蔣醫生說。蔣醫生是去年從部隊轉業到衛生院來的。他當過衛生兵，現在是這所小醫院的院長；母親是醫院的助產師兼黨支部書記。這所醫院一共有七個醫生，在一座低矮的小山坡上，周圍有三棵極蒼老的楓樹；後面是一方水塘，水塘裡有衛生院養的五隻鴨子。醫院方方正正的，一進大門就是門診部、藥房和注射室；兩邊各有四間平房，是醫生們的宿舍；後面一排是廚房、會議室和一間很小的倉庫。醫院從早到晚都是病懨懨的病人和呻吟聲；十天半個月就可以看見流血——有時候是一隻血肉模糊的手，有時候是腦袋開了瓢，纏滿了血紅的紗布。在我的印象裡，那些鮮紅的血似乎一直都在往外流……。我不怕血，本地民風驃悍，血我見得多了；但我怕聽見呻吟。若是十七八個人一起呻吟，那就更可怕了。那些聲音總是陰森森的，充滿了痛苦、憂傷與絕望。如果是颳風的夜晚，與外面那三棵蒼老的楓樹發出的聲音混在一起，你就會覺得到處都在鬼哭狼嚎。那些呻吟聲往往含著某種怨氣與悲聲，讓人心裡發毛，全身冷颼颼的……。醫院的情況如此不堪，說到底還是因為缺醫少藥，而病人又總是太多。像我母親，當助產師，通俗地講就是接生婆；她成天往各個村子裡跑，不知給多少人接過生，可她幾乎沒有上過一天學，認識的字也不會超過五十個。她的醫術是十年前跟一個老接生婆學的，但年頭久了，也就有了些名聲；人緣既好，又追求進步，就當了醫院的黨支部書記。蔣醫生呢，似乎什麼都可以糊弄幾下——無論正骨、把脈還是針灸；他也懂點西醫，擅長包紮，不太大的手術也敢下手。他年輕、有文化、在部隊鍛鍊過；他總是穿一套沒有領章和帽徽的綠軍裝，風紀扣也扣得嚴嚴實實的；他個子很高，身材頎長，皮膚十分白淨。不戴帽子的時候你可以看見他油亮的中分頭。他的上衣口袋總是別著一支鋼筆和一把白色的塑膠梳子；他應該當過排長，因為他的軍裝是四個兜……。醫院的人老是猜，他在這麼一個小地方的醫院一定待不長，他很快就會調走的；依他的氣質，應該到縣城或其他更大一點的地方去……

「也就是這一二天的事了。他的眼睛已經發直，好半天才跟我說完那幾句話。」母親繼續跟蔣醫生說。我在一旁，腦子裡浮現出雷醫生躺在床上的樣子，奄奄一息的，眉毛已經發灰，臉上已經沒有一丁點光澤。

「唐醫生，我真沒有反對過毛主席……」

「不要再鬥我了……」

「請你們幫忙，給我兒子轉正……」

「他就說了這三句話，應該就是他的遺囑了，真可憐……」

「可憐？」蔣醫生接過母親的話，問道。

「是呵，一個乾乾淨淨的老人，就因為掉進了茅坑，倒下了……」

我的腦子裡立即就浮滿了蛆。雷醫生就是因為前些天掉進茅坑才病倒的。把他撈上來的時候，他的身上爬滿了蛆，連眉毛上、鼻孔裡和嘴巴裡都是；之後他就起不了床了，前幾天他跟我母親說：

「唐醫生，我要回家，要死在老屋裡。」

醫院就派人和他兒子小雷醫生一起送他回家；很顯然，他知道自己活不了幾天了，他在選一個可以安安靜靜死去的地方。他的老屋眼看著就快要塌了，可他還是選擇了老屋。

「雷醫生死了之後，有兩件事衛生院得辦。」我母親繼續說。

「一件呢，得請上面再派一個經驗豐富一點的醫生來；現在醫院裡就只剩幾個赤腳醫生了；另外一件——你看我們是不是儘快給上面打個報告，把小雷醫生的正給轉了……」

「你看著辦吧，唐醫生。不過，雷醫生出身不好，幾乎每年都挨鬥，這種情況下給小雷醫生轉正合適嗎？」

「這是一個老人的遺囑呵，說起來，雷醫生是衛生院的第一個醫生，沒有他，可以說就沒有衛生院。」「而且，現在醫院也只有小雷醫生還能看點病了。」

「唐醫生，你這麼說我就不愛聽了，什麼叫只有小雷醫生還能看點病了？我們這些人難道都是吃白飯的嗎？」

「我不是那個意思，你的醫術當然也是好的，可你畢竟是院長，而且，在這裡怕也待不長。你總得進步呵，這地方太小，留不住你的……。另外，你應該也知道，雷醫生的醫術是祖傳的，治不孕不育到他這一代已經是第十代了，如果不給小雷醫生轉正，這門醫術恐怕就會失傳……」

「哦呵！大家都這麼認為嗎？我還偏就在這裡長幹了！」

蔣醫生突然就變了臉，他打斷母親的話，很嚴肅地說道。母親接不上話來；我在一旁，人小鬼大的樣子，蔣醫生就摸了摸我的頭說：「伢子，今天我跟你媽是組織談話，你可不能在外面亂講哦。」他起身，走出了會議室，但又回過頭對我母親說：「雷醫生是伢子的朋友吧，他對他可抱有很大的期望呵……」

不知為什麼，我很討厭蔣醫生說的話，他的表情和語氣都陰陽怪氣的。可母親說：「出去自己玩吧。」出去玩？玩什麼呢？醫院裡除了病人就是呻吟聲，一個小孩子也沒有。奉醫生倒是有個兒子，比我小一歲，但也只有趕鬧子才來。而且每次都跟討吃鬼似的，哧溜著一長串鼻涕跟在我後面。我喜歡趕鬧子，那一天街上的人會很多，而且總有意想不到的好事發生。那是我母親給人接生結下的好人緣，那些剛生了孩子的人趕鬧子的時候總會帶點東西來看她，比如一捆甘蔗和一籃子紅薯乾。我貪吃，吃可以讓我威風凜凜，在街上有一種很特殊的地位。當我扛著一根又長又粗的甘蔗在街上走的時候，我感到街頭鐵匠鋪的那個瘸子也會停下手裡的鐵錘，很羨慕地看著我；而且，豔兒，豔兒也一定會為我驕傲的……

我離開醫院，滾著鐵環，不一會兒就到了街上。所謂的街也只是住了十幾戶人家而已，除了趕鬧子，平常都是冷冷清清的。街頭就是鐵匠鋪，是啞巴和他瘸子兒子一起開的。街尾是供銷社，賣化肥、農藥、布、肥皂之類，也賣醋、醬油、水果糖和砂糖。但布、糖、肥皂都要票，所以供銷社平常人也不多。它的門前有一條小河，河邊有一棵很大的柳樹，趕鬧子的時候柳樹下面會有肉賣……。在我心裡，鐵匠鋪是街上最吸引人的地方，它每天都叮叮噹噹的，但有時候是「叮叮」、「噹噹」，有時候是

「叮～噹噹～」、「叮～噹噹～」，有時候又是「叮～噹噹～叮～」、「叮～噹噹～叮～」……。據說，鬧武鬥的時候，啞巴的鐵匠鋪也打砍刀。關於它的砍刀，人們有一些傳說，但也不過是說它在某次武鬥中，一刀砍下去，一條胳膊就掉在了地上。我對這些傳說很嚮往，但從來也沒有在鐵匠鋪見過一把砍刀……。鐵匠鋪吸引我的是它的風箱、爐火和叮叮噹噹的聲音。通常都是瘸子他媽拉風箱，啞巴拿小錘「叮」的一聲，瘸子掄大錘「噹」的一聲。瘸子大約比我大十三四歲，一條腿很粗壯，另一條腿卻萎縮得比胳膊還細。但他的上身和胳膊都十分結實，肌肉也是一塊一塊的。他總是光著上身打鐵，一錘下去，火星飛濺，汗珠一顆一顆地滾下來，落在爐子上，發出「嗤」的響聲……。我很敬畏啞巴和瘸子，他們很少說話，但鐵匠鋪總有一種很神祕的尊嚴。我心裡想，長大之後也要當一個鐵匠，打傳說中那樣的大砍刀。然而，我喜歡鐵匠鋪還另有隱情，那就是鐵匠鋪的斜對門就是豔兒她家。我經常在鐵匠鋪呆呆地看啞巴和瘸子打鐵，但眼睛卻總是偷偷地斜過去看豔兒在家裡幹什麼。我每天，不，是每時每刻都想知道豔兒在幹什麼。

回到衛生院的時候，母親又下鄉去給人接生去了。晚上我又只好一個人睡覺。我很想到街上去找豔兒，但是我不敢。我怕別人說我小小年紀就搞男女關係。吃完晚飯，我和秦醫生下了一盤象棋，他的棋下得很臭，還經常悔棋，我每次都下得很不開心。我家的隔壁就是雷醫生的宿舍，但他不在了，他在鄉下的老屋裡快要死了。其實即使他在也很少開著門；他總是一個人在屋裡待著，門也關得死死的……。晚上，我一個人躺在床上，腦子裡卻都是雷醫生的樣子。他可能有七十歲了，眉毛與鬍子又濃又長，而且全白了。當然他的頭髮也全白了，連鼻孔裡的鼻毛也是花白的。我經常看他拿著一把小剪刀剪鼻毛。

每次剪鼻毛的時候他都閉著眼睛。我很奇怪他為什麼總是閉著眼睛，看病的時候也是。他的雙眼閉上，凝神給病人把脈，然後慢慢地睜開雙眼，又慢慢地給病人開處方。他很少說話，有時候病人問得緊了，他才說一句「月經不調」或者「白帶異常」。他允許我在他身邊看他給病人把脈，當他輕輕地說「月經不調」的時候，我總是很大聲地問：「怎麼又是月經不調呵，雷醫生！」後來就有人勸我母親，讓她不讓我再跟雷醫生接觸，我母親聽了卻只是笑——「他一個屁大的孩子，懂什麼？」但其他人不這麼看，說我早晚會被雷醫生帶壞的。其實，我只是對雷醫生給病人看病時的專注神情感興趣，我從來都不知道什麼叫「月經不調」，我問過他幾次，他從沒有告訴過我。但有件事我一直很緊張，那是我和豔兒的事，我敢說天下只有雷醫生知道……。其實要說也只是去年過年在街上看露天電影。天氣很冷，還下著一點小雨，我的位置正好挨著豔兒。她冷得發抖，我感覺到了，就湊著她的耳朵說：「你可以把我當作鐵匠鋪的火爐，靠著我就不冷了。」她就真的靠在了我身上，我也握住了她冰冷的小手。她的小手可真冷呵，我握住它，又用雙手捂著它，還帶著它伸進了我的棉衣，讓它貼著我火熱的胸膛。我記不得當時解沒解扣子了，總之，她的小手很快就又軟又熱的。我忍不住在棉衣裡一直握著它，還不停地撫摸它……。這一幕，我敢肯定雷醫生全看見了，也敢肯定只有他看見了。後來，只要我到街上去，他就會意味深長地問：「又去鐵匠鋪了？」我的臉蹭地一下就紅了——他看穿了我所有的心事！但他從來都沒有問：「又去看豔兒了？」他只是很委婉地問：「又去鐵匠鋪了？」我總是既緊張又感激……

第二天，母親回來了，她對我說：「雷醫生死了，你要不要跟我去看看他？」「人都死了，怎麼看？」我問。「去送送他吧，他平時那麼喜歡你。」我和母親就走了十幾里路去看雷醫生。這十幾里路給我印象很深，先是一片連綿的小山包，全是紅土，寸草不長，被雨水沖得溝溝坎坎的，在太陽的照射下我的嗓子彷彿一路都在冒煙。之後又進入了一片樹林。林子很茂密，樹木十分蒼老，不是爬滿了藤蔓就是長滿了青苔；在林子裡走的時候，會不斷聽見各種奇怪的鳥叫。走出樹林的時候還看見了一群烏鴉……。我和母親一路上都沒怎麼說話，我們終於到了雷醫生的老屋。小雷醫生在村口接我們，村子很貧瘠，村頭有幾棵桉樹，光禿禿的，連樹葉和樹皮都剝光了。一條老狗有氣無力地看著我們，似乎連叫一聲的心情都沒有。我和母親跟著小雷醫生進了老屋。老屋已布置成靈堂，牆上掛著雷醫生的遺像，很肅穆也很衰老的樣子。遺像下面是一張條案，上面放著一隻香爐和幾支蠟燭。堂屋的中間停放著雷醫生的棺材，母親說：「伢子，去看看吧，再看雷醫生一眼。」我不敢，但還是走上前去。雷醫生躺在一副很深的棺材裡，比平常穿戴得可整齊多了。他的面容很平靜，但臉色和眉毛都死灰死灰的，鬍子剃掉了，頭髮也已經理過；他可瘦多了，面頰塌了下去，下巴變得很尖。後來我知道，他回到老屋以後就再沒有吃過東西。「走的時候還安詳吧？」母親問。小雷醫生點了點頭：「是的，像是睡過去了……。早晨起來，我發現他斷氣了，都不知道是夜裡幾點斷的。」「也好，他要去一個更好的地方了……。還有什麼要做的嗎？」「都差不多了，我們今天開始給他守靈，守三天，之後就下葬。」「按風俗應該守七天吧？……不過，也好，這個時候儉樸一些吧。」

天黑了，我和母親被安排在大隊書記家裡吃晚飯。晚飯很簡單，一碗煮南瓜，一碗醃菜，還有一小碗辣椒炒臘肉。書記很樸實，看上去和母親也很熟。我聽見他們聊起了雷醫生。

「這麼多年，要是沒有雷醫生，很多人家裡都要絕種了。」書記說。

「那是的，我們醫院每年都有很多外地人專程來找他看病。」

「可惜了，只希望小雷醫生能接他的班。唐醫生，你是好人，小雷醫生轉正的事就麻煩你了……」

「我們會想辦法的。」

從他們的談話中，我知道雷醫生並不是像蔣醫生說的那樣出身不好。他的出身算是自由職業，屬於可以團結的對象。但是他當過國民黨的醫院院長。也不知道怎麼回事，前些年他居然摔碎了一尊毛主席的石膏像，因此每年都要被揪出來批鬥。

「他一輩子都小心翼翼的，走路都怕踩死螞蟻，夜裡還怕打雷……。唉，這些年他也真受了不少罪。」

第二天一早，我們就沿老路回衛生院去了。路上，我沒有再看見那群烏鴉。可能是第二次走，那片樹林子也不再像來的時候那麼瘆人了。這兩年我在衛生院見過很多瀕臨死亡的人，死亡的氣氛一直籠罩著我的生活。但母親每次下鄉回來都喜氣洋洋的，因為——她是去接生嘛。但這一次我跟母親真正地見識了死亡。真正的死者其實遠沒有臨死之人那麼可怕。過了很久，小雷醫生還是沒有轉正，他對母親說：「蔣醫生這人眼神太冷了！」「再等等吧。」我母親安慰他……。隔三差五母親依然會下鄉去接生，回來的時候照舊會喜氣洋洋；生了孩子的人在趕鬧子的時候也一定會來看她，我又會扛著一根又粗又長的甘蔗從街上走過……

……

八月的一天，我透過看守所那扇又高又窄的條窗，仰望著灰藍色的天空，想起了當年的舊事。我似乎又聽見了衛生院那些病人的呻吟聲，也聽見年邁、寡言的雷醫生在不斷地叫我的名字。不知道為什麼，最近一年我總在回憶幾十年前的往事，而且每一個細節都記得清清楚楚的。我想，我也許是老了。雷醫生死了總有四十幾年了，我的母親十年前也已經離開了人世。我再也沒有回過那個小鎮，但我知道小雷醫生過了好幾年才轉正；後來他自己在街上辦了一所醫院。他的兒子更厲害，將醫院都辦到了省城去了。豔兒嫁給了一個卡車司機，據說那司機太野，她離了婚，又改嫁了。至於改嫁到了什麼地方，就再沒有人知道。我和他們不同，我後來離開了小鎮，到外面去讀大學；幾十年去過很多地方，見過很多人，現在因為涉嫌職務犯罪被羈押在這間看守所。我被判了十五年徒刑，我不服，正在上訴。如果得不到減刑，我刑滿時也快七十歲了，正是雷醫生死的年紀——所謂的風燭殘年，我現在明白雷醫生為什麼一定要死在他的老屋裡了。那是他安放靈魂的地方，他在那裡可以很安詳地死去。我呢，到了他那個年紀，也許只能死在某個孤冷的公寓裡，我沒有他那樣的老屋，更沒有安放靈魂的地方。

二〇二〇年六月八日定稿於香港

趴賽

十五年前，他父親和姑姑因為祖父的一處房產發生爭執。星期天，父親說：「走，我們和他們講理去。」他跟著父親，來到姑姑家。姑姑一家正在包餃子，有一種熱氣騰騰的小節日的氣氛。「趕得早不如趕得巧，大成，坐。」姑父熱忱地招呼他們，但姑姑的臉色很難看。她似乎知道他們要來，也知道來者不善。她說話陰陽怪氣的，含著譏諷、嘲笑與嫉恨。當時他十七歲，壯得像一頭小牛犢，性子很野。可不，他已經在社會上遊蕩一年了，每天都在村子裡閒逛，有時候也去鎮上的姑姑家混吃混喝。他偷人家的瓜、米麵和雞鴨，眼神裡經常都有一種凶光，還滿嘴跑火車，沒有一句實話。顯然，他那位在鎮上開小賣部的姑姑從來都不喜歡他。可這次不同，這次他是和父親一起去的，他們都理直氣壯。姑姑家的餃子還沒包好，父親就和姑姑吵了起來。開始只是父親和姑姑吵，後來姑父也參與進來，而且還指著父親的鼻子罵髒話——他揮著手，扯著嗓子讓他們滾出去。吵著吵著兩家人就動起了手來。先是父親推了姑父一掌，接著表哥就掄起一把椅子向父親砸了過來。他用手撥開砸過來的椅子，同時就給了表哥一拳。要命的是，他緊接著從背後拔出了一把菜刀，以迅雷不及掩耳之勢向姑父砍去。刀砍在姑父的肩胛骨上，肉乎乎的肩膀立即就噴出血來……。這是他第一次行兇，刀是他從家裡帶去的，性質因此變得嚴重。他判了三年刑，他父親賠了他姑父和表哥五萬元醫療費——他那一拳把表哥的鼻樑打斷了……。在監獄裡，他混得不錯，結交了一位大哥，還減了刑。他十九歲出獄，繼承了祖父的三間平房。

「那一年有兩件事改變了我的生活。一件是打了那次架，坐了兩年牢；另一件是我談戀愛了，有了女朋友。一件讓我心狠，另一件讓我心軟。」五年後，他在看守所這樣跟王哥說。當時王哥的心情不錯，剛看完喬伊斯的短篇小說〈兩個浪漢〉[1]，似乎有興致聽他白乎。他繼續，說他在監獄結交的一位大哥曾跟他說：「虎子，出去後我給你幾個菜市場，我看你是個人才，肯定能管理好。」那位大哥早他半年出獄，為人俠義，也很講信用。果然出獄那天他帶著一幫兄弟去接他，還訂了一桌酒席為他接風。吃完飯，他們又去歌廳。大哥叫了十幾個小姐，讓他隨便挑。他挑了一個，後來又說：「大哥，我能換一個嗎？她長得太像小麗了，我看了不舒服，好像是小麗在坐檯似的。」大哥說：「換幾個都可以，今天是給你接風嘛，從明天起，你就是我的中層幹部了。」唱完歌，大哥又說：「你可以叫一個喜歡的出檯。」他很嚴肅地說：「那可不行，我進去前就已經在和小麗談戀愛了，我們都是初戀，明天我就去見她，在確定她還在不在等我之前，我不能對她不忠。」大哥聽了他的話，笑得都直不起腰來。他說：「好，明天我等你電話，如果她還在等你，我就祝福你；如果她變心了，我們明天再來，我給你多叫幾個，讓你一次性把這幾年的性欲都給滿足了。」第二天，他給大哥打電話說：「大哥，她還在等我。」「真的假的？」大哥很吃驚，語氣中含著懷疑。「真的，她只問了我一句話。」「什麼話？」她問我還玩趴賽不，我說：「當然了，不僅玩，還要參加全國比賽。」「那好，這是純真的愛情，你要好好珍

1 編按：該篇小說收錄於《都柏林人》，又譯為〈護花使者〉。

惜。」他大哥信守承諾，祝福了他。多年以後，他都說他其實是一個很有福氣的人；當時不僅小麗讓他感動，大哥的話也讓他很感動……

十六歲那年，他父親買了一輛摩托車，說要參加市裡的比賽。「那輛車真帥，帥得讓我雄心勃勃。」他說。之後就纏著父親，開始跟父親學騎摩托車。半年後，當他騎著摩托車在水庫大壩的斜坡上繞圈時，他父親驚呆了。當時，他還在上初中，是一個很讓人嫌的差生。水庫大壩的那道斜坡很陡，人在上面走都走不穩。「走，小麗，我帶你兜風去。」他說，沒想到小麗還真跟他去了。他帶著小麗在水庫大壩的斜坡上繞圈，還撒開手，像遊樂場的賽車手一樣飛馳。小麗大聲驚叫，抱著他的腰，讓頭髮在風中飛揚。顯然，她迷上了他，她說：「虎子哥，你太牛了，全校沒有一個人有你這樣帥的。」第二天，他就不上學了，打死也不上了。他開始成天和父親一起訓練，他父親也認為他是一個天生的賽車手。父子倆編織著夢想，在本地也有了些名聲。可惜不久他就砍了他姑父，還坐了兩年牢……。出獄後的第二天，他懷著忐忑不安的心情去見小麗。小麗是一個皮膚很白的姑娘，圓圓的臉，多少有一點對眼兒。她剛參加完高考，在家裡既空虛又不安。她問：「你還玩趴賽不？」「玩，不僅玩，還要參加全國比賽。」小麗的眼圈就紅了，她說：「我等了你三年，就為了等這句話。」不久，高考成績下來了，小麗連三本的分數線都沒到。她回到村裡，當了一名民辦教師，也和虎子開始了正式的同居生活。虎子則跟著他大哥當了一名菜霸，管著市裡好幾個菜市場。他每天騎著摩托車在菜市場轉來轉去，威風凜凜、不可一世的樣子讓他覺得自己是一個滿有尊嚴的人。晚上，如果大哥不叫他去酒吧或歌廳，他總是儘早回家。他和小麗自己做飯，吃完飯就騎摩托車帶小麗去兜風。星期天，他跟著教練去訓練。月光皎潔的夜晚，當他騎著摩托車在街上飛馳時，小麗依然會抱著他的腰大聲尖叫……

「我就喜歡她的尖叫聲，給了我很大的刺激、鼓勵和想像，也讓我非常興奮。」他繼續跟王哥說。「想像？你還知道想像？」王哥打趣他。他有點不好意思，但立即反駁——「王哥，你也太看不起兄弟了，我混了十幾年社會，難道連想像都不知道嗎？」其實他還真是一個很有想像力的人。「那你都想像什麼？」「想像得了全國山地越野賽的冠軍，拿著一大筆獎金，帶著小麗去全世界旅遊。」「沒再想點別的？」「睡覺的時候想過港星鄧紫棋……」「跑馬沒？」「跑了，想著想著就跑出來了……」「透你娘！」王哥聽完就罵了他一聲。他知道王哥是一個不相信愛情的人，他本來想說睡覺的時候想港星鄧紫棋是一件跟愛情沒有關係的事情，他只對小麗有愛情。但他忍住了，沒有再說什麼，他怕王哥不理解，反而嘲笑他……

這已經是他第三次面臨坐牢了。第一次出獄後他跟他大哥做了菜霸；可兩年後大哥涉嫌黑社會又進去了。他運氣比較好，只是被刑拘了幾天。他說刑拘期間他被嚴刑拷打過，每天都要被電擊，大小便都失禁了，可他依然咬緊牙關什麼也沒說。大哥進去後，他又開始一個人在社會上混，但都是小偷小摸的，沒鬧出多大的動靜來。最後還是摩托車比賽害了他。為了拿好成績，他開始吸毒……。小麗很生氣地質問他，還說要跟他分手。可他說：「沒辦法，所有的賽車手都吸，只有吸毒才能把一個人的潛力發揮到極致。」小麗哭了，邊哭邊求他說：「那就別比賽了，我已經有孩子了，你再吸毒可怎麼辦？」「已經晚了，有毒癮了，想不吸也不可能了。」小麗哭得就更傷心了，她說：「虎子哥，都是我害了你，我太喜歡你騎摩托車了。」「怎麼能怪你呢？比賽也是我的夢想呵，你看，我都入圍了，明年進前三名肯定沒問題的。」他繼續玩命練習，一身的骨頭都摔碎了，左腿裡全是鋼板和釘子。其間，他也進過戒毒所，可沒有用，一出來就又吸上了……。「我是真喜歡吸毒的感覺。」他跟王哥說。「什麼感覺？」「飄飄然，好像自己完全自由了，而且無所不能。」「完全自由？」「是的王哥，不吸毒是體會不到什麼是真正的自由的。」「那你自由嗎？」王哥又問，語氣中明顯地帶著嘲諷，他被噎住了，答不上話來。

摩托車比賽太花錢了，不僅需要買最好的賽車，還要有最好的技師和助理。而且為了取得好成績，他又必須吸毒。這樣，他的命運就陷於了一個要命的怪圈。因為太想出人頭地，因為愛情，他在這個怪圈裡越陷越深，債也越欠越多。但他認為他的生活無論如何都比一個普通人要強一些。普通人那種沒有刺激、沒有光彩的生活他是受不了的。之後，他又跟了一個大哥，在一個製毒、販毒的團夥裡做了一個層級比較低的幹部，他再一次被逮捕了。

這一次他開始反省自己。他認為他兩次坐牢都是因為跟錯了大哥。「我為什麼就只能當人家的中層幹部呢？」他很氣惱。「給別人當中層幹部就只能聽別人的，又怎麼可能主宰自己的命運呢？」他明白這個道理後立即就交代了，他出賣了大哥，交代了所有的事情，包括大哥的住址與行蹤。他立了功，又一次獲得了減刑的機會。出來後他自己開了一家摩托車修理廠，打算成為一個實業家。這一行還滿適合他的，他的動手能力天生就強，十六歲就開始練摩托車，已經有很多粉絲了。小麗很高興，覺得他的虎子哥終於走正道了。她在對未來有了明確的信心之後，就再一次懷孕了。二十八歲那年她生了老二，和老大相差八歲。兩個都是兒子，而且老大跟他爹一樣喜歡摩托車，幾乎所有買回來的摩托車玩具他都能立即拆了又立即裝上。懷老二的時候，她跟虎子商量，說：「虎子哥，我跟你都十來年了，生下老二我們也結婚吧。」他說：「好，等我的工廠走上正軌。」但接著他又說：「那張紙有意義嗎？沒有那張紙我們也在一起十年了，還有了兩個兒子。這才是真正的愛情。」小麗聽了也很感動。的確，這些年她的女朋友們都結婚了，那張紙給她們帶來了婚姻卻沒有帶來愛情。她知道虎子不喜歡形式的約束，她其實也是的，她也知道虎子很愛她，有沒有那張紙都很愛她，她已經很知足了，內心也滿自豪的。虎子說得對，沒有那張紙的愛情才是真正的愛情，而且，那張紙實際上也說明不了什麼。這之後，小麗就再也沒有提結婚的事，她和他繼續同居，繼續生孩子，也繼續做與趴賽有關的夢。

但是，修理廠的生意並不好，活太少，修理費又太低，成天累死累活的也賺不了幾個錢。說到底還是他開銷太大，債也太多了。他只好邊修車邊賣車，賣車的方式有兩種，一種是從南邊倒騰進來，吃點差價。他在這一行混了這麼多年，資訊多，人脈廣，也懂行，可這種方式要本錢，沒有本錢就做不大。至於另外一種幾乎是無本生意，那就是改裝——說白了，就是將別人的車偷回來，改裝之後再賣出去。至於牌照，很簡單，用套牌就好了。生活裡總有一些喜歡鋌而走險的人，他不缺買主，一年賣幾輛改裝車也就夠花了。這樣做了二三年，他甚至還買了房，和小麗一起住進了市裡最高檔的社區。他的名片、行頭、閱歷與經驗，都讓人開始相信他是一個實業家了，而且，他還在繼續準備參加全國比賽。但是好景不長，事情很快就敗露了。這一次是他手下的一位兄弟舉報了他，他又一次被捕了，因為盜竊，他再一次在看守所等待法院判決。

這次進看守所，他很有點雄赳赳、氣昂昂的派頭。他畢竟是坐過兩次牢的人，心理素質好，也有經驗。鐵門「咣噹」一聲打開，他一步就邁了進去。穿著一條粉藍色的小喇叭褲，壯得像一座鐵塔。「出去，喊報告！」號裡有人在暗處用手一指。他本能地退了出去，「報告！」他喊，但聲音很小。「大聲點！」那暗處的人不高興了。「報告！」他大聲地喊了一遍，可還是滿不在乎的樣子。「蹲在那兒！」他沒有理睬。「蹲在那兒！」那人跑過來就是一腳，他趔趄著，蹲在了一個黃色的正方形框框裡。

「因為啥事進來？」另有一人問。

「摩托車。」

「你偷人家的摩托車了？」

「是。」

「偷了之後怎麼賣出去？」

「先在工廠改裝，認不出來了再賣。」

「誰的工廠？」

「我自己的。」

「你懂摩托車？」

「我是摩托車賽車手。」

「哦？」

「你進來前看過一段摩托車比賽的視頻嗎？很火的，很多視頻網上都有，那就是我。」他的眼睛亮起來，很熱切地問。

「沒看過。」

「你呢，你呢，看過嗎？」他接著又問了幾個人。

「費什麼話！這是王哥，讓你說什麼你就說什麼，不讓說就閉上你的鳥嘴。」剛才那個給了他一腳的人呵斥道。

「王哥！」他叫了一聲，斜了一眼門口坐著的人，很瘦、很文靜的樣子，他知道這人就是號裡的坐號了。

「怎麼？不服氣？」那人笑了笑，不緊不慢地，他接著又問：「進來過幾次了？」「吸毒吧。」他的眼睛還真毒，一下子就看出了他的成色。

「不服氣就先過過堂吧。」那人話音未落，就有兩個人過來摁住了他。

「沒有，王哥。規矩我懂，我再大聲喊一次報告。」他知道遇上厲害角色了，立即就改變了態度。

他沒有吃眼前虧，過了第一關。第二天他開始觀察和琢磨號裡的每一個人。他看得出王哥他是對付不了的，這人看上去文文靜靜的，可心思深沉，也下得了狠手，他決定巴結他，拜他做大哥。至於其他的人，他很快就形成了判斷——還真沒一個是他的對手。他在心裡說：「真他娘的，這回又只能當中層幹部了。」

第二天，他給小麗寫了一張便條。寫好之後，他請王哥給看看。「王哥，只是想讓家裡帶點東西，行不？」他很恭敬地問。王哥打開紙條，上面寫道：「老婆，我很好，這裡的人對我太好了，尤其是王哥，對我更沒得說。你幫我帶點搓泥寶進來，再想辦法從大舅那裡弄點驢肉、牛肉、馬板腸什麼的。我得好好感謝王哥，你不是常說人要知恩圖報嗎？」

他知道王哥看完這張紙條後一定會很滿意。果然，王哥笑了笑問：「搓泥寶是幹嘛用的？」

「搓泥寶，沒用過吧？比沐浴露可高級多了，屬於新一代高科技產品。只要那麼一丁點兒，稍微搓一下，身上的泥就全掉下來了。」

「這名字取得可真不賴——搓泥寶！可我有那麼多泥嗎？」

「您當然沒有泥。可您有死皮呀，搓一搓也滿舒服的。」

王哥聽了就哈哈大笑。他第一次正眼看他，知道這是個爛人、髒人，在社會上混得太久了，怎麼洗也洗不乾淨的。可他會來事，是一個有用的人。「你是個人才，待著吧。」王哥說。他知道王哥這一關他已經過了。接下來他要開始擺平號裡的其他兄弟——這可就容易多了。他跟他們講趴賽，講山地越野賽和錦標賽，講各種俚語和段子，也講吸毒和製毒。總之他顯得見多識廣、俏皮、大方、有本事、也很重情義……。當然了，他也略微用了點小手段，給他們下了一點套。比如他很誠懇地將一只用了一多半的打火機送給了小東，說是一點誠意。第二天小東就被提出去了，管教沒收了他的打火機，關了他一天禁閉。在號裡，打火機是絕對的違禁品，也是絕對的奢侈品。他很痛心的樣子，拍著小東的肩膀說：「兄弟，沒關係，我想辦法再給你弄一個。」果然，沒過幾天他又弄了一個進來。他還是給了小東，可小東說：「你拿著吧。」他當然不敢再拿著了……。他這次犯的是盜竊罪，但他偷的摩托車都改裝過，取證就很難。剛進來的時候，他經常被提出去取證。他承認了一點，否認了一些，他已經太知道怎樣跟警察打交道了。所以每次回來的時候他都高高興興的，還帶回了煙和打火機。他又一次通過舉報立了功。他的兄弟舉報了他，讓他進來了，他就舉報他姐姐，說他姐姐給他賣過毒品。販毒罪比盜竊罪可重多了，他立了功，也報復了，心裡當然很爽……

日子一天一天地過，轉眼間他在看守所就待了半年了，大夥兒都知道他說的事沒一件是靠譜的，有的是他胡謅，有的可能是他的幻覺。可他在號裡的地位已經僅次於王哥了，他管理號房可憐的物質與伙食，再一次成了一個有權力的人。而且不久王哥就要走了，他的判決已下，要去監獄了。毫無懸念，他會接替王哥當坐號。他依然經常與王哥聊天，聊他的賽車夢，也聊他的人生理想以及他與小麗的愛情。他說這一輩子除了小麗，他就再沒有愛過別的女人，也沒有搞過別的女人。大夥兒聽了都笑嗨了。沒有人相信他說的話，他說得也太過了。就像他說他經常騎摩托車去北京看演出一樣，「車速開到三百碼，看完演出就往回踅，一個小時就到家了。」大夥兒都說他牛皮吹得太大，很多人都開車去過北京，夜裡在高速公路上開三百碼是不可能的。「臉都要被吹飛掉了。」小東說，他笑了笑，似乎不屑與一群外行再說下去。除了摩托車，他最愛聊的就是明星的趣事。他像是跟每個明星都很熟似的，稱臧天朔為天朔哥。一說到天朔哥就心痛。「一個多麼豪爽的漢子，以後再也沒有『豪爽』這個詞了。」他也會一點模仿秀，總是把歌詞給改了，嘶著嗓子給大家唱——「星期天的早晨我多麼快樂，乒乒乓乓開著我的小汽車。一開門就看見你媽媽的背影，我上前就扒光了她的衣服。我的動作雖然很粗魯，可你媽媽說：噢耶，我好舒服……」說實話，他的嗓子不錯，唱得也滿有味道的，就是詞改得太下流了，每首歌都被他唱成了性事，有動作，有場景，還有聲音。「霓虹燈閃爍的夜晚，燈火輝煌的世界，我是今晚的主持人——來自寶島臺灣的虎崽！」一到晚上他就登場，幾乎每天都要弄出點新鮮名堂來逗大夥兒。洗澡的時候他經常上前去撥弄老張的雞雞。「老了，都長白毛了。」接著就邊撥弄邊唱：「把你的雞兒切成絲兒，撒點胡椒麵兒，嘗一嘗，看看鹹不鹹？」當然，大夥兒也嘲笑他。因為他雖然壯得像一座鐵塔，可雞雞卻很小，就像一個又短又小的茶壺嘴似的，可憐兮兮地縮在兩條粗壯的大腿之間。他完全不在意，反而說：「小鳥雖小，可它玩的是整個天空！」……總之，大家都知道他不靠譜，甚至品行惡劣。可他每天都快快樂樂的。其實在看守所，沒有人在意一個人的品行，大家都是犯了罪的人，身上都有很重的事，在罪惡面前誰也不比誰好，所以大家要的也只是開心。而且就算正常人，誰又會每天都與所謂的品行較真呢？可有一段時間，他的心情並不好，每天都寡言少語的。老張說那是因為小麗有一個多月沒有和他聯繫了。有一天，有人帶消息給他，說小麗走了，去廣東了，兩個孩子也留給了爺爺。他一天都沒說話，晚上卻蒙著被子大哭起來。王哥很生氣，上前踹了他一腳，還厲聲罵道：「有點出息不？還是個男人不？不就是一個女人嗎？跟了你十幾年，還生了兩個孩子，能真跑了？」「就算跑了，又怎麼

反制

很少有人會處心積慮去犯罪，這些人都是因為某些偶然因素進來的。無論殺人犯、交通肇事者、尋釁滋事者、強姦犯還是瀆職者。有些人僅僅是因為多喝了幾杯，或者鬼迷心竅，起了貪欲；有些人僅僅是——僅僅是撞上鬼了……。人總有走背運的時候，他們無疑都是不幸的人，一不小心就掉進了命運的枯井。接下來的問題是，對於那些偶然的、讓他們掉進了井裡的事究竟該如何看？當然了，不同的人會有不同的看法，從而導致他們在這裡的心態也大不相同。他們中的多數人會對自己說：「管球去，反正都這樣了，待著吧，等待吧，聽憑老天爺安排吧。」……

可國華老局長不這樣想，他想不通，也不服氣。他的鋪位緊挨著號房最裡面的蹲坑，這表明他在號房裡的地位最卑賤。那裡的光線最暗、味道最重，而且，哪怕是半夜，他剛做了一小會兒夢，也會有人在那裡拉屎撒尿，弄出又響又臭的動靜來。國華老局長怎麼能忍受這樣的恥辱呢？他的智商，他豐富的人生經驗與鬥爭經驗都讓他不至於混得這樣慘（真的，他怎麼可能混得這麼慘呢？），可他只知道大將軍威武不知道小獄卒厲害。他真是活該！他進號房第一天，站在鐵門外喊：「報告！」鐵門「咣噹」一聲，他進來，剎那間就與外面的世界隔絕了。他被羈押，被號房裡的人呵斥著半跪在地上——「報告！」他又喊，可接著就說了一句：「我是優秀共產黨員！」他真是糊塗了，或者是被制怕了，是下意識才這樣說的。他本以為自己義正詞嚴，殊不知卻招來了一陣轟笑。他在一個錯誤的場合說了一句不該說的話。這句話在雙規點可以說，因為畢竟辦案人員的素質要高一些，生活態度也更嚴肅。可他在號房裡說——也許他是說慣了，不假思索就脫口而出。他不合時宜，讓人轟笑，也讓號裡的人動了要制他的心思。

「因為什麼進來？」

「貪汙、受賄……還有作風問題。」他背誦口訣似地回答。

「什麼作風問題？」

「給我定的是涉嫌猥褻幼女。」

這句話更要命！號裡的人也有正義感，他們都恨強姦犯，更何況國華老局長這麼一個老菜幫還猥褻幼女！只怪之前沒有人提醒他，他本可以不說的，如果大夥兒只知道他貪汙和受賄就好了。這兩項都是職務犯罪，大夥兒會認為他是一個有地位、有本事的人，不僅不會哄笑他，還會對他多一層敬重與同情。因為沒點本事還真犯不了這兩項罪。可他真傻，居然在說了自己是優秀共產黨員後，緊接著又承認自己猥褻幼女。沒辦法，他只能受制了，沒有人能幫得了他。

事實上，國華老局長在進看守所前就已經受了兩個月的罪了——在雙規點……，他後來哭訴道，在雙規點，不准他睡覺，每天就給他一個這麼點大的饅頭（他不斷地用手比劃著——這麼點大，就這麼點大！）。他每天二十四小時被鎖在一把鐵椅子上，很快就被制得大小便失禁，要插著導尿管才能接受審查。沒有人打他，但一天至少有三撥人審他。燈光強得將他的睡眠都照穿了，兩個月來，他幾乎沒有睡過一個整覺；白天和黑夜都是白刺刺的光，又是酷暑難耐的夏天，強烈的白光轟然響起，讓他從早到晚都目暈耳鳴。他被照得像擦屁股紙一樣發黃、骯髒和令人生厭。他當了二十年的局長，他的眉毛、鼻子、印堂、滿面的紅光早就讓他養成了一種威儀，可他現在有何威儀可言？以前他是胖的、結實的，現在他的肚子就像癟了的氣球一樣，只剩下一副皮囊垂頭喪氣地耷拉在變了形的骨架子上。那副皮囊可真難看，皺皺巴巴的，到處都是褶子和斑點，沒有一丁點光澤……。他以前的身體是多麼結實和富有彈性呵，他的頭髮烏黑，一個月前卻一夜之間全白了。而且，他的陰毛也都全白了，是那種死灰死灰的白，亂糟糟的白。他的陰毛曾經多麼茂盛和意氣風發呵，以至於進了看守所，人倒楣到幾近於要廢掉的程度，虎子用涼水澆他，澆到第三桶時就忍不住大叫：「老東西，傢伙可真大，太大了！」其他的人忍不住好奇，三三兩兩就上前去撥弄幾下。「太大了，又長又大，還能硬起來不？」「老漢是個好老漢，可惜槍裡沒子彈。」國華老局長忍無可忍了，一腳就踹掉了水桶——「出去，出去，等著老子出去收拾你！」一大夥兒就一齊哄笑——「出去，出去，等著老子出去收拾你！……」

說起來，他是一個大家族的長子，是家族的榜樣與希望。可大家族就註定要衰亡。因為成分不好，家裡又窮，他就只上了一所中師。中師畢業後他分在一所僻遠的小學教書，之後調到了一所中學，再之後又到了市裡的一所職業學校。十幾年來，他一共教過十七門課，這件事讓他總結出一個重要的經驗，即人生什麼都可以糊弄，也什麼都糊弄得了。他一步一步地改變著自己的人生，到了三十多歲，身體開始發福，走路也開始走八字步，一搖一擺地顯示出了他的前途與未來。之後他當了校長，便開始大刀闊斧地搞改革，因為改革又被提拔當了教育局的副局長、局長……，我們必須承認，國華老局長在二十年的局長任上始終都是一個強人。縣裡乃至於市裡幾乎沒有人不知道他的。他讓這個縣的升學率每年都大幅度提高，讓縣裡的一中和三中都成了省裡的重點中學，讓一個貧困縣成了教育強縣。全國各地的觀摩團都來參觀、學習。他崇拜斯巴達式的教育（鬼知道他什麼時候、在什麼地方知道斯巴達的？），將每所學校都變成了紀律嚴明、磨刀霍霍的軍營，學生們參加高考就像當年八路軍跟鬼子拚刺刀一樣。他威名遠播，學生們崇拜他，老師敬畏他，家長信賴他。他就是有辦法把升學率搞上去，也有辦法把學校的規模和老師的福利搞上去。在他當局長的二十年裡，有多少人夢寐以求到一中和三中去教書呵；如果能在他手下當個校長、副校長，甚至於幼稚園園長，又該是一件多麼榮耀和實惠的事情呵！可自從當了局長，他的麻煩就一天比一天多了起來。首先是自己開始得意忘形，作風一天比一天霸道，膽子也一天比一天大。最要命的是他開始起了貪欲，而且，別人也讓他更大地起了貪欲。算起來，他當了二十年的局長，讓不知多少農家子弟上了大學，但他也幾乎搞遍了全縣每一個想當校長、副校長和幼稚園園長的女教師。他搞得太厲害了，他的搞在圈子裡出了大名。大家經常在私下裡談論他本錢如何大，說他簡直就是長了一條異物。因為本錢太大，太出名，又常惹女教師和女校長們爭風吃醋，因此國華老局長就成了人們飯後茶餘的笑話。以至於到了雙規點，紀委一位女書記在審訊他時，還完全控制不住自己，掄起一副肉掌就連搧了他幾個耳光……。因為他在這方面的事太過傳奇和突出，所以，審訊他的時候，他涉嫌的貪汙與受賄就反倒相形見絀，很少被人提起了。何況他貪汙、受賄的數目並不大，手法也並不高明，在人們的觀念裡自然也就成了一件司空見慣的小事。人們熱衷於他的搞，可作風問題說到底終究也不是什麼大問題。於是，舉報他的人又提供了他猥褻幼女的材料，要命的是材料裡還有照片……。恨他的人實在太多了，據說舉報他猥褻幼女的也正是一位想當校長的女教師……。在雙規點，他什麼都交代了，唯獨猥褻幼女他死都不承認。但兩個月之後，他實在受不了了，最終還是承認自己有過猥褻行為，但又強調他並沒有弄出什麼大名堂來，最多也不過摸過幾次，而且，也都是小孩子們願意的。他和藹可親，會講故事，還給她們買糖果吃……

在雙規點，國華老局長也反省過自己。他問自己怎麼就落到了這般田地？他得出結論，認為自己個性太強，什麼事都要一言九鼎，得罪了人。他在腦子裡反覆搜索最有可能整他的人是誰？他想，最有可能的應該是教育局的一位副局長和三中的一位副校長。都是他精心培養和提拔上來的人，卻在他退休後捅了他。他後悔自己警惕性太差，人太自負，管控風險的意識太弱了。可他退休都三年多了呵，他不妨礙他們的前程呵……。哦，對了，他後來還到政協去當了一年的副主席，而且，退休前還為自己做了一點小打算——在郊區以他兒子的名義包了幾百畝荒山。現在，這些荒山都已經鬱鬱蔥蔥，成了遠近聞名的畝圃基地和度假村了。國華老局長的名聲又從教育界擴張到了種植、養植和旅遊行業。他的名聲和占有的資源實在太大了，縣裡要發展、要建設、要「三年大變樣」，總之，要收回他承包的荒山。可他覺悟不夠高，態度又不好（事實上，豈止是不好！）……。唉，總之，他老了老了還是敗下陣來，進了雙規點，大聲喊「我是優秀共產黨員！」卻很快就被開除了黨籍和公職……。他本以為事情到了這個程度也就算完了。他把自己當作了政治鬥爭的犧牲品，他的政治意識和鬥爭意識雖然很強，法律意識卻很淡薄，有些事情他既無知又天真……。在雙規點，負責他案子的專案組多達二十多人，人吃馬餵，兩個月下來，不可能給他一個「雙開」就草草收場。每個人都要吃飯，也都要進步，國華老局長也得讓一些人吃頓飽飯，升個一官半職。這是一個很簡單的生物鏈，六十多歲的人了應該懂得的……，於是，在做了一份又一份筆錄之後，他進了看守所；這裡的晦氣更重，連鬼也得繞著走。

「老漢，過來，脫褲子！」號裡的人又開始制他了，他被脫光了打屁股。自從進了看守所，知道他猥褻幼女，又看見他又長又大的本錢之後，虎子每天都要逼他交代作風問題，而且要交代每一次的細節；若交代得不好，沒讓大夥兒笑，照例要脫光了挨鞋底子。他的皮耷拉在兩瓣乾瘦的屁股上，每天都被打得又紅又腫的。他咬著牙，眼裡噙著淚水，但他從未求過一次饒。號裡的人問：「老漢，怎麼啦？哭啦？」他沒哭，他只是噙著淚水，說他對不起黨，對不起人民……。顯然，他在等待機會。他早就知道這個世界什麼都可以糊弄，他當然不信自己就糊弄不了這麼幾個小兔崽仔！可號裡的人制他的理由實在太多了，方法又層出不窮。他放屁太響要受制，太臭更要受制；他有糖尿病，要少吃多餐，便把饅頭藏在衣服裡一小塊一小塊地偷吃，但很快就被虎子發現了。這還得了，他被罰兩天不准吃飯，還得半夜值夜班。值夜班的時候他必須雙腳併攏，昂首挺胸地站著；睡覺的時候他不准打鼾。總之，他做什麼都不對，都得被人呵斥。他以沉默對抗著這個煉獄般的環境，在沉默中積蓄著反抗和翻身的力量；他每天低著頭，縮坐在緊挨著蹲坑的鋪位上，恨不能讓自己縮成一團，好讓大夥兒再也看不見他。但他心裡每天都翻江倒海的。終於有一天他抬起頭，仰望著那扇又高又窄的條窗，長長地出了一口氣……。當天下午，虎子就被王副所長提了出去，他被關了三天禁閉，戴著十八公斤的腳鐐在禁閉室反省。其他幾個活躍分子也受到了不同程度的懲罰。國華老局長終於翻身了，虎子在禁閉室明白了他早該明白的道理。「老東西，畢竟是當過局長的人，厲害！」他後來悄悄地對大夥兒說。大家明白國華老局長一定是在外面託了人了，而且所託之人一定大有來頭。他成了號房的新坐號，每天都有牛奶喝，有麵包、燻肉吃；他開始思考如何改造和教育這些嫌疑人。他相信任何人都有良善的一面，即便對犯罪嫌疑人也不能僅僅是以惡制惡。虎子從禁閉室出來後，他叫人將棉籤磨尖扎他的手指頭，他打過他多少鞋底子就加倍扎他多少針。虎子的十根手指頭都被扎得血糊糊的；他又叫人按住他在冰涼的水裡泡著。虎子立馬就認慫了。制國華老局長的時候他最積極也最賣力，這之後討好他也最殷勤、最得法。他叫國華老局長「老爺子」，每天都給他捶背揉肩，還經常帶領大家聽他講他當年改革的故事，以至於國華老局長常常情不自禁地、輕輕地拍打著他的臉說：「你這個小傢伙呵，就是調皮……」

二〇一七年十月八日定稿於香港

苦悶

小錢，一個苦悶的青年，留著長髮，連走路的樣子彷彿都在憤世嫉俗。主任說：「小錢，你的頭髮該理了，畢竟是在機關上班，凡事都要注意影響。」小錢含著譏諷，笑嘻嘻地問：「也理成您這樣的大背頭？」人們私下裡將這種頭型叫「幹部頭」。主任理了一輩子大背頭，也穿了一輩子中山裝。他在這個古色古香卻破破舊舊的大院裡勤勤懇懇地工作了三十年，還總是小心翼翼地戴著一副深藍色的袖套。如今，眼看著就要退休了，卻覺得還有關心、培養年輕人的責任。他希望退休時能享受到副局級的待遇。說到年輕人，小錢就是一個典型。這個小夥子有才華，也有思想，可就是個性太張揚，並且，顯然對他含有某種不屑。可話又說回來，他似乎對什麼都不屑。主任曾請小錢週末去他家吃飯，和他談心。他們連乾了幾杯之後，小錢說：「看不清前途，心裡很苦悶，不知道該怎麼往前走。」他神情憂鬱，承認自己是一個苦悶的人，又說自己曾胸懷壯志，可學生時代的理想在現實生活中既無著落也無用處，而機關就像一座監牢。他說著說著，竟然哭了起來。主任不理解他的憂鬱，也不理解他為什麼這麼迷惘。在他看來，上班就是按部就班地將領導交辦的每件事做好，方向上面都定好了，只需要跟著往前走，又哪有什麼迷惘可言？他批評小錢，說他是無病呻吟、個人主義，還給他擺事實、講道理。小錢笑了笑，摟著他的肩膀說：「老王，您不懂，您……就像是從未活過似的。」這句話激怒了主任。他說：「我不懂？我過過的橋比你走過的路還多。」小錢進一步哈哈大笑，他說：「老王，您可真逗，連比喻都是別人用爛了的。」主任甚至忘了是他請小錢來家裡做客的了，他有些失態，還勃然大怒，說：「不知好歹的傢伙，你給我滾！」

第二天上班，小錢跟主任道歉，說昨晚喝多了，說了過頭的話，他鄭重道歉，可又說：「主任，您的酒太好了，您請我喝那麼好的酒，我能不醉嗎？」他的語氣彷彿在說如果主任的酒不好，他就不可能喝多，他不喝多，就不會摟著主任哈哈大笑，還說主任像是從沒活過似的。總之，一切都是主任錯了。

過了幾天，小錢說：「主任，今天我請你喝酒。」主任連看都不看他一眼。「主任，總得給我一次機會吧，您也得在我面前醉一次，出出洋相。」他又說。主任沉不住氣了，他說：「敢情你請我喝酒，就是為了讓我出洋相？那好，咱們今天就喝，我倒要看看究竟誰會出洋相。」他們去了一家小酒館，結果還是小錢醉了。他再一次摟著主任的肩膀說：「主任，你是個好人，可這輩子還真沒自個兒活過。」主任這次沒生氣，他承認小錢說的是事實，可小錢的想法是錯的——人哪能為自己活一輩子呢？他明白了他和小錢的差異，他們是世界觀和價值觀不同，這可是一個大問題，他覺得他得在會上好好講一講。於是，他接二連三地在會上講這個問題，講一個年輕人究竟應該有怎樣的世界觀和價值觀。小錢聽著聽著就打哈欠，其他的人也打哈欠。主任把稿子往桌子上一扔，說：「不講了！」大家止住了哈欠，你看著我，我看著你，之後全都笑了。小錢說：「主任，別生氣，您接著講，再講講……」

睡神

我一直想探究睡眠，想找到它最核心的部位，打開它的任督二脈與無字天書。那是一種光嗎？或者不是，而是吸收了太多的光，因而是聚集能量的地方。起初，我對睡眠的認識是簡單的——它是我們身體的需要，藉由睡眠，我們可以恢復體力和精力。這當然是常識，人人都知道；可如果問下去，比如睡眠是什麼顏色？就難以回答了。睡眠是一種物質嗎？就像我們捕魚的網、出門時經常見到的垃圾桶，或者郊外的那塊墳地。或者它根本就不是物質，而是我們小時候聽過的一個個鬼故事？說到顏色，說睡眠是黑色的大致不會有錯，因為符合絕大多數人的經驗。可很多人睡著後會做夢，做的夢都有顏色，有的夢甚至還很亮，這就否定了睡眠是黑的這樣一種說法。事實上動不動就做各種光怪陸離的夢的人還真不少。因此沒有人會斷言夢就是黑的。可這說的也只是夢而不是睡眠。雖然夢與睡眠有密切的關係，但畢竟不能劃等號。打個不貼切的比方，睡眠好比是一位母親，夢則是它五彩繽紛的女兒。但這個比方也沒有說清楚睡眠到底是什麼顏色。正如每個女兒心目中母親的顏色不一樣，我們也很難描述睡眠的色彩。顏色難以描述，那麼形狀呢？睡眠是三角形的嗎？圓的嗎？方形的嗎？尖而陡峭的嗎？恐怕更沒有人能說清楚了。既然說不清它的形狀，那它有邊界嗎？當然更難以確定；我傾向於它是一片廣袤無垠的土地，有高山，有河流，有神仙洞，有仙女峰。正因為如此廣袤，我們在睡眠中才會遇到各種各樣的東西，我們的夢才會千奇百怪。

有一天，一個奇怪的動物進入了我的房間，它自我介紹說自己是睡神，名叫昏昏沉沉。它一點也不謙虛，一進門就把自己說成是神。「人世間有酒神、愛神，也有食神和戰神，卻沒有睡神，你不覺得奇怪嗎？」它說，我看出它有些惱怒，便安慰它：「有的吧，睡眠之神，我查查希臘神話，我記得好像有。」「好像？連你都說好像！所以即便有，也遠不如愛神、食神和戰神那樣有名。」我低下頭，承認它是對的。「可能是因為你不像它們那樣譁眾取寵，也不像它們那樣會蹭流量。你多安靜呀，安靜得都讓人注意不到，這正是你存在的意義與價值，你對人類是有貢獻的。」我安慰它，心裡卻想，愛神與戰神多刺激、多好玩呀，現在的人只關心刺激和好玩的東西，誰會把一個似乎一直隱居山林的乏味老頭兒當回事呢？（你瞧，我下意識地、本能地就把它當作一個乏味的老頭子了。我進而也想，要是連睡眠也譁眾取寵，我們該多不安生啊！）它聽了我的話，平靜了一些，頭一歪居然就睡著了。我覺得好玩，也很好奇，怎麼會有一頭自稱是睡神的動物突然來到我家裡呢？和愛神、戰神、食神相比，睡神最大的特點就是容易滿足，它可真是一個知足的神啊，不像其他神那樣處處爭強好勝。我心生柔情，蹲下去撫摸它的皮毛，摸到的卻是水一樣順滑清涼的感覺；那水一樣的身體似乎泛起了漣漪，睡眠如水，給了我美妙的聯想，那可真是詩一般的存在。我邊撫摸它邊仔細看它的臉，它的臉是平的，眼睛和鼻子都縮在淡藍色的皮膚之中。但耳朵很奇怪，像屋頂上偷聽外國廣播的天線一樣支棱著。它的手和腿也縮在淡藍色的皮膚之下，奇怪的是，正當我好奇地左看右看時，它的耳朵也縮進了皮膚裡。這樣它看上去就像一滴巨大的半透明的水滴。這可太好玩了，我一下子就激動起來，按捺不住地給我父母和幾個好朋友打電話，告訴他們我的奇遇，並將它拍成了視頻，發給家人和朋友分享。我恨不得要向全世界宣布，說我因為某種奇緣，見到了睡神，這一天應該被定為睡神的誕辰日。母親收到視頻後非常緊張地打電話來問我：「兒子，你是不是又出幻覺了？你發過來的只是一道白光，什麼也沒有，哪有什麼睡神？不過那道白光還真是很美，你爸爸說那是難得一見的極光。」我堅持說有睡神，讓她仔細看，她堅持說沒有，什麼也沒有，只有一道光。最後她哭了，她哭著對爸爸說：「老頭子，兒子這回不是出幻覺那麼簡單，我看他是瘋了，我們要不要馬上報警或者給精神病院打電話？」我愣住了，跌坐在沙發上，父母居然這樣看事情，他們如此武斷，眼看著就要把我當作精神病人了！我既委屈又無語，忍不住想哭，但我還是安慰自己說——好吧，沒什麼的，父母年紀大了，成見自然很深。可我心裡還是很悲涼，我和他們在任何事情上都這樣，我似乎一直都在捉弄他們，他們也一直在捉弄我，我就不該給他們看睡神的視頻。正當沮喪之時，一位老朋友的電話打了進去，我一拿起話筒，就聽見他的哭聲，但聽上去不像是哭而是喜極而泣。「你是在安慰我嗎？還是要拯救我？我看見你的視頻了，睡神，它多像一朵半透明的祥雲啊！」我馬上理解了他，他在挪威，早年是一個軟體工程師，後來成了一位詩人，已經有十幾年的失眠史了。他經常給我講他與失眠相處的事情——「我把它當作必須制服的對手，我們每天都在半夜搏擊，你一拳我一拳，可打來打去都是空的，是空的！兄弟，你瞭解這種感覺嗎？我實在太痛苦了！」我當然瞭解他的感覺，一個人怎麼能老在半夜裡打空拳呢？挪威那地方自殺率很高，因為白天太短、夜晚太長，那裡的人一輩子都在和睡眠搏鬥，他們太需要好睡眠了。所以他看到我發過去的視頻後哭得如此厲害，他誤認為我要拯救他。

隨後我在朋友圈和博客上也發了睡神的視頻，還詳細描述了我和睡神見面的過程，發表了我和睡神的對話。

「嘻嘻，叔叔你太好玩了。」第一個回覆的是我的姪女，她患有癔症，總是坐在床上，從小到大她都是坐著睡覺的，她坐著睡覺的樣子看上去就像一個墳包。我的視頻和文章讓她覺得我是一個有同理心的人。

「不愧是作家呀！」第二個回覆我的是我的中學同學，他幾十年都認為我是一個神神叨叨的人，總是對我不屑。我想這一輩子他都在心裡嘲笑我，他已經習慣了。

「這睡神也太可愛了吧，像一個吹起來的泡泡，可皮肉似乎很厚。」一位朋友調侃道。

接下來的一條評論很長，簡直嚇了我一跳，他寫道：「你居然把這麼一頭怪獸帶到我們的生活中來，還要將這一天申請為它的誕辰日，何其毒也！我注意到它的名字叫昏昏沉沉，如果這頭怪獸是真的，又被你帶到了我們的城市，它還不得將昏昏沉沉傳染給每一個人？如此一來，我們的鬥志將澈底瓦解，我們這個民族的精神將澈底萎頓。你出於何種居心，居然要毀滅我們昂揚的鬥志和英雄情懷？如果你是正人君子，那就敢做敢當，立即坦白！」

我整個人都懵了，完全不知道如何回答。

接著就有人跟帖：「喪心病狂，何其毒也！」

更多人跟帖：「何其毒也！」

又有人跟帖：「作者是美國派來的特務，狼子野心，何其毒也！」

更多人跟帖：「何其毒也！」

剎那間，我的朋友圈變得群情激奮。我想，得趕緊把文章和視頻刪了，可我不甘心，我很想知道究竟有多少人認出了視頻中睡神。

又有人發出帖子，他提了一個問題：「我們要把這頭怪獸殺了嗎？」

「當然，殺了它！一個昂揚向上的城市怎麼能容得下這麼一頭昏昏噩噩的怪獸呢？」有人跟帖。

「殺了它！」又有人跟帖

「絕不能有惻忍之心，殺！」更多的人在跟帖。

「請問你們要殺誰？睡神嗎？」有人突然斜刺裡出來，幽幽地問道。

「我們從此將睡無可睡了。」另有一個人哀嘆道。

「睡覺之神搖著一把扇子，襤褸的衣衫在風中飄動……。我引用一句詩，想起傳說中的濟公和尚，這頭怪獸顯然是一位懸壺救世的良醫。」這個人居然在帖子裡引用了我的一句詩，但他的帖子立即遭到了大家的攻擊。

有老成一點的人最後評論道：「雖然我們這座城市失眠的人不少，但更多的人需要昂揚奮鬥，砥礪前行，將睡神這樣的怪獸引進來，顯然會瓦解人的意志，使整個城市萎靡不振。雖然少數失眠的人的確需要睡神，但他們畢竟是少數。所以正確的做法是把睡神邊緣化，有人需要，可以打報告，經主管部門批准後准以使用。」

這個評論看上去滿客觀也滿公允的，因此贏得了多數人的贊同。但它讓我覺得整個事情都變味了，睡神居然變成了類似於處方藥那樣奇怪的東西。

事實原本是這樣的，一、出於某種機緣，我遇見了睡神，我覺得它具有某種難得的品質，可以讓人睡個好覺，就寫了一篇介紹它的短文。二、我覺得它的樣子很奇特，也很萌，就拍了它的視頻。三、我的確覺得應該有一個睡神的誕辰日，睡神應該像愛神和戰神一樣進入神壇，受到人們的祭拜。我真的沒有想過用它來瓦解人們的鬥志，更沒想過要藉它使我們的城市萎靡不振。我很委屈，也很憤怒，我的本意僅僅是想和大家分享我的發現，卻被那麼多人劈頭蓋腦，折騰了一個晚上。這樣的世道人心的確讓我心生悲涼。這次我可真是要失眠了，躺在床上就像躺在荊棘叢中。這時又傳來敲門聲，我還沒來得及開門，另一頭動物就進了我的房間。「我是失眠，名叫神經錯亂。」我驚訝地看著它，它的樣子既猙獰又模糊，我看著它，就像看著鏡子中的自己，那是多麼可憐和悲涼的失眠景象！它站著的地方原本是睡神鼾睡的地方，現在睡神不見了，名叫神經錯亂的失眠萬分沮喪地出現在了我的面前。

二〇二一年五月二十五日於臺北

北坡的玫瑰

十八歲的梅身材窈窕，她夢見塬上下雨了，雨落在沙土上，北坡那片玫瑰一下子就怒放了。玫瑰花一夜之間就怒放，梅當然也可以。一年前她要她大在北坡種玫瑰，她說城裡已經有情人節了，種玫瑰會賺錢。塬上缺水，玫瑰種上不久就枯了，枯得讓她直想哭。她每天都到園子去和枯萎的玫瑰花說話，求她們活下去，還保證過幾天就會下雨的。她很擅長安慰那些枯萎的玫瑰。一個少女如此心誠，天果然就下雨了。玫瑰花怒放的時候，她去城裡賣玫瑰。第一個買她玫瑰的人，買了九十九朵玫瑰，還通宵唱那首叫〈九十九朵玫瑰〉的情歌。那首歌梅也會唱，可她沒有遇見給她唱歌的人。她去夢中找，不久就真夢見這麼一個癡情的人了。她恍恍惚惚地覺得有人買了她所有的玫瑰，又把這些玫瑰送給了她。送她玫瑰的人每天都在路上等她，她臉色緋紅，低著頭從那人身邊走過。那人送她一大捧玫瑰，可她不敢要；眾目睽睽之下，她又要趕著去上學，怎麼敢收一個陌生男人的玫瑰呢？但是那人很執著，他跟著她，往她頭上灑玫瑰花瓣，玫瑰花瓣紛紛揚揚，落滿了通往學校的那條小路，使那條小路成了鮮紅欲滴的玫瑰之路……。這些當然都只是她的夢，她總是在做夢，夢見花、小路和很帥的小夥子。有時候也會夢見某個大叔，大叔面容模糊，胳膊卻很有力。她對夢見大叔這件事很納悶，可在夢裡大叔比小夥子更讓她親近。

梅是塬上長得最好看的少女，她和父親住在塬下的窯洞裡。五歲的時候，她娘死了，是奶奶帶她長大的。娘在家裡是一個禁忌，很小的時候，奶奶就不許提那個女人，也不許問。梅的上面有兩個哥哥，也不許她打聽娘的事情。梅一直覺得娘還活著，只是住在她不知道的什麼地方去了。梅的大大是一個沉默寡言的人，常常一個人蹲在半坡上想心事。他雖然木訥寡言，卻會吹很好聽的壎。月亮升起來的時候，他在半坡上吹壎，壎聲充滿了古意。「他在想他婆姨呢。」有人說。「大，你在想婆姨嗎？別傷心了，梅做你的婆姨。」她在大的身邊說。大放下壎，好半天都不說話，也不再吹壎，然後牽著梅的手往回家的路上走。梅後來明白了婆姨的含義，她仍然陪大在半坡上吹壎，卻不再說傻話了。大也不再牽著她的手回家，而是一個人悶聲悶氣地往山坡下走，梅跟在大的影子後面。梅小時候經常自言自語，她蹲在牆角，走在路上，看見鳥飛過，月光灑在半坡上，都會自言自語。大知道她在想娘，想安慰她，她說：「我不用想娘，娘每時每刻都和我在一起，你看見牆角下的花了嗎？看見窗外面的影子了嗎？那就是娘。娘教我唱歌，也教我剪窗花。」大相信梅說的話。

清明節的頭一天，兩個在城裡打工的兒子回來了，安排好上墳的事之後，父子三人便坐在屋裡諞閒話。兩個兒子都勸大搬到城裡去住，說這些年生活好了，不需要大再在塬上辛苦種地；再說塬上也沒有人了，村裡空蕩蕩的，萬一摔個跤，連扶都沒人扶，做兒子的放不下心。老大體諒大的心情，知道他離不開塬上那幾畝地，更離不開奶奶、娘和梅。可是他還是一勸再勸，說奶奶、娘和梅都死了多年了，不要總把死了的人放在心裡。老二在一旁感嘆道，說梅太讓人心疼了。「她要是活著，現在已經高中畢業了，該長得有多好看啊。」大定睛看著兩個兒子，說今年北坡的那塊地，梅全都種上了玫瑰，前一段大旱，玫瑰都枯了，這幾天突降暴雨，興許玫瑰也被沖沒了，要不就是根被雨水泡爛了。又說到天氣，要不大旱，要不大澇。兩個兒子低著頭，不再說話。梅死了之後，大年年都這樣，去年說梅在半坡上放風箏，像紙片一樣被風箏帶走了，讓兒子趕緊出去找。今年又說梅種了玫瑰，玫瑰被洪水沖走了，要不就是根被雨水泡爛了。老大說：「哪兒就爛掉了？玫瑰好著呢，梅在城裡開了間花店，生意可好了。」老二順著老大的話說：「就是，梅現在的生活真就像花兒一樣。」大聽著兒子的話，嘴角不經意地動了動，他起身，說要自個兒上半坡走走。兒子看著父親緩慢地往半坡走去，隨後便聽見壎聲，充滿古意地從半坡傳來。他們似乎也看見了北坡的玫瑰，在空茫而心悸的月色中怒放著。

二〇二一年五月二十八日於臺北

少年與老人

少年與老人於某年某月某日見面，少年問：「今天是某年某月某日嗎？」

老人沉吟了一會兒說：「如果時間是靜止的，那就是某年某月某日；否則就是另一個某年某月某日。你更願意是哪種呢？」

少年笑了笑說：「任何靜止都是流動，任何流動都是靜止。所以不如將某年某月某日當作一張牌，我們隨便翻，翻到哪張就算哪張。」

老人點了點頭，隨後便翻了一張，他亮出底牌時，少年哈哈地笑個不停。那張牌的牌面寫道：「於某年某月某日，返老還童。」老人有些吃驚，卻不動聲色地說：「說的就是你了，你正在返老還童，你是由一顆衰老的心返回到某年某月某日的，所以看上去是一個少年。」

「好吧，我先以一個少年的面容和天真之心與你說話，然後通過回憶進入另一個某年某月某日，當然了，我們得再翻一次牌。」

老人表示同意，開始了與少年的交談。

少年說：「您好，我的名字叫返老還童。」

老人眼神柔和，有慈愛之心，他說：「啊，孩子，你看上去可真不幸，你是一個孤兒嗎？這些年你是怎麼過來的？應該有十二三歲了吧。」

少年說：「我是吃百家飯長大的，有時住在張爺爺家裡，有時住在李爺爺家裡，有時住在村外的破窯洞裡，有時露宿在某個街頭，有時在河裡，有時又在山上的一棵大樹下，或是那個叫亂葬崗的山坡上。人們管我叫流浪狗、野種、雜種，他們罵我的時候，經常會同時踹我一腳——「呸，哪來的野種？」他們覺得遇到我是一件挺晦氣的事情，我身上太髒，臭烘烘的；大冬天我還光著腳，穿著一身滿是窟窿眼兒的破棉襖，腰上繫著一根麻繩。他們罵得對，我可能真是一個野種，可他們說哪來的野種時，我真的很頭疼，我回答不了，我怎麼知道我是從哪裡來的呢？我倒是能說清楚我身上的麻繩是從哪兒來的，那是張爺爺上吊的麻繩，我繫在身上，一方面是為了紀念張爺爺，另一方面也是為了讓自己記住——『人，其實都是爛命一條。』記住這一點很重要，因為它會讓你不再害怕，也不再把自己當回事兒，一個人就像山上的野草似的，我很高興自己像野草似地活著。」

「你確定你不再害怕什麼？也不再把自己當回事？」老人問。

「是呀，這正是少年可貴的地方呀，不像你，你老了，怕生病，怕沒錢，怕兒子不孝順，還可能死在你前面，讓你白髮人送黑髮人。你還怕孤獨，怕被人罵，說自己老不正經。我認識的張爺爺，甚至在夜裡怕風，起風的時候，外面的那棵老楓樹會發出恐怖的聲音，他就是在一個颳大風的夜晚上吊的。月黑天高，他總覺得第二天又要被人抓去遊街，人們在他的脖子上掛上一塊牌子，牌子上寫著『打倒某某某』幾個字，他的雙手被一根麻繩反捆在背後，後來他就用這根麻繩上吊了。」

「孩子，你小小年紀，心裡淨是些什麼亂七八糟的東西啊，少年應該風華正茂，充滿激情和理想，難道你就沒有自己的夢想嗎？不想長大後有一個光明前途嗎？」老人既心痛又氣惱地說道。

「看來你也把我當作一條野狗了。夢想？當然也有了，誰還能沒有一點夢想呢？我聽說書的人說過不少故事，少年最重要的就是造反，一旦造反，命運就會改變。」

「哦，那你是想要造反了？」

「當然，否則我返老還童幹嘛？」

「敢情你返老還童就是為了造反？」

「不然呢？不然像你一樣？整天怕這怕哪？少年不就是有一身的膽嗎？這是生命的元氣，人老了，元氣就沒了，元氣沒了，離死也就不遠了，那個詞叫什麼來著？」

「行將就木。」

「對了，行將就木！我的名字叫返老還童，你呢？叫行將就木嗎？」

老人低下頭，不再說什麼，他不願意被人叫做行將就木，可事實上他正是，他的確是一個行將就木的人。

輪到少年摸牌了，他也摸了一張牌，他亮出底牌時，老年便哈哈地笑個不停，牌面上寫道：於某年某月某日，少年輕狂。

少年說：「這會兒該輪到你了，你於某年某月某日少年輕狂。」

於是老人就說了自己少年輕狂的往事。少年聽了，覺得十分無聊，一個行將就木的老人硬要扮演少年輕狂，實在太無聊了。正說著，就有人問：「你返老還童就是為了年少輕狂嗎？」「有這個意思，但這是閻王爺的事，他要這樣判我，我也只有年少輕狂了。」老人剛說完，那位少年就不在了，只剩下老人和自己的影子，他揉了揉眼睛，自言自語地說道：「哪有什麼少年？不過是自己的影子，一個人老了老了還能和自己的影子說說話倒也挺美的。」

他仔細回憶剛才與影子的對話，覺得那些有關造反的話真是昏話，怎麼能老了老了還說這樣的昏話呢？年少輕狂倒沒什麼，誰的一生沒有輕狂過呢？那些輕狂而荒唐的歲月，就算現在回憶起來也挺美的，它們還真不算個事兒。

二〇二一年六月十八日於臺北

家譜

夜裡十二點，天開始下雪。雪花在昏暗的街燈映照下斜斜地飄落，空氣又潮又冷，含著一種令人心悸的期待與擔心。

她已經是第二次站在門口張望了，她的客人應該到了，就算火車晚點也該到了。該死的超！昨天她讓她去火車站接客人，可她不願意；她豈只是不願意，她說：「不，要去你去！」語氣中含著一種譏諷。這麼多年以來，她總是在抱怨。「我去？我都六十多歲了，腿腳又不好。」她跺著腳，恨不能搧她一耳光。從昨晚到現在，母女倆就沒再說過一句話。客人的火車九點鐘應該就到了，可現在都十二點了，偏偏又下起了雪。「這麼冷的天，還下著雪，現在的治安……」說到治安，年紀大的人總是關心治安，他們似乎總能聽到各種凶惡的消息——某地殺人了，某天又搶劫了……。她站在門口，心裡不停地唸唸叨叨。可十來分鐘後，冷得受不了了，只好回到屋裡。屋裡的炭盆用火灰焐著炭火，木炭不多，她得省著用。南方的冬天全靠木炭取暖，要是沒有木炭，屋裡是待不住的。一個月前，她知道客人要來，就讓超想法多買些木炭，可她就是不買，這一小袋木炭還是鄰居送的。

回到屋裡，脫掉鞋，將凍僵的腳放在炭盆上。她的身體暖和了一點，便站起身，將手伸進被子裡。

被子冷冰冰的，她躺下，邊等邊給客人暖被窩……。她等的客人是一位三年級的大學生，是她堂兄的孫子，是幾十年來王家唯一出的一位大學生，從某方面講，也是她的夢想與希望。這孩子是在另一個省份長大的。她十五歲，在所謂的及笄之年，堂兄就帶著一家人去外省討生活去了。他本來是個浪子，跟她父親學了幾年醫，就在部隊當了軍醫。後來因為戰事連年，又離開部隊，創辦了自己的西醫診療所。他擅長外科，戰亂年代傷患總是不斷，診所的生意也就十分興隆。但日本人不久就打過來了，他的診所毀於一場大火，全家人只好倉惶南逃。至廣西，被廣西的土匪抓住，做了土匪的醫生；後來湖南的土匪與廣西的土匪火併，又被湖南的土匪抓住，留在湖南的匪營做醫生。直到解放，一家人才在湖南與廣西交界的邊城安定下來……

所有這些都是今晚要來的客人寫信跟她說的，她一度也很感慨堂兄的命運。文革之後，她平了反，輾轉找到了堂兄的大兒子，堂兄卻已經在兩年前病逝了……。第一次收到他的來信時，她很驚訝——一個十五歲的孩子居然想到給她這位從未謀面的姑奶奶寫信，而且那信可說寫得極好（她喜歡用「極好」這個詞），文字優美，態度謙恭，字裡行間還滿是各種人小鬼大的見解。他們在信裡無所不談——家族、書、詩歌、音樂、女人和政治——可不，他們甚至還談女人和政治。在那樣一個時代，兩個隔代人，年齡相差四十多歲……，或許，他們有某種命定的緣分，相隔千里，卻成了忘年交。

她本是一位驕傲的官宦人家的千金小姐，十六歲得了鋼琴比賽的銀獎，十八歲念作曲系，二十二歲披著一身素雅的婚紗嫁人。她父親早年曾去德國留學，是一位傑出的外科醫生，後來曾官至省衛生廳廳長。她嫁的那位有為青年也曾做過省財政廳的副處長。解放後，他辭了職，似乎是因為他本人的性格太過孤傲，不屑於為新政府服務。或者是他太癡、太呆、太有原則，也太不識時務了。總之，一解放他就辭了職，靠拉板車謀生，後來竟到一個偏遠的山區去做護林員，之後就再也沒有下過山。

她二十三歲生女兒，二十五歲生兒子，二十八歲又生了女兒——這回可悲慘得很，是一對雙胞胎。她在一所中學教音樂，一邊撫養四個幼小的孩子，一邊守著活寡。偏偏三十歲那年，她還把自己弄成了右派。天下的右派大都只是沒了公職，去農村下放而已；可她變本加厲，將自己直接送進了監獄。她斷斷續續服了十年刑，期間曾兩次出獄，但出來不久又被關了進去。親戚和朋友都與她劃清了界限，四個孩子也都送了人。她在監獄裡白了頭，出獄後不到一年卻又滿頭青絲……。呵，老天！她小巧玲瓏，精力充沛，擁有一種不可思議的、勇往直前的樂觀天性，六十歲還有著孩子般的笑容，保持著女學生靈性飛揚的儀態……，誰也看不出她曾經歷過如此深重的苦難。她坐監獄就像上學堂，很認真也很虔誠地學習和改造。她喜歡談論政治和愛情，哪怕在監獄裡也是。後來給十五歲的他寫信，也常常要用一二頁紙來發表她對愛情的見解。他不懂裝懂，她也從不揭穿，把他當作一個懂的人，甚至當作某類知己。她的信就像一部連載的回憶錄，她似乎早就無可救藥地有了寫回憶錄的傾向——「那個時候，我總是穿著白襯衣，紅裙子……」她回憶自己的青春年華，就像老乞丐回憶第一次吃雞時的吮指回味……

她不安地繼續等待，深夜一點，終於聽見了敲門聲。她跳起來，快步走到門口（腿腳已經不很靈便），看見他疲憊不堪地站在冷冽的寒風中；他也看見了她，一個披著披肩的小個子老太太，像大三的女學生一樣向他撲了過來⋯⋯。此時，整條街只有她家門前的燈昏暗地亮著⋯⋯。她的回憶錄在一個下雪的夜晚熱情而浪漫地打開了新的一頁⋯⋯

（這時，她聽見了門鈴聲，她和她的紅裙子輕快地飛了過去，她看見了一片草地和一個青年，也聽見了她內心深處的鋼琴聲⋯⋯）

進了屋，她沒有讓他坐下，而是帶著她的慈愛，把他直接拉進了被窩。被窩是事先暖好的，他一鑽進去就幸福無比。「對不起，姑奶奶，火車晚點了，春運期間人可真多，讓您久等了。」他很有禮貌地說。她坐在床沿上，出神地打量著他，眼睛裡既是擔心又是期待，既是焦慮又是憐愛。「你可真醜，王家怎麼會有你這麼醜的孫子呢？要知道你那位浪子爺爺可真是英俊呵！」她笑咪咪地看著他，過了好幾分鐘才說道。接著又起身去吹炭盆火。木炭著了起來，紅紅的炭盆讓屋裡增添了溫暖。她似乎忘記了已經是深夜，興沖沖地拿出了一本發黃的相冊。她翻開相冊就像翻開一段發黃的歲月；她指著其中的一張相片，告訴他誰是她父親，誰是他爺爺。他看見相片上站著兩個三五歲的孩子。

「這個是你父親，這個是我。」「你父親比我小兩歲，可我是他姑姑。你父親叫我姑姑，你卻在信裡叫我親愛的箴。」她咯咯地笑著，又用手摸了摸他的頭（——此時她似乎聞到了奶糖的香味，也聽見了音樂盒美妙的樂音。她顯然想起了她驕傲的童年⋯⋯）。他想辯解：「是您要我這麼叫的！」可他沒有出聲。他紅著臉，有些羞澀，又有那麼一點不服氣。

（她再一次聽見有人叫她「親愛的篋」，她回過頭，看見了記憶中的那個青年。那個青年的聲音在風中拐了好幾個彎，最後變成了眼前這位客人在信中的話語——親愛的篋！）

「你信裡說要回來尋祖。你是回來尋祖呢？還是來看我？」她輕佻地、忙不迭地說著話，又拿出為他擬好的訪親計畫（她再次想起那個青年，他說他寒假要來看她；她一直在等他來，他們將在院子裡堆雪人……）。他的臉更紅了，他承認他有部分原因是為了來看她。

事前他甚至都沒有告訴家裡，他給他父親寫信說「這個寒假要和同學去做社會調查」。他和父親的關係向來不大好，他是跟爺爺長大的；小時候，他父親也打成了右派，下放到農村去了。不過，最近一年多，他開始和父親通信，他承認自己的人生很迷惘，也很困惑。

「我從小就聽爺爺和父親講他們小時候的事，他們都是漂泊異鄉的人，我也一樣，讀了三年大學，有很多困惑。我想，如果不弄明白我們的祖輩是怎麼過來的，就沒有辦法往前再走下去。」他說。

（有很多困惑？當年那個青年也說自己有很多困惑，她也是。可她真正困惑的是自己怎麼一下子就成了一個女人，還一個孩子接一個孩子地生！）

「好吧，反正你也人小鬼大的。還沒辦法往前再走下去！知道嗎？困惑是你的胎記，我們家的人都很困惑……，可惜你爺爺不在了。黃陂王家已經沒有一個有出息的人了，你呢，也許勉強算一個——唯一的一個了。」她神色黯然，繼續往下說——

「說起來，王家的血脈該在我們這一支延續下去的。可我父親沒有兒子，他將希望寄託在你爺爺身上，還收養了他。」

「他喜歡你爺爺的俊美，也喜歡他的乖巧與伶俐，便出錢供他念了幾年書。可是很不幸，你那位英俊的浪子爺爺十六歲便成了妓院和賭館的常客！」

「我知道爺爺是在太叔公家裡長大的。太叔公留過學，家裡的習慣都是西式的，吃飯要用刀叉，他很不習慣，還鬧出了許多笑話來。」他顯然不高興她這樣說自己的爺爺，便岔開了她的話。

「豈只是笑話，簡直是國際笑話！」她哈哈大笑，邊笑邊捶他的腿。她的笑聲像是停不住，笑得連腰都彎了。

（她再一次回想起她年輕時的幸福時光，那個說自己很困惑的青年最喜歡她彎腰的樣子。她採了一朵野花，咯咯地笑了，笑得連腰都直不起來。）

第二天，他睡了個懶覺，醒來的時候都快中午了，她已經做了幾道小菜。她很麻利，讓他坐在餐桌跟前，邊看她擺桌子邊和她說話。「我買好車票了，吃完飯我們就回黃陂老家去。黃陂王家的老屋叫柏樹下，因為四周種滿了柏樹。老屋的後面有一座山，種滿了楠竹。王家的先人都葬在後山上；我們每年開春都要去山上拔筍子，就像在先人身邊做遊戲。」——她說。

（那個青年又來了，他們在柏樹下的竹林裡散步；他說他喜歡她像筍子一樣清爽的氣味；她也是，喜歡他像竹子一樣修長而挺拔的身材……）

「你以後寫文章，就用『柏樹下』做筆名吧。」她熱情滿懷，語氣中有一種驕傲與浪漫。他也跟著興奮起來。他知道柏樹下，對這個名字有一種俊雅、飄逸、懷古思幽的感受；她的話同樣激起了他對老屋的幻想，這幻想含著詩意，是憂傷而美麗的。

「看這張匾，刻了『忠厚傳家』四個字。這可是王家的傳家寶了。」桌子擺好了，她又挑了一張舊得不成樣子的照片給他看。「『忠厚』是一門哲學，很難讀懂。不過，慢慢來，以後你會懂的。」她興致很高，吃飯的時候又說了許多意味深長的話……

（她想起小時候父親教她唸這幾個字，「忠～厚～傳～家～」，她很大聲地唸了出來；父親很高興，還哈哈大笑，可之後又說：「唉，可惜你是一個女子！」）

吃飯的時候他注意到她一直沒有介紹她的女兒；他看見一位三十多歲的婦女，一直低著頭，不情願地進來進去。直至他們吃完飯，要去車站了，她像是才想起來——「這是我女兒，你叫她超表姑。」但他們急著趕路，他只叫了一聲「表姑」，超表姑也只是勉強地對他點了點頭。

一個月之後，他回到學校，收到了一封陌生的來信，信中提醒他「不要跟那個老妖婆學壞了」。他很驚訝，想不到這信竟是超表姑寫的。一個已經做了母親的人，竟然這樣攻擊自己的母親！他為她抱不平，專門寫信將這件事告訴了父親；父親的回信卻使他對超產生了深切的同情。

原來她在進監獄時便將四個孩子送了人，出獄後又歇斯底里地向人家要。結果四個孩子也只要回了超一個。超的養父母是一對南下幹部，一直沒有生養，對超格外地好。超極不情願地回到母親身邊，因為母親的身分，她剛念完初中就上山下鄉去了；好不容易回了城，又一直找不到工作，眼看著就三十歲了，才找了一個有小兒麻痹症的對象。她極力反對這門親事，認為對方有殘疾，沒什麼文化，家世也很低微。但她反對的方式令人瞠目。她不斷給男方單位寫信，不回信就上門去找單位領導。說男方如何誘騙了自己的女兒，根本就是一個流氓，應該移送公安機關法辦。超與母親因此反目，她恨母親，認為母親既沒有能力就不該把她從養父母那裡要回來，更沒有資格和權利干涉自己的婚姻。「跛子不好，你給找個好的呀！」她捶胸頓足，拚了命反抗。她無可奈何，只好認了這門親，卻無法取得女兒的諒解。母女倆的隔閡從此再也不能消除，常搜羅證據相互攻訐。超甚至懷疑父親當年離家出走是因為母親不軌，她指控母親為人輕佻，老不正經。她呢，則說女兒想男人想瘋了，連個跛子都不放過……

父親還說到其他一些事情。最不堪的是她在歷次運動中曾揭發過幾乎所有的親戚與朋友，甚至包括她遠在外省的堂兄。她利用一切機會，搜集親戚朋友的思想與觀點，然後寫成材料，交給專政機關。但她並沒有因此得到好報，牢還是坐了十年；文革後，又差點被當作「四人幫」的黑爪牙再次被捕。

「她並不是一個很壞的人，只是太喜歡在浪尖上生活了。」父親在信中說。他贊同父親的觀點，他與她通了五年信，隨時都能感覺到她內心的火焰。她對時髦有一種近乎瘋狂的敏感與熱愛，甚至於將自己坐牢視同於江姐坐牢；她坐牢是為了追求真理，為了真理不怕把牢底坐穿。遺憾的是，她所追求的真理總是很殘忍地拋棄她……

雪已經不下了，窗外到處都是泥濘。他坐在長途汽車上，饒有興致地欣賞著沿途的景色——紅色的山丘和鬱鬱蔥蔥的灌木。但她並不給他獨處的機會，她又回到昨晚的話題上，聊起了他的爺爺——

「好在他十八歲就成了親，又被我父親叫回身邊做了幾年見習醫生，這才有了一技之長和立身之本。後來他再次從軍，在部隊做了一名軍醫，還授了上校軍銜。」

「你奶奶袁氏倒是有名的耕讀世家，家境也殷實，就是太醜了。說起來她和你爺爺也真是絕配——一個是篤信道德的孔門信女，一個是為所欲為的江湖浪子；一個醜陋，一個俊美；一個富，一個窮；一個喜歡書籍，一個喜歡骰子；一個崇尚節儉、安靜的生活，另一個則渴望天天呼朋喚友，千金散盡……」

「不是這樣的！」聽她再次這樣說爺爺時，他忍不住了，在車上就反駁起來。他說他記事以來，爺爺就是一個嚴於律己的人，無論醫術和做人都很受人尊重，死了這麼多年，還有不少人懷念他。

（他想起爺爺的葬禮，濕漉漉的老街擺滿了花圈；花圈擺在大街上，也擺在了五孔橋上，花圈被雨淋濕了，空氣中瀰漫著凋零的紙花和雨水的氣味……）

「他在戰亂年代依然堅持供孩子們讀書，不僅供男孩子讀，也供女孩子讀。學校開課他讓孩子們讀；學校停課，他讓孩子們等，一開課又讓孩子們讀。我父親和三個叔叔、兩個姑姑就是這樣在顛沛流離中讀一年、停一年，堅持不懈，最終都讀完了大學。這可真了不起，在那麼窮苦而偏遠的地方，一家能出六個大學生……」他說，腦子裡同時浮現出爺爺的樣子。家裡至今仍保存著爺爺的兩張照片，一張年輕、俊朗、精神，像蔣介石一樣信奉三民主義；另一張已是中年，他身著長袍，端端正正地和奶奶坐在孩子們中間，身後是一張牌匾，牌匾上寫著——「雪療西醫診療所」……

「是嗎？可要不是我父親讓他再次回到身邊，又教他醫術，他這一輩子就只可能是一個浪子了，甚至還可能是地痞流氓。」她再一次略帶譏諷地說，又舉了若干例證，模擬當年的環境與情形，不斷證明她父親對他爺爺的再造之恩。她每一句話都直露出對他爺爺的不屑，這可真讓他吃驚，一個幾乎家破人亡的老人，卻依然是一副救世主腔調，這讓他感到很不舒服。眼前這個人與那個給他寫了五年信的親愛的箴反差也太大了。

長途汽車繼續顛簸著往前行駛，她依然熱烈地暢談她的觀點，但他們已經開始離心離德。車到了黄陂，下了車，走了一段小路，終於到了柏樹下了。當他們站在一座破敗的門樓跟前時，他完全驚呆了——這就是柏樹下？這個家怎麼會凋零成這個樣子？門樓已經完全倒塌了，樑柱滿是蟲眼，石墩汙穢不堪，一條老狗在汙泥中有氣無力地昏睡著。沒有任何人來迎接他們，一位出來倒潲水的婦女看了他們一眼，連招呼都沒打就又進去了。他想問這是王家的什麼人，但她完全不理會。她獨自一人站在門樓下，眼裡含著淚水，嘴唇不停地顫抖著。

「柏樹下一解放就充公了，現在雜居著十幾戶人家。王家就只剩下星叔公了，我們去看看他吧。」

她抹去眼淚，帶他進了門樓。他幾年來對柏樹下的想像已經煙消雲散，那想像與眼前的景象反差如此之大，讓他無比震驚。他隨她進了裡面的一間堂屋，又進了東側的一間廂房。堂屋連著天井，漚著畜糞，散發出刺鼻的惡臭……

「星叔公！」她推門，門「吱」的一聲開了。藉著從天井漏下的一縷亮光，他看見裡面坐著一位老人，七十多歲的樣子，背卻全駝了。

「箴妹子來啦？」老人站起身，渾濁的眼神一下子就亮了起來。他顫巍巍地給他們讓座。

「這是雪療的孫子，正在讀大學，回來尋祖來了。」「這是星叔公，王家就只有他一個人住在柏樹下了。」他弄不清星叔公的輩分，也沒有問，只跟著她叫了一聲「星叔公」。老人上下端詳著他，連聲說：「好呵，好呵。」

她坐下來與老人聊天。他則環視星叔公的房屋——一張掛著蚊帳的雕花木床，蚊帳太舊了，到處都是補丁；一張八仙桌，顯然已經很久沒人用過；一個斜靠在牆角的櫃子，彷彿隨時都要倒下去似的……。他注意到牆角放著一塊剝落的門匾，好奇地蹲下去仔細辨認，竟是照片中「忠厚傳家」那四個字。這可就是她說到過的傳家寶了？

他們說的本地話他一句也聽不懂，只好呆呆地坐在一旁，心裡空得發慌。他第一次不是想像而是切實地看見了衰敗！

「我們來看星叔公，他這裡有王家的家譜。」她似乎在向他解釋什麼。

「是唯一的一部了！」星叔公說，接著就弓著腰去拖放在床底下的一口樟木箱子。箱子很沉，他幫了忙才一點一點地拖出來。打開箱子，他看見若干本線裝的舊書，用布一層一層很小心地包著。星叔公翻開其中一冊，竟有一行印了他和父親的名字──「雪療娶修水袁氏為妻，生四男三女，長子和濟，娶湖南寧遠唐氏為妻，生男，行家字輩，名瑜。」他不知道這一冊是何時付印的，驚訝得完全說不出話來。

「我已經考證過了，王方確是我們王家的先人。黃陂王家從浙江義烏遷到江西時，王方那一支則留在了義烏。」星叔公對她說這話時，已是一副矍鑠的鄉紳派頭。

王方是清朝的一名進士，曾官至翰林院編修，也算得上是一個有學問的人了。

「你看這一段，是笑浪的。」星叔公又拿出另外一冊，指給她看。她接過來，滿臉的驚喜與虔誠，手竟顫抖起來。

原來，笑浪是她父親的姐姐，一個二十歲就病逝的奇女子，也是她一生的偶像。從家譜中，他讀到一段記載：「浪少有奇才，兩歲能吟，三歲能書。琴棋書畫無不精絕。幼時體弱，及笄，則婀娜多姿，豔麗無比。擅拳術、刀、槍、棍、棒，能飛簷走壁。」可惜紅顏薄命，英雄氣短。她十八歲嫁人，二十歲便因產褥熱去世了。

有關笑浪的故事在黃陂盡人皆知。相傳一天夜半，柏樹下來了一群盜匪，全家都被綁至祠堂。虧得笑浪一身好功夫才將匪徒趕跑，救了一族人的性命，也保全了家族的尊嚴。但此時他已控制不住自己的失望，他忍受不了柏樹下竟是這麼一種頹敗景象。他在心裡責怪爺爺和父親，他們全都只講了他們記憶中的老屋，而隱瞞了柏樹下已經澈底衰敗的真相。

她並未注意到他的神情，繼續讀她的家譜，邊讀邊和星叔公講她的笑浪姑姑。他看見她莫名其妙地噙著淚水，全當她是一個瘋子。至於星叔公說到的王方，他也懷疑不過是老人家的杜撰，他需要杜撰一個人物來安慰自己，也安慰其他的宗親。但這杜撰在他看來也是可笑的，即便王方真是王家一脈，也不過一位三流學者，彷彿今天出版了幾本小書的大學教授。一個家族不過出了一位大學教授，且與這家族的關係尚待考證，又有什麼可自豪的呢？

晚上，她又絮絮叨叨地和他講起了柏樹下。

「小時候，柏樹下有個八角亭，我和你父親每天早晨都要在亭子裡背書；我們臨同一種字帖，比賽誰臨得又快又好。那幾年你爺爺在部隊做軍醫，就把你父親寄養在我家，他成天像跟屁蟲一樣跟著我，完全就是一個受氣包。他的智商與相貌可比你爺爺差得太遠了，但後來居然也考上了中山大學。」她忿忿不平，又將話題轉移到他父親身上。「可惜黃陂王家，竟淪落到連一個修家譜的人都沒有了。你呢，會接著修下去嗎？」她無比落寞地問，他沒有回答。

不過那個晚上他還是做了一個夢，他夢見一條清澈的河流，從柏樹下緩緩流過，河岸長滿了桃樹。樹林裡有人在撫琴，雪白的綢衣上落滿了花瓣。他在河邊釣魚，他的身影和粉紅的花瓣在水面上一閃一閃地流動。微風吹拂，笑浪老姑婆穿著一身紅色的袍子，隨風在林子裡飄來飄去。她完全像一個紙人，一會兒忽上忽下，一會兒忽左忽右。風大起來了，大風吹動著撫琴人的綢衣和他身邊的書。呼啦啦的書頁聲在風中越吹越響。魚越跳越歡，桃花一片片落下，落英繽紛，笑浪老姑婆像紅色風箏一樣越飄越遠。撫琴人站起來，將身上的花瓣盡數抖落，他白色的身影在落英中倏然消失。他收起魚竿，風停下來，水面上一片紅色的寂靜……

早晨起來，他向她辭行。她的眼圈紅了，她說：「我知道你不喜歡姑奶奶，也不喜歡柏樹下，我不該讓你回來的……」之後他們再也沒有聯繫過。但無論過了多久，經歷了怎樣的變故，他總能想起柏樹下殘敗的門樓，想起星叔公的家譜和他離開前做的那個夢。那個夢是美麗的，但是很顯然，那個儒雅、飄逸、有隱者風的夢中人已經不存在了。這些年國家到處都是工地，老屋拆了蓋成高樓，柏樹下應該也已經拆掉了。也許他和星叔公一樣要靠杜撰來給自己一點安慰；而歷史本來就是杜撰出來的。

二〇二〇年六月三十一日定稿於香港

愛情！愛情！

「我這一生，或未來生活的目標只是——愛情！」他坐下，望著她，目光熱切、坦率。葒聽了，心裡忍不住「撲哧」一聲，但臉上露出的卻是溫和、寬解的微笑。這微笑包含著對對方的理解與鼓勵。她打量他——中等個兒，短髮，天庭飽滿，一撮花白的山羊鬍修剪得十分整齊……

「這人要麼是癡人，要麼是騙子，我且聽他說。」葒腦子裡飛快地閃過對對方的印象。她被人介紹來與這人相親，原想兩人第一次見面，不過一番客套，聊些庸常的話題，然後視感覺與緣分決定下次是否見面。沒承想，這人一坐下，開口竟這麼直接，而且，所用之詞竟是「愛情」！這一年，葒已經四十八歲了，對方——據介紹人說已經六十歲了。這個詞用在這個年紀的兩個人的第一次見面上，多少有點不那麼合適。

「之一？」葒問他。

「是的，目標之一。」

「那麼之二、之三呢？」

「按說應該有之二，但若認真界定，這之二便只能算是生活方式。」他聲音醇厚，用詞講究，富有節奏。

「那就說說您的生活方式？」

「在一個僻靜的地方，心醉神迷地寫作和畫畫。」

「嗯哼，一個人嗎？」

「可以有個伴，幫我收拾房子，煮點咖啡……」

「一個女傭嗎？」

「比女傭多點文化，會電腦，喜歡插花和閱讀……，有靈性。」

「什麼？」

「有靈性。或者也可說她懂我，一看我的眼神便知道我要什麼。一天之中，我們可以一起散散步，聊聊天。」

「詩一樣的語言，浪漫的、有格調的，但已露出一個男人的霸蠻習氣，而且彷彿……患有某種癔症似的……」莊心裡想，又繼續問：

「這是你要找的伴嗎？」

「準確一點，可說是私人助理。」

「找到了嗎？」

「還在網上招聘，有幾個不錯，但總的說來都缺乏訓練。」

「訓練？」

「是的。」

「嗯哼……，這個所謂助理，要漂亮嗎？要有風情嗎？或者乾脆說要性感嗎？」

「呵，不，但不能醜，我受不了醜！至於性感，呵，空氣中偶爾要散發這麼一種氣息。」

「不是散發，是傳遞吧。」

「好吧，就算是傳遞吧。」

「在您身邊散發或傳遞著性感的氣息——當您心醉神迷地進行創作的時候。」

「呵～呵……」

「那你們會嗎？」

「你是說會有性嗎？……天知道！」

「那就是說也可能會有而不是不可能有。」葒發覺自己說話也跟著矯情了。

「當然，如果那天正好……。不過，應該很難，或者說機率不大……」

「好吧，可要是有了，那她還會是一名助理嗎？」

Why？葒想問，但她說出的卻是——

「天知道！有多種可能吧。」

「多種可能？說說看。」

「呵～呵，我們不能這樣談下去了，一切都是假設。」

「那就再假設一次。」

「不能了。」

「為什麼？」

「你大概忘了，我們是被人介紹來相親的。」

「哦……」

「這不是相親的人談的話題。」

「那該是什麼人才談的話題？」

「老友，老友之間才談這樣的話題。」

「哦，理解。不過，您不妨把我當作是一位老友。」

「不可能。」

「為什麼？」

「既是老友，就需要歲月凝結。而且，你也不是男人。」那人笑了笑，露出很白也很整齊的牙齒。

「哦，對了，這是兩個男人之間的話題……，男人之間的話題都這樣嗎？」

「女人和性是男人之間最普遍也最有趣的話題，但男人之間還有更深刻的話題。」

「更深刻的？那是什麼？」

「思想！」

「思想？」

「或者，對這個世界的看法。」

「懂了，那您也可以跟我談談。」

「不！」那人笑了笑，很堅定地說道。

「為什麼？難道您在這個問題上還有性別歧視？」

「倒也談不上，但這是兩回事」

「兩回事？」

「我和你……是被人介紹來相親的。」

「哦……」

「而且，你也沒有激起我談這個話題的欲望。」

「明白了，我深度不夠，閱歷尚淺……。那我激起您相親的欲望了嗎？」

「天知道！」

「我發現您有一個口頭禪。」

「什麼？」

「喜歡說——天知道！」

那人突然臉就紅了，低著頭，害羞地坐在一旁，葒微微一驚，一個六十歲的老男人居然會羞得臉紅，這倒讓她驚訝，也對對方生出了那麼一點好奇與好感。

「你也有口頭禪。」

「什麼？」

「嗯哼，你喜歡說『嗯哼』。」那害羞的人回敬她。

莊愣了一下，兩人四目相對，禁不住都笑了起來。

「接著說。」她止住笑，繼續鼓勵對方。

「說什麼？」

「說說您的目標，沒有之二，更沒有之三的目標。」

「你是說愛情？」

「嗯哼，愛情！」莊說完，想收回那句「嗯哼」，可話已出口，只好等那人笑話了。

「愛情死了！但我總覺得我還有辦法與它重逢；於是我找呵找呵，轉眼間都找了半輩子了。」

莊聽著，心裡咯噔了一下——那人突然說出這麼一句凝重、有詩意、令人悵惘的話來。她抬頭，看著他。他的臉色驟然之間變得十分嚴肅，目光又十分空茫、渺遠，似乎有某種神聖的東西勾起了他的悵惘與悲傷。

「愛情死了！」這話像是一顆石子落在莊的心裡，激起了她心底的共鳴。

「但我總覺得我還有辦法與它重逢……」

「於是我找呵找呵，轉眼間都找了半輩子了！」

莊覺得那人的每句話都在擊打著她，每句話又都有它的真摯情感，而且是一個歷經滄桑的人才會有的真摯情感……。她不知如何接話，以她剛才的戲謔心態她是不能再問下去了。那人的一句話就改變了兩人之間談話的調性，使他們之間的話題變得嚴肅起來，而且似乎在共同憑弔某種美好的東西似的，兩人之間出現了肅穆與沉默……

「您跟人相親都這樣嗎？」過了好幾分鐘，葒才又說道。

「我沒跟人相過親，這是第一次——如果這次算是相親的話。」

「好吧，您第一次就這樣直奔主題嗎？」

「我不想浪費彼此的時間；直接告訴對方自己想要什麼，也是對對方的尊重。」

那人再次觸動她，使她對他又多了一層好感。她默然，但很快又說：

「您也算坦誠之人了。可總要對對方有些感覺才這樣直奔主題吧。」

「你不就想我說出來嗎？好吧，我承認，我對你有感覺。」

葒的臉蹭地一下就紅了，這回輪到她害羞了，而且是被對方一針見血地說出來的。她不知所措。

「瞧，臉紅了，我還真喜歡看你發窘，簡直像少女般羞澀。」那人說道，又露出了他好看的牙齒。

「有這樣說話的嗎？第一次見面……」她更窘了，猝不及防。

「我是一個很直接的人，不喜歡裝，也不喜歡複雜。」

「那程先生是怎麼介紹的？」程先生是他們的介紹人，葒此時提起他，就彷彿在搬救兵似的；她要讓自己從剛才的窘態中逃出來。

「他總是說一大堆廢話，可我一句也沒聽。我既答應見面，就會有自己的判斷。」

「一些具體情況或背景總要事先瞭解吧？」

「背景？我買的是豬，瞭解豬圈幹什麼？」

「哦……，這比方不當——我喜歡的是花，不需要瞭解花肥和土壤。」

葒一愣，臉上已有一絲惱怒；但那人立即改口，且改口之後的用詞又很討喜，也就沒有發作，只是淺淺地說了一句：

「您這人……直接得也太不雅了！」

已近日落時分，眼看著就要堵車了；葒起身，與那人告別。他也沒有客套，只淡淡地點了點頭，目送著她離去。

葒先回電視臺取資料，她是一檔談話節目的製片人。明天是欄目組的選題會，編導安妮上午就來電話問她半個月前報上來的選題。她抱歉，但答應晚上一定認真看……

春天的楊絮在晴朗的空中飄飄灑灑，據說這情狀與性有關；似乎十幾二十年前種的楊樹都是單性繁殖的，這些年就都像害了相思病一樣，惹得整個城市一到春天就彷彿到處都是愛情……。一件事要麼符合科學，要麼符合詩性，要麼就要體現神的意志，可生活裡卻到處都是只體現人的欲望的雜碎……。葒離開電視臺，想起剛才與那人的見面，這次相親顯然有一種她吃不準的曖昧氣息，她進入車庫，開車回家……

端莊、優雅的葒在這家電視臺已工作二十多年了，先是做記者，然後是編導，再然後是製片人。她有自己的圈子、口碑和影響力。她的欄目是給正在爬坡、或許失意或許成功的中年人看的，嘉賓大都是有閱歷和滄桑感的公知人士。她反對勵志，反對煽情，卻主張幽默、冷峻和有溫度的哲思。她從小角度切入，觸及生活中那些看似微小卻十分有感的末梢神經。談話的主題與範圍並無硬性規定，而是隨興的，在一個方向上說到哪兒算哪兒；但無論何種話題，「哪怕只談一隻雞，也要談出味道來」。這是她對欄目調性的要求；這欄目在她心裡就像隨筆，隨興，卻有感、有趣、有態度。

回到家，落日已將露臺染得一層金黃，一層紫紅，像重彩一樣厚厚地塗在她的心裡。她穿一件薄呢小裙，端著一小杯紅酒，在露臺上眺望著絢爛的天空……。之後，走進廚房，給自己做了一碗番茄雞蛋麵。哦，又是！又是番茄雞蛋麵，像近十年來的生活一樣一成不變。自從丈夫走了之後，她一個人已經吃了十年的番茄雞蛋麵了。在欄目組的業務會上，她總是反對譁眾取寵，強調從庸常的物事中找到有滋有味的品質。「就像做一碗番茄雞蛋麵，只要用心，也可以做得與眾不同。」她總是這樣說。可有時候她似乎又覺得生活不應該是這樣的，生活在日常的流逝中還應該有一些不同尋常的東西，比如冒險的衝動與某種顛覆……。她那死了的前夫就是一個喜歡冒險的硬漢，和她在一個臺裡工作，十年前在一次航拍中走了；飛機撞在了一座山上，他在一座山上摔死了……。他們沒有孩子，她和前夫都不願意有一個孩子來改變自己的夢想與方向；因此，前夫走了之後，她一個人吃了近十年的番茄雞蛋麵……

打開音響，聆聽舒伯特；這一段她對蕭邦也真有點膩了，一個玻璃一樣的抒情詩人。可不知為何，只聽了一段舒伯特的小夜曲，她便換上了華格納的歌劇。今天她似乎需要一些強勁、高亢的東西，好讓心裡長久淤積的力量決堤而出……。吃完飯，脫去衣服，在音樂中赤身走進書房已是她多年的習慣（今天是在直入雲霄的花腔女高音中）。她喜歡裸體，不願意讓外面的髒東西跟著回家。因此，除了在廚房，她總是赤裸裸地在書房踱步、碼字、看資料、發呆。此時，她正裸身在電腦前看安妮的方案；窗簾很嚴實，外面的世界——連光都進不來。一個製片人要協調、處理很多事情，但回到家，關上門，她竭力不讓任何東西打擾自己。她裸體——偶爾也穿一條丁字褲，但絕不戴文胸。她喜歡自己光滑、堅挺的乳房；四十八歲了，她的乳房還很傲人，不需要任何文胸來做襯托……。她打開安妮的方案，第一頁還沒有看完就愣住了——安妮這期節目的嘉賓正是下午與她相親的那個人。她先看那人的簡介——

潤先生，我們很難界定他的身分，他似乎永不停歇地在不同領域行走。或許我們稱他為行者、闖入者、顛覆者、旁觀者甚至於夢遊者都是對的，但無論用何種方式描述他，你都會發覺：唉，這不準確，不完整；而他也只會笑一笑——有時是哈哈大笑，有時是淡然一笑……。他曾經有過滿大的一攤事業，在生意方面做得很開。總之，有錢、有地位，也受人尊重；後來生意上出了變故，他乾脆就收了手，把手裡的錢都捐給了一家慈善機構……。有好些年，人們沒有他任何消息，圈裡圈外的朋友有許多關於他的傳聞，有說他被抓了的，也有人說他跟某個女星「私奔」了、去了某個小島的，還有人說他得了絕症……。總之，他跟朋友們都斷了聯繫，彷彿一聲長笑之後便蒸發掉了。可前些年，潤先生又冒了出來，他與大家重聚的方式竟是一部小說的首發式，而那本書竟成了當年最暢銷、甚至也可說是最重要的讀物。最離奇的是，他的畫近年來也風生水起，在國際國內的展覽中頻繁展出；然而在這之前，可沒有任何人知道他受過繪畫方面的訓練……

安妮對那人的簡介寫得殊為跳脫、有趣；紅看完，忍不住心裡就樂了。下午剛與那人相過親，他的簡介卻是這會兒才在同事的方案中看到。她曾問那人是否從介紹人那裡瞭解到她的情況，「我買的是豬，不必瞭解豬圈」，他回答；而這人現在正好落在了她的手上。她在心裡樂著，便給程先生打了一個電話——

「那位潤先生，好像曾有過一攤滿大的事業，收手之後，卻又是寫又是畫的。」

「你們見過了？怎麼樣？」

「見過了，而且現在正在看他的資料。我的同事半個多月前報了一個選題，嘉賓正是這位潤先生。那一期的主題是教育，可潤先生開口便說他是一個反教育分子。」

「哈～哈～哈，當然，他當然有資格這樣說。怎麼樣？你們見面的情況如何？」

「一個怪人，直接得近乎粗野，可衣著和儀態還滿講究的。」

「直接？他不至於一上來就……表白了吧？」

「那倒不至於。」紅笑道，「不過，他開口的第一句竟是：『我一生的目標只是——愛情。』」

「哈～哈～哈，這個老小子！」程先生在電話那頭大笑。

「可這個時代，再沒有什麼比愛情更讓人覺得滑稽的了，這個詞正像『良心』、『公平』與『正義』一樣，到哪兒都被弄得灰頭土臉的。」

「也不盡然吧，如果不是對愛情的執著與信念，你恐怕也早嫁了吧。」

「嗯哼」她未置可否，掛了電話。

程先生是欄目組聘請的顧問，也是一位社會學家。近年來，他以學者的睿智指導娛樂，又以娛樂精神傳播學術，兩頭都吃得很開。跨界和多元是這個時代的一種病，可沒這種病一些人還真不好混。程先生算得上是菈滿相知的朋友了，前些天他說：

「菈，該有個人了，我想了很久，覺得潤應該是合適的。」

「算是相親嗎？」菈半開玩笑地望著這位老友。

「是的，大家都是過來人，不必兜圈子。」

「嗯哼，什麼情況？」

「可說是個奇才，也可說是一位卓異之人；一個人住在一幢大別墅裡，家境殷實，吃得清淡。」

「嗯哼，滿好，俺有興趣。」她調皮地笑了笑……。娛樂圈請學者做顧問，大抵是出於對智慧與公信力的需要；有程先生這樣的朋友審慎安排，菈甚至連名字都沒細問就和潤見了面。

「剛才你說下期節目的嘉賓正是潤，怎麼會這麼巧呢？」程先生在電話裡問道。

「天知道！」菈說完，忍不住就又笑了起來。這個詞應該是潤的口頭禪，現在竟被她像模像樣地用了起來。

「這一期的主題是教育，安妮她們找他，大概因為他是教育的奇花異果吧。可他開宗明義，一上來就稱自己是反教育分子。對教育的種種弊端，可說人人都有同感；可他的觀點如此犀利，讓我既驚訝也頗費躑躅，正好可以請你幫我把握一下尺度。」

「他向來如此，似乎永遠都在批判與否定，包括對他自己，他都說了些什麼？」

「他說——『一個人一生下來就是數千年的經典，一方面既可說是文明昌盛、源遠流長；另一方面也可說是文明對於生命的謀殺，而教育所充當的正是殺手。……一個人要成功就必須自我覺醒，可哪一次自我覺醒不是從反教育開始的？四五歲時開始了最早的叛逆，不叛逆不成人；然後是青春期的大反叛，之後增長了見識與閱歷，慢慢地就有了更深的反思精神與批判意識，這才使他多少倖存了一點自我的意識與主張，甚至於有了特立獨行的人生。可他一旦成功，便會形成新的成見，從而對另一個新生命以教育的手段進行殺戮。教育近乎於血腥的殺戮從未停止過，一部文明史可說就是對生命的殺戮史……』」

「坦率講，他的觀點把我嚇住了；但我同時也被他刁鑽的角度所吸引。他甚至於還做了一個統計，證明人類所有偉大的成就，幾乎都是外行闖入的結果。闖入者較少受到教育的蒙蔽與毒害，才能產生顛覆與變革……」

「這樣的觀點在私下或小範圍的研討會上說說當然是可以的，放在一檔電視欄目中就顯得草率和粗魯了。別忘了，媒體的重要功能乃是輿論導向。」程先生顯然聽不下去了，他忍不住打斷菈。菈大約忘了，程先生本人就是教育碩果纍纍的實證，他一直待在學校，現在還在大學任著教職。不過他又說：

「明天美術館有個展覽，正好有他幾幅畫，我們不妨先去看看吧。」

第二天，開完選題會又看完畫展後，菈決定和潤先生正式交往。她在當天的日記裡記錄了她看畫展的感想：「我得承認，這些畫極其豐富和具有張力。我看見的靜是動的極致，看見的單純是複雜的極致。」顯然，她欣賞並期待這麼一個有深度的男人。然而，上次見面之後，潤先生就再沒有聯繫過她。

一個星期過去了，她想起他說的話：「我承認，我對你有感覺。」正是這句話讓她窘迫，也讓她露出了少女般的羞澀。可兩個星期過去了，他甚至沒給她來過一個電話。她心裡就有了一種莫名的羞怒，她怪自己幼稚和不夠矜持。「那分明只是他隨口說的，這樣的話他不知跟多少女人說過，不過是套路而已。」她越想就越惱，可又忍不住要自己去相信他的話。「他不會是那種輕浮的人，也許只是沉醉在創作中了；藝術家都如此，專注、心無旁騖……」她找理由，既為他開脫，也為了寬解自己。一天下午，安妮急匆匆跑進她的辦公室——「那期節目做不成了，得馬上換人！」「換人？為什麼？」「潤先生，潤先生被抓了！」「抓了？被誰抓了？因為什麼？」她蹭地一下就站了起來。「看你問的！還有誰有權力隨便抓人？你知道他是一位異見人士，他的博客、公號也被封了……」莊打電話問程先生，程先生也證實了安妮的話。正如他們所說，某個下午，潤先生被送進了看守所，他因經常發表不當言論被拘役了。所幸他早就懂得生命無常的道理，他也正好可以有機會從另一個角度去看這個世界，同時準備好了——心隨形變。至於愛情，他當然知道愛情只是一個故事，每當一個故事結束，愛情也就死了；但另一個新的故事又會開始，周而復始……。他當然也會想起與莊的相親，他們的故事還未曾開始，雖然他有過美好的幻想，但莊的樣子在他的腦子裡已經越來越模糊，她彷彿已經是一個路人了。

二〇二二年一月八日定稿於臺北

輯不同意，她那個部門的主編也不同意，他們說報社培養一個資深的娛樂記者多不容易呵。這句話的潛臺詞是：培養一個財經記者更不容易。當領導的都喜歡用熟手，這是一個講究成本與效率的時代。她沒辦法，只好以辭職相逼；總編輯就想到了一個折中的辦法，讓她去主持一個情感欄目，報社正好在搞一個情書徵集活動，也由她負責。剛開始她覺得這事很不靠譜，都什麼年代了，還徵集情書……。人們還寫情書嗎？還有這種功能嗎？「我不當老大已經很久了……」這句話也可以改成「我不寫情書已經很久了……」。她去找總編輯，告訴他這個活動不靠譜。「如果徵集上來的文章都是一群中老年人的陳詞濫調，那該如何收場？」「收場？不需要收場，就當是懷舊好了，當作是對一個已逝年代的紀念也是滿有意義的。」總編輯說。「好吧。」總編輯是一個有情懷的人。「一個紀念，也許人們需要的也只是一個紀念。」她接受了，卻跟總編輯開玩笑：「那還徵集什麼？總編一個人的情書就可以出一本書了。」顯然，這玩笑她開得有些輕浮，彷彿在說總編輯是一個情種似的，甚至還可能讓總編輯誤以為她在挑逗他。「你還真別調侃，我們這些人還就是從書信時代過來的，『家書一封抵萬金』！可那個年代誰敢寫情書？遞個紙條兒都不是一件小事兒，否則……」「否則，否則就會被揪出來批鬥……，不至於勞改吧？」她並不放過總編輯，她似乎已經形成思維定式——要把一切看上去神聖的東西娛樂化。不用說，她對新工作並不滿意，那個活動更讓她覺得像是在搞一場行為藝術似的。其實她對總編說的那個時代並不陌生，她的二叔、三舅和小姨都是想寫卻不敢寫情書的人，他們的愛情另有別的呈現方式。不過有一天，她突然覺得如果這次活動能夠還原一代人的情感方式也可能會另有一番意義。於是，她向總編輯提出將她的欄目調整成情感口述實錄，與情書徵集活動配合著做，目的就是還原不同年代人們的情感方式。「事實上，沒有人希望自己的情感像流沙一樣逝去。」她說，「人們需要一座豐碑來紀念曾經有過的美好事物。」總編輯贊同她的觀點。正好報紙的發行量最近下跌得很厲害，是得有點什麼來粘住讀者了，這個欄目會成為報紙與讀者之間的粘合劑的……。就這樣，她從一個娛樂記者轉型了，欄目很成功，她走紅了。她採訪了很多人，記錄他們是如何戀愛及如何失戀的。兩年來，她積累了大量素材，廣泛查閱心理學方面的文章，還反覆讀了傅柯的《性史》和海蒂的《性學報告》……。兩年後，她成了一名知名的情感問題專家，還到電視臺去做嘉賓、出書，也在電臺主持晚間節目。她有了自己的粉絲群，她的博客日訪量已經超過一百五十萬。顯然，她已經成為一個有見識、有判斷和有立場的人，而且還同時成了一個專家與名人，她的名字叫西麗。

四月的某一天，三十二歲的西麗和她丈夫過七週年結婚紀念日；她的三個閨蜜和丈夫的三個好友共同見證了他們的幸福。他們是大學時代的情侶，戀愛三年就順順當當地結了婚。兩人的感情生活順利得讓人羨慕，缺的就只是一個孩子了。但西麗似乎更願意繼續這種丁克生活，好讓兩個人的二人世界更自由也更自在一些。那天，西麗穿了一件玫紅色的旗袍，戴著一串珍珠項鍊，開著幾天前丈夫剛送給她的禮物——一輛很拉風的賓士跑車。他們先吃飯，然後開著那輛紅色的跑車去歌廳唱歌，西麗唱了〈最浪漫的事〉，丈夫唱了〈當你老了〉。大家都喝多了，也很開心，吵著要她講愛情成功的祕訣。

「誇對方呵。」她說。

「誇什麼？成天在一起，熟得不能再熟了。」

「實在沒什麼可誇的，就誇對方的腳後跟長得如何漂亮呵。」

「我就喜歡你的腳後跟，太可愛了，來，讓我咬一口。每次鬧矛盾的時候，我就對我們家老秦這麼說……」

「哦呵～」大家起著鬨，樂翻了天。

「我就喜歡你的腳後跟……」

「來，讓我咬一口！」

一整夜，大家都拿這句話來尋開心，她無所謂，老秦卻羞得無處可逃。

事實上，西麗和老秦的愛情還真是她誇成的。她出生在一個知識分子家庭，她的曾祖父的祖父做過翰林，曾祖父的父親做過進士，就算她父母也都是知名大學的教授。在她的家裡，傳統很深，似乎總有一種既優雅又清高的氣質在對抗著這個混濁的世界。從這樣的家庭出來的人，骨子裡是很優越的。但西麗身上卻有一種很親和的平民意識，她從沒有小看過從農村出來的老秦，相反總是鼓勵他，誇獎他。這使老秦有了信心，開始怯生生地追她。她喜歡他怯生生追她的樣子。伯鈞——這是老秦的名字，聽上去像是一個私塾先生給取的。實際上也是，老秦的祖父就是私塾先生，後來沒有私塾這門職業了，他父親卻進了一步，當了一名鄉村小學的校長，伯鈞卻從鄉下考上了全國最知名的大學。「這孩子不錯，踏實！」西麗的媽媽第一次見伯鈞就這樣說。媽媽本來是有門第觀念的，但伯鈞的出生至少有兩點讓她覺得可以放心——清白與規矩。有了這兩點，這人也就算是靠得住了，更何況伯鈞還天資聰慧，有志向，勤奮並且謙虛……。事情進展得很順利，伯鈞在西麗的鼓勵下做了她的男朋友，後來又做了她的丈夫。

之後的若干年，他又證明了自己身上的品質不僅靠得住，而且還卓越。的確，這個時代清白和規矩的男人已經越來越少了……。然而結婚之後的頭幾年，伯鈞都是自卑的。他大學畢業後繼續讀研究生，之後又讀博士，還在大學教了一年的書。他一直都很窮；西麗呢，卻早已經是一家大報社的記者了。相形之下，伯鈞不僅收入低，見識也很少，就像是一個沒有見過世面的書呆子似的。他的人生還沒有展開，但他的專業背景很硬，後來被一家基金公司挖了角，幾年下來，身分、見識、財富都已經不可同日而語了。他先在一個偏一點的地段給西麗買了一套公寓，兩年後又在一個黃金地段買了一套更大的房子。房子、車子、家裡的陳設、身上的行頭，都在改變他的地位，增強他的自信，也增添他作為一個成功男人的魅力。可西麗好些年都只在娛樂圈裡，寫些無聊透頂的花邊文章。很顯然，伯鈞幹的是大事，體現的是社會主流價值，而西麗不過是在人們的飯後茶餘插科打諢。伯鈞倒沒覺得有什麼，他覺得西麗這樣挺好的，不用朝九晚五地坐班，收入也不錯，女人嘛，做記者也還算體面……，西麗的媽媽卻另有看法。西麗上面還有兩個姐姐，大姐十幾年前就已經是一家跨國公司在中國的首席代表了。後來這家公司在中國設立合資公司，她又自自然然地做了公司的ＣＥＯ；二姐在國家部委工作，幾年前也做到了一個處的處長，在行業中也算得上是一個炙手可熱的人物。三姐妹中，媽媽最不看好的應該就是西麗了。即便她轉了型，成了情感問題專家，比兩位姐姐擁有更廣泛的知名度也是如此。在母親眼裡，西麗的那份職業壓根兒就沒價值。「什麼情感專家！西麗，你就不能幹點正經事嗎？」母親不屑一顧地問。她是一位翻譯家，有很多有影響的譯著，也得過不少獎。「什麼叫幹點正經事？情感問題不叫正經事嗎？」西麗反駁道。「那也叫正經事？那只能叫沒事找事！」「媽媽，您不知道這個問題關乎人的幸福嗎？」

「正向價值，我們要的是正向價值，你知道什麼叫正向價值嗎？就是那些能夠推動人類發展與進步的事業……」「是呵，人類倒是進步了，可幸福呢？愛呢？精神家園呢？你不覺得現在的人正變得越來越冷漠、越來越孤獨嗎？」「是嗎？我和你爸從來都不奢談幸福，也不奢談愛情，但我們冷漠嗎？孤獨嗎？我們不是也恩恩愛愛地過了一輩子嗎？告訴你，幸福和愛從來都不是談出來的。談的人多了，問題反而就多了。你們搞了半天，還做什麼樣板模型，我倒想問，你們能做出一個愛或幸福的模型來嗎？」「我不想妄加評論你和爸爸的幸福，可是大姐呢？二姐呢？她們幸福不幸福您關心過嗎？」她想責問媽媽，但停住了。西麗的家裡有討論問題的傳統，她小時候就這樣，爸爸媽媽經常把家裡搞得像是一個辯論場似的，知識分子嘛！可今天西麗不想和媽媽辯論，她們的價值觀不同，她甚至認為媽媽是一個無感的人。她更不能再把大姐和二姐搬出來，她每次回家，都能感覺到兩位姐姐隱隱作痛的身影。大姐都四十五歲了，依然孑然一身，她似乎從來都沒有好好戀愛過；二姐呢，已經和姐夫分居好幾年了，可她要注意影響，要考慮進步，就一直在那樁無望的婚姻裡忍受著。然而她們的心呢，她們在子夜時分的孤獨與痛苦呢？她們能夠只做事業而忽略自己的孤獨嗎？西麗認為不能，人不能長期活在自欺欺人之中，西麗則不同，她既要事業成功更要家庭幸福，她從來都不認為這兩者是對立的，她甚至希望自己成為一個榜樣，讓兩位姐姐能夠調整自己的生活。當然這只是她一廂情願，二位姐姐應該都有自己的理由，她們似乎寧願忍受孤獨，也不願意改變現狀……

唱完歌，西麗和丈夫開車回家。這個紀念日西麗過得非常滿足。都說「七年之癢」，結婚七年又沒有孩子，朋友們都擔心西麗能不能過這個坎。但她一點也沒感覺到，她和伯鈞的感情很正常。回到家，洗漱完畢，西麗依偎在伯鈞身邊，輕輕地發出了一聲幸福的嘆息。可這聲嘆息並沒有感染到伯鈞，他歪著頭，已經在一旁睡著了。這麼重要的一個紀念日，四月裡最迷人的一個夜晚，他居然一個人歪著頭睡著了。西麗心裡微微一驚，她扭過頭，像打量一個陌生人一樣看著伯鈞。伯鈞的臉上沒有任何表情，他睡得很正常，有一種一閉眼就睡著了的踏實，也有一絲無所謂，他像早就習慣了在西麗身邊一閉眼就睡著。他沒有一丁點不安。好吧，睡吧，一個疲倦的、多少有點不堪重負的基金經理想睡就睡吧。西麗收拾好自己的失落，卻睡不著了。這個夜晚應該有一種浪漫，還應該有一些……瘋狂。她和伯鈞總有小半年沒有親熱過了，他們都正值盛年，不應該這樣的。可那又怎樣呢？不就是少了點親熱嗎？西麗自己其實也並不怎麼熱衷於性事。兩個人只要節奏一致就好了，而且這似乎也已經成為習慣，他們從戀愛算起已經在一起十年了。十年怎麼可能還有那麼多激情呢？更何況伯鈞的性子向來如此，他們剛在一起的時候也都是這樣平平實實的。西麗，你嫁的不就是這麼一個男人嗎？少了點詩意卻多了些踏實……，好吧，踏實……西麗躺下，閉上眼睛，這才想起明天一早伯鈞還要趕飛機，心裡就又對他有了一絲疼惜。罷了，伯鈞已經和大姐一樣成了空中飛人了。她又想起大姐隱隱作痛的身影，心裡就有了一些不安。她起身，下床，到衣帽間去給伯鈞收拾行李，手機卻響了，是短信進來的聲音。她打開，看見的是伯鈞和一個女人的照片，而那個女人恰好是今晚三個閨蜜中的一個。照片很怪異，有一種很倦慵的親熱，西麗想伯鈞和她並不大熟，怎麼可能在一起拍照呢？哦，也許是昨晚聚會時的照片，閨蜜發過來無外乎想再尋她開心。可聚會的照片又怎麼可能只有一張呢？她再細看，照片中的場景與衣服都不對，看上去是冬天，而且，應該是在另外一個城市。西麗趕緊去看那個手機號碼。號碼她不熟悉，而且，除了照片之外，也沒有再留下任何資訊。她走出衣帽間，在客廳裡獨自坐著，這才想起給對方撥過去，可對方已經關機。她打開電腦，查出那個號碼是外地的，一個她並不熟悉的城市，與她和伯鈞的生活並沒有什麼關聯。可這麼一個陌生的手機號碼怎麼可能發這樣的照片來呢？這張照片又有什麼含義呢？她心裡一片混亂，也多少有一點發慌，她想叫醒伯鈞，問問他是怎麼回事，但又忍住了。她想，這張照片背後一定另有名堂，而且，對方一定會再跟她聯繫的。她等著，頭開始痛，胃也開始不舒服，對方沒有再聯繫她。她在昏昏沉沉中有一種近乎於虛脫的感覺，最後居然在客廳的沙發上睡著了。早晨起來，她發現自己回到了床上，她的頭痛加重了，她支撐著讓自己起來，到了洗漱間……。伯鈞已經走了，昨晚一定是他抱自己回到床上去的，而且，她的牙膏也已經像往常一樣擠好了……。再去廚房，早餐也準備好了。這是伯鈞多年的習慣，他依然這樣體貼入微，他們的生活還是老樣子，伯鈞不過出差去了，她不過有點頭痛，昨晚不過沒睡好。她喝著咖啡，想著一如往常的生活，突然又想起了那張照片，她連忙跑回臥室，打開手機。手機裡新增了一條短信：「打開郵箱，會有更多精彩。」依然是昨晚那個陌生號碼發來的。她打開電腦，果然有新郵件，而且是超大附件。她打開，裡面全是照片，依然是伯鈞與那位閨蜜的，各種親熱，各種恩愛，甚至還有幾張裸照，不堪入目……。西麗癱在電腦跟前，過了好半天才回過神來，第一件事就是給伯鈞打電話。電話關機，他應該還在飛機上；她又撥那個陌生號碼，還是關機。她幾乎快瘋了，想給那個閨蜜打電話，剛撥了兩個鍵又停下來。不，她不能自取其辱，而且無論如何她得先跟伯鈞通電話，把事情弄清楚再說。然而這些照片，明擺著是伯鈞出軌了，跟她最好的一個閨蜜！可他們並不大熟呵，在西麗的記憶裡，他們甚至都沒說過幾句話呵，他們怎麼可能搞到一起去呢？什麼時候開始的？為什麼呵！西麗哭了起來。她心裡的憤怒、不解、委屈、傷心……全都隨著她的淚水沖決而出，沒有任何東西能擋住她，更沒有人勸阻她。她把電腦、手機都摔了，跑回臥室，趴在床上嚎啕大哭起來……

兩天後，伯鈞回來了。這兩天西麗都怪怪的，打電話又不說話，他聽出她似乎哭過，感覺家裡一定發生了什麼事情。他回來了，一打開家門就愣住了。家裡有一種很奇怪的氣味，像是什麼東西發餿了、腐爛了，又像有一種悲傷和絕望，甚至還摻雜著一點恐懼，讓人發虛。客廳和廚房一片狼藉，到處都是吃剩的餅乾和速食麵。他叫：「西麗！」沒有人答應。他打開書房和臥室，最後看見西麗披頭散髮地坐在洗手間的地板上。「親愛的，你怎麼了？生病了嗎？」他過去，想抱她起來，可西麗發瘋一般推開了他。他在西麗身邊坐下，「到底發生了什麼事？」他又問；西麗依然不理他。「說話呀，寶貝兒，告訴我，到底怎麼啦？」西麗抬起頭，滿是恨意地看著他。「你打開電腦自己看！」伯鈞到了書房，電腦摔在地上。他打開，看見了那些照片，一下子就明白了。他獨自在書房坐著，抽著煙，不敢去見西麗。過了好久，他才站起來，平靜地收拾好滿地的雜物，回到西麗身邊。「你聽我說……」「說什麼？說你的風流韻事嗎？說你們怎麼開始的？在一起多麼快樂、多麼幸福嗎？」伯鈞待在那裡，完全不知道再說什麼。「我只是想試一試，想知道別的女人是什麼樣的，我們沒什麼，真的，西麗你相信我。」「試一試？……相信你？你他媽的哪怕去找個妓女呵，為什麼？為什麼要和我的朋友？現在你滿足了吧，你心裡一定很得意吧，你一定在想——看，這個傻瓜，我和她朋友都睡了，她還蒙在鼓裡！」「不是你想的那樣，不是的，西麗，我只是一時糊塗，沒抵住誘惑……」「一時糊塗？誘惑？你們從冬天搞到了春天，都好幾年了吧，你這個衰人，還一時糊塗！」伯鈞還想解釋，但已經很無力了，事情都擺在那裡，他無話可說。「你走吧！」最後西麗輕輕地說了一句。「我走？我去哪？這是我的家，你想幹什麼？」「哦，我明白了，這套房子是你買的，你才是這個家的主人。那好，我走！」西麗站起來就往外面走。「不，西麗，我不是那個意思……。好，我走，我先去朋友那裡住幾天，你也冷靜冷靜。」兩人就這樣散了，西麗在伯鈞走了之後，又像死人似地在床上躺了幾天，她關了手機，拔了家裡的電話，她不知道如何處理這件事情，她的淚水已經哭乾了……

時間依然朝前走著，完全不管人們發生了什麼，受過怎樣的傷害。但時間也讓西麗慢慢地平靜下來，她知道自己還要活下去，生活對她才剛剛開始，未來還有很長一段路要走。其間，伯鈞來找過她幾次，她很平靜地對他說：「我們先分開一段吧，也許我們都錯了，我不是你理想的女人，你也不是我要的男人……」伯鈞有一次都快要哭了，可西麗說：「一個男人要敢做敢當，別讓我看不起。」至始至終，西麗都沒有跟伯鈞吵過，也沒有跟任何人說過他們的事；但她覺得自己的心裡長出了某種東西，這東西讓她變得複雜，讓她時常都有一種難以名狀的情緒——絕望、悲傷、懷疑、不自信……以至於恐懼與憤怒。她知道自己必須做一個手術，把那個像腫瘤一樣的東西切除掉。可這是一個什麼樣的手術？在哪裡做？安不安全？效果好不好？她都不知道，她似乎只能等待命運的安排。一天下午，她和一個男人在咖啡館聊天，那人正好也是伯鈞的好友，他來找她做一期情感口述實錄的訪談。他說他很喜歡她的欄目，他自己也有一段感情經歷，這段經歷壓在他心裡很多年了，讓他一直深度失眠，也沒有辦法開始任何一段新的感情。他說他猶豫了很久，最終決定來做這次訪談，他信任西麗，也希望西麗能幫助他。「好吧，」西麗說，「我們聊聊吧。」西麗坐下來聽那人談他的往事，一段十八歲的少年所遭遇到的令人絕望的愛情。她開始還很專心地聽著，但不久就心不在焉了，她的眼神變得疲倦和迷離，她說——「帶我走。」那人愣了一下，問——「你說什麼？」「不，跟我走！」她的語氣十分明確……

四月的最後一個下午，陽光應該說還是和煦的。可夏天眼看著就要來了，空氣中有一種暴雨即臨的沉悶氣息。西麗將那人帶到家裡，對，正是她和伯鈞的家，她說——「我想操你！」然後用最快的速度脫光了衣服，讓自己近乎完美的身體裸露在他面前。他愕然，似乎嚇住了，也有些遲疑，但馬上就用更快的速度邊脫褲子邊把她壓在了床上……。她和伯鈞的床，他們正是在這張床上度過了新婚之夜，多麼神祕，多麼疼痛，多麼燦爛！現在她要將它毀掉，像一個藝術家毀掉一生中最得意的一件作品一樣，但她選擇了另一種暴力，用另一個男人的身體，用她和這個男人即將到來的高潮將她七年來最珍惜的這張婚床給毀掉……。那人進入，開始猛烈衝擊，她大聲呻吟，將情欲和某種難以名狀的痛楚發揮得淋漓盡致。她感到自己的身體從來都沒有像現在這樣脹痛過，她的下身就像某種吸盤一樣緊緊地吸住了他；汗水和愛液使她的皮膚變得尤其光滑和灼熱。她頂住他，又迎合著他；但她覺得怎麼著都不夠，又翻身騎在了那人身上。她更大聲地呻吟，也更大力地扭動著自己的身體，彷彿要把什麼東西給碾成粉末似的，最後，她嘶聲裂肺地大聲喊道：「我操！我操！我要給你生兒子！」……快感退去了，噁心和嫌厭開始襲來，她感覺到了，但她無所謂，她早料到會這樣。她在快感退去之後繼續扭動，可那人似乎感覺到了什麼，他開始退縮，動作中有一種要擺脫她的意思，但很含糊，也很猶豫。她看出了他的不捨，在心裡發出了一聲冷笑，她不可能在這樣的時候讓那人退場。她更快、更有力地繼續，然而，噁心與嫌厭已變得越來越強大，她已經控制不住自己了，她翻下身，獨自一人躺在一旁，空空地望著天花板上那盞她曾經多麼喜歡和得意的吊燈。燈滅了，屋子裡是一團充滿了恨意的黑暗。那人的聲音在黑暗中如幽靈般傳來：「西麗，想不到你這麼厲害……」「是嗎？舒服嗎？」她的聲音嫵媚極了，但那是一種含著淚水的嫵媚。「舒服！可是我沒射出來。」她突然就想嘔吐，可沒有吐出來，而是更嫵媚地說：「下次吧，下次我讓你射在嘴裡……」她把自己的性欲、淫蕩和噁心澈底地發揮出來了！

一個月後，她和伯鈞離了婚。伯鈞哭著求她：「我們是初戀呵，西麗，我們都是第一次就把自己獻給了對方呵。」「是呵，第一次！可你不是想試試別的女人嗎？」「我知道自己錯了，原諒我，再給我一次機會吧。」「髒了，水髒了就該潑掉。」「不，再沉澱沉澱，水就會再變乾淨的。」「不可能了，我心裡的那盆水已經髒了；水髒了就必須潑掉！」她再次明確地說道，已毫無迴旋餘地……

二〇二一年十二月八日初稿於臺北

縣委副書記，幾乎每天都要端端正正地坐在主席臺上主持一兩個會議。但會下，還是有許多人把他當作自己的朋友與兄長。大家有什麼心事總願意跟他說說。他溫和、謙遜，是很多人信賴的朋友。雖然工作上他從來都說一不二，有原則，有決斷，也有一股子狠勁。人人都說他天生就是當一把手的料，他才四十一歲，應該還有廣闊的前程，也值得讓很多人期待。可現在，這個前程已變得十分可疑了……。他繼續在大班椅上坐著，點燃第二支煙。今天他顯然有很重的心事；事實上，一大早他就聽到風聲了。半個多月前，強子被抓了，他當時就有一種不好的預感。他給妻子說了可能要發生的事情，也給兒子寫了一封信。可現在他很猶豫要不要將這封信交給兒子。他在信裡寫了一些他自以為悟透了的道理，可將這些道理講給才十六歲的兒子聽合適嗎？他突然覺得自己已經無力面對兒子了。兒子剛上高一，很開朗、很陽光，也很桀驁不馴。相形之下，他信中講的那些道理也許太陳舊了，字也寫得老氣橫秋的，所謂的人生經驗也許壓根兒就只是一種成見。他可不願意給鮮活的兒子任何一丁點約束，更不願意給他一丁點陰影！還是讓他自由、奔放地成長吧，讓他自己去直面殘酷的生活吧，他早晚都會有自己的思想的……想到這一層他多少輕鬆了一些，再沒有別的事情了。他將給兒子的信撕掉，直接去了紀委的辦公室。一個月後，他涉嫌受賄和濫用職權被開除了黨籍和公職；很快，他就被起訴了；判決之後，他不服，現在正在上訴。不知不覺就在看守所待了近兩年了……

「起吧。」一早晨六點，他輕輕一聲，十幾個光溜溜的嫌疑人一齊起床，窸窸窣窣地疊被子、整理內務。他規定了每個人上廁所的順序與時間，要求每床被子都得疊得有稜有角。規矩和秩序是他向來都很看重的，在看守所他依然這樣堅持。六點四十五，所有的人都洗漱完了，他開始靜思。他每天靜思三次，每次十五分鐘。這個時候號房裡是一片絕對的岑寂，沒有任何人敢在這個時候發出任何聲音。靜思之後，他開始上廁所，小東拿著手紙在一旁恭恭敬敬地伺候著。接著他洗漱，小東打好水、擠好牙膏、拿著肥皂盒，依然站在一旁恭恭敬敬地伺候。他每天的生活就這樣開始了，日復一日，幾乎沒有變過。小東本來是這間號房的坐號，但他進來不久便主動讓了賢，拜他做了大哥，自己卻心甘情願地做了他的小弟。一年多來，他已經給看守所培養了五個坐號，每次他都問小東願不願意到別的號房去，小東都拒絕了。「我就跟著宋哥，一輩子都跟著了。」「那好吧。」他笑了笑。他從沒想到這一輩子會和殺人犯、搶劫犯、吸毒者、尋釁滋事者、強姦犯……睡在同一張床上，還和他們稱兄道弟。小東是因為參與販毒與製毒進來的，他長得可說是英俊，手指細長，指甲剪成半月型，面容中有一種心思縝密的特徵……。無論對誰，看守所的生活都是「熬」——苦熬苦等，等待著一個又一個程序，也等待著一個又一個幾乎沒有把握的希望。但他相信，只要還在等待，就一定會有機會，因為萬物永遠都在運動和變化，只要在變化，就會有轉機……

「小東，上午把那隻雞吃了吧，給大家夥兒分分，每人都要有一塊。」

「好的，宋哥。」

洗漱之後，他開始給號裡的人安排一天的生活。快兩年了，外面還經常有兄弟來看他。當然，他是見不著人的，所謂的「看」，不過是帶點吃的來或者給他上點帳。這就像是去給人上墳，裡面的人永遠是見不著的，不過燒燒紙，擺上貢品，表達一下情感而已。因為人緣好，來看他的兄弟多，他的帳上居然有了十來萬塊錢；各種吃的用的幾乎從沒斷過。他用帳上的錢給看守所建了一間小圖書室；吃的他基本上都分給弟兄們了。進看守所不久他便開始吃素，後來讀了甘地的自傳，更成了堅定的素食主義者。看守所每天吃兩頓飯，每頓都是土豆熬白菜，這倒符合他的素食主義原則……。上午九點，簡單吃了點東西之後，他開始看書。號房裡又是一片岑寂。他多年便已養成手不釋卷的習慣，他的辦公室有一長排書櫃，中間的一個書櫃裡放著一整套裝幀豪華的《傳世藏書》，幾乎搜羅了兩千多年來最重要的典籍。他通讀過其中的一部分，留下了很深刻的印象——他發現我們的文明雖說是源遠流長，可一個朝代不過在重複另一個朝代；人也是，一代人總在重複另一代人的命運，而無論歷史如何演變……可怕的是，這種不斷重複的歷史與命運幾乎是不可抗拒的……。「重複！」「不可抗拒！」他的腦子裡經常出現這兩個詞兒，就像詹姆斯・喬伊斯《姐妹們》中的那個孩子，「每天夜裡，仰望那扇窗戶，總是輕聲對自己說出『癱瘓』一詞」一樣。這樣的時候，他的心裡就總是充滿著茫然與倦意……

「報告！」他放下書，微微抬起頭，緊接著就聽見「咣噹」一聲，這是有新人進來了。

「進來。」他輕聲應道。

「蹲在那兒！」小東用手一指，一個驚恐萬狀的人蹲在地上，地上有一個黃色的正方形，新來的人蹲在正方形裡。

「犯了啥事？」他坐在坐號的首座上，披著一件深灰色的夾克，外面套著深藍色的號服。他的聲音很低，也很平靜，但語氣中卻自有一種威嚴。那人渾身發抖，幾乎是半蹲半跪地癱在了正方形框框裡。

「問你呢，犯了啥事？」小東見那人遲疑著沒有說話，便厲聲喝問道。

「殺人！」那人一激靈，很小聲地說出了這兩個字。

「殺的啥人？」

「我愛人！……」那人神情恍惚，他的話像是從天上飄下來似的。

「待著吧，時間短不了。小東，給他講講規矩。」他愣了一下，依然平靜地說道。

「案子上的事咱們不管，來了，就老老實實待著。守規矩、不耍奸，沒人欺侮你；不守規矩、不老實就制你。聽清楚了嗎？」每次來新人，小東都這樣開場，這些話他講得中規中矩的，大夥兒都快背熟了。

「每天六點起床，六點至六點四十五是洗漱和大便的時間，其餘時間只能小便不能大便。無論大便還是小便都只能像女人一樣蹲著，小便朝外蹲，大便面壁朝裡蹲。如果鬧肚子，實在忍不住，就得向宋哥報告；但能憋最好憋著。」有人忍不住想笑，又怕笑錯了，趕緊捂住嘴，那半截笑便急忙縮了進去。

小東繼續：「一天吃兩頓飯，上午九點一頓，下午四點一頓。家裡有錢就趕緊上點帳，上了帳一天會有一次小盒飯；看守所是講規矩的地方，沒事只能在床上坐著，可以看看書，但不能隨便走動。進來的第一件事是洗澡，目的是不讓人把外面的髒東西帶進來；每天放風要唱四首歌，監規和這四首歌必須三天內背熟……。宋哥，我講完了，請你訓示。」

「待著吧，先沖個澡。」他還是很簡短的一句話。他在看守所「發明」了洗澡，無論什麼季節、什麼天氣，每個人每天都必須用涼水把自己沖洗得乾乾淨淨的。除了衛生方面的考慮，洗澡也是給新人和不服管的人一個下馬威。新來的人至少要沖八桶水，再冷的冬天也這樣。有的人沖到第四桶時就跪地求饒；有不服管的、不懂規矩或犯了錯的，則要連沖十幾桶，一直到澈底臣服為止。征服一個人最簡單的方法就是讓他恐懼，這個道理他從小就懂。當然了，看守所更是一個以惡制惡的地方。可在他心裡洗澡其實還另有深意，即洗去一天的汙垢，開始第二天的生活。這個含義出自於《論語》裡的「日日新」[1]，他過去在機關也是這樣要求工作人員的。現在他依然希望大家都記住，即使在看守所，一天過去了另一天也會是新的；所以任何時候都不要自暴自棄……。可這個典故及它背後的含義很少有人能明白，也沒有人知道有商湯王這個人。大家只知道這是他的規矩，照著做就行了……

「行了！」小東剛給那新來的人沖了三桶水，他便止住了。

「一個殺人犯，還不穩定，別太刺激他。」

「給他支煙抽，讓他緩一緩。」他又說。凡事都得講分寸，很多事就是因為分寸沒拿捏好才發生的，結果好事變成壞事，小事變成了大事。人也一樣，好人也可能殺人，卻可能僅僅是因為一句話或一件事過了頭。人是脆弱的，尤其是在不可知的、偶然的事情面前，『嘎』的一下，一個人就沒了，或者摔樓下了，或者掉井裡了……。他自己也是，如果不是因為他和強子的關係，他就不可能讓強子給他裝修房子，而如果不是因為他在一場車禍中救過強子的命，他和強子也不可能成為盟兄弟。他們原本也只是最普通的同學關係。大學畢業後，他分到交通局工作，然後到組織部、縣委辦……。他在仕途上一路走來，算得上順風順水。強子卻一直找不到像樣的工作，沒辦法，只好來投奔他，開了一家小小的裝修公司，後來掛靠在了北京的一家大公司下面。他成天開著一輛富豪請人喝酒吃飯，看上去倒也滿風光的。但他心裡很清楚，強子頂多也就是一個包工頭，北京那家公司讓他掛靠也只是想利用他的關係……。他從來沒有給過強子任何工程，也沒有和北京那家公司的董事長或總經理見過面。但最終他還是沒有把握好與強子的關係。他太忙了，買了新房，就同意強子給他裝修……。一審的時候，律師給他做的是無罪辯護，理由看上去也很充足，但他還是被判了五年，很多人為他惋惜，也有鳴不平的……。第一次出庭，他站在被告席上連頭都不敢抬，他的面子觀念很重，承擔不了自己成了犯人這麼一個事實。妻子帶著兒子在法庭上和他見了一面。「怎麼都瘦成這樣了？」一見他妻子就捂著臉哭。他看著兒子，兒子的眼神變得迷茫而複雜，甚至都沒叫他一聲就把臉別過去了。他心裡微微顫抖了一下，卻不知道跟兒子說些什麼。法警帶他離開的時候，他覺得這個世界已變得又空又重……

「人這一輩子，有些事得想明白，不然有些難關你過不去。」新來的人沖完澡，哆哆嗦嗦地坐在鋪位上。他不放心，又讓小東叫他過來。那人再一次半跪在正方形框框裡，他微微抬起眼睛，對那人說道。其實他也是在自語。所謂有些事往往就是命運的節點，在這些節點上稍稍一拐，手一滑，命運就是另外一副嘴臉。可你沒法像撕膏藥一樣將這副嘴臉撕掉，你得面對它，把它想明白，還得把自己理順了……

那人聽了他的話卻沒有反應。他突然覺得很厭惡，也很嫌棄。「過去吧。」他揮了揮手。「過來！」小東厲聲說道。那人縮在了他的鋪位上，依然是喪魂落魄的樣子。「跟一個殺人犯說這些幹什麼

1 編按：典出《禮記・大學》：「湯之盤銘曰：『苟日新，日日新，又日新。』」

呢？」他有些自嘲，覺得這一天過得真沒意思，就盤著腿，拿出一本書來讀。可讀不進去。一天中總有一些事讓他心煩，煩得連書都讀不進去，而這些讓他心煩的事是什麼他又講不清。他覺得他的靈魂有時候是散的，飄出去了，可飄到什麼地方去了又不知道。

所有人都知道他的二審快下判了；他運氣不錯，趕上了刑法修訂，他的刑期可能減半，甚至還可能出現緩刑的機會。大夥兒都知道他在等，也知道等待是最熬人的。但他心裡清楚，他其實已經無所謂了，所有的事情都已經變得沒有邏輯，一件連邏輯都沒有的事你怎麼等呢？

吃完晚飯，大夥兒開始打牌。他的牌打得不錯，偶爾也會跟大夥兒打幾圈，但今天他沒有心情。他感到很深重的疲憊，早早就上了床。他躺著，戴上眼罩，讓自己沉沒在完全的黑暗中。可不久就聽見了母親的聲音，那聲音他熟得不能再熟了。聲音很遠，也很空，但十分真切。他聽不懂母親在說什麼，也許只是在呼喚他，一個亡靈的呼喚讓他感到如此溫暖，他忍不住流下了眼淚……

不知道為什麼，最近半年來他總是夢見母親，連白天走神都這樣。母親站在跟前，彷彿伸手可及，但又像氣泡一樣飄飄忽忽的。母親是三年前去世的，他非常清楚地記得當時的每一個細節。他出生很苦，父親在他六歲那年就去世了，是母親含辛茹苦把他拉扯大，教他走正道，要熱心助人，不要怕吃虧。他在一個很僻遠的地方上了大學，在大學先當班長，後來又當學生會主席。所有的人都喜歡找他，因為他熱情、和善、遇事有主見、有決斷。後來他走上了仕途，結了婚，生了孩子，便將母親接到了身邊。很多人都說，他能這樣有出息是母親教育的結果，他總是笑一笑，既不表示贊同也不表示反對。事實上，他和母親說話很少，連母親病危的時候也是。雖然他每天都要抽空坐在身邊陪她，但母子倆似乎從來都不需要多說什麼。第一次聽醫生說母親可能得的是癌症時，他還很平靜，就像這個消息是假的，或者與他沒有什麼關係似的。他不相信小縣城的醫療水準。他請了假，帶母親去北京複查，複查的結果很明確也很肯定——母親是膽囊癌，而且已經是晚期了……。那段時間，他就像被死神綁架了一樣，很悲傷也很無措地陪母親度過了人生最後的一段時間。母親走了，他給她擦身體，他是第一次這樣完整地看自己的母親。母親的身體很白，很有彈性，但已經冷了，冷冰冰的，他說什麼，做什麼都沒有任何反應了。下葬的頭一天，他在家裡給母親舉行了一個儉樸的追思會，他說：「母親要去另一個世界了，今天我們給她送行，祝她一路走好。」他定了規矩，不准任何人哭，他怕母親聽見哭聲會走得不安……。第二天，他和家人送母親去了火葬場，當母親被送進火化爐時，妻子忍不住哭了起來，但他緊緊地握住妻子的手，止住了她的哭聲。他的心在那一瞬間彷彿也燒掉了，燒成了灰，和母親的骨灰一樣白。

母親走了之後他照舊那麼忙，頭兩年他很少想母親，也很少跟人談母親，但母親住過的房間他一直都不敢進去，他甚至都不敢在家裡掛母親的遺像。他總覺得母親要他做的事他沒有做到，也沒有做完。而且無論他如何努力都沒有用，有些事他就是做不到，也永遠做不完……。剛進看守所的時候，他甚至很慶幸母親早走了一年，如果母親還活著，患著癌症，看著他被人抓走，還被判了五年刑，那該多麼殘忍呵！可不知道為什麼，最近半年他在夢裡和母親的話總是很多，他們沒完沒了地說，說他小時候的事，說他父親和他的兒子，也會說到幾個舅舅和幾個表兄弟。可他就是不說自己。母親也只是問問他身體怎麼樣了，頭還疼不疼，要他少熬些夜，少抽點煙。他在夢裡分明感到母親的身體好好的，手很溫暖，並且一直在撫摸他的頭。他忍住淚，很想跟母親說：「媽，我快要出去了……」但他一直沒敢說。他就這樣恍恍惚惚地待在黑暗之中，像是睡著了，又像是還醒著。突然聽見小東很淒涼地喊了一聲：「回吧！」又聽見另一個嫌疑人在罵：「透你娘，又一天！」他平時從不允許號裡的人這樣哀嚎，他想呵斥他們，但沒有一丁點力氣。他知道：母親在的時候，來的路是清楚的，走的路有人擋著；母親走了，來的路變得模糊，走的路也沒人擋著了……

二〇一九年六月八日定稿於香港

小混混長大了

「老呂，我跟你講這些是因為你就要去監獄了。這些都是我的經歷，也是一點經驗，可以讓你少吃點虧。」

十九歲的國強，盤著腿坐在看守所的大通鋪上，和他的難友老呂聊天。剛吃完飯，號房裡的燈還沒有開，屋子裡黑乎乎的。但藉著從頭頂那扇條窗透進來的一縷亮光，老呂依然可以看清他的臉。他是一個精瘦的小夥子，眼睛不大，鼻樑很直，嘴巴滿有型，如果光線好，應該可以看見他唇紅齒白的樣子，就像一個無邪的少年。

「當然了，你有錢，也許不在乎吃點小虧。可是，成本，誰不在意成本呢？用很低的成本辦成一件很大的事情那才叫智慧——這一點，想必你也是同意的吧。」老呂點了點頭，國強繼續說：「我曾經遇上過一個大款，每天都恨不得讓人給他送一車東西去。什麼扒雞呀，醬豬手呀，鴨脖、鳳爪呀……，可怎麼樣呢？還是沒減刑，而且，在監獄裡頭，他是最窩囊、最受氣的一個。」

「我跟你說吧，像我這樣的小混混，在監獄裡頭都不至於天天掃廁所。可他呢，依他的實力與學歷——娘喲，聽說他還是一個博士！怎麼著也該在教育科混吧？給犯人上上課什麼的。可不，他天天都要到線上去幹活，而且沒有一天不被線長罵的。」

「每天早晨，他要先把監室的開水打好，然後等大家上廁所；上完廁所，他再把廁所打掃得乾乾淨淨。」

「喲娘呵，他可是一個老闆呀，進來前也是前呼後擁的。可在監獄裡頭，他晚打一會兒水都會被人罵，好像他坐監獄就是為了給人打水、掃廁所似的。」

「連我都看著難受。我就想，為什麼會這樣呢？他應該也是有學問、有能力的人，後來我知道了，不是每個人都能在監獄裡頭混的。監獄裡頭有監獄裡頭的文化和規矩，也有它的活法。這個——後來我在一本書裡看到過，叫生存哲學，對嗎？老呂，有這麼一個詞兒嗎？」

「有。」老呂回答。他一直在專注地聽國強講話，腦子還沒有反應過來，所以聲音很小，好像沒有一點兒底氣似的。說起來，他還真沒底氣，再過幾天他就要去監獄了，可他連監規都沒背好。

「你得背呵，要背得滾瓜爛熟。警察隨時都會考你。『呂承志，監規第四十條，背！』你得脫口而出，否則就只有做手勢了。」

「做手勢？什麼做手勢？」

「背不出來就只有做手勢呵。」他站起來，演示給老呂看。先是用一個手指頭在額頭上抹一下，然後是兩個手指頭，然後是三個手指頭……，接著是一隻手，最後是一雙手捂著臉。

「什麼意思？」

「連這個你都不懂嗎？背不出來的人，站在警察面前，一個指頭抹一下就是說：『我背不出來，一百塊行嗎？』『不行！』兩個指頭再抹一下，『那兩百塊行嗎？』還不行，就三個指頭、四個指頭，最後你就得用一雙手捂著臉，那可是一千塊呵。」

老呂恍然大悟，他再一次知道，任何地方、任何事情都有它的學問。他繼續聽國強講：「說起來，真是各有各的命。像剛才說的那位博士，有了麻煩就可以用錢擺平。可我還真看不起他，他的智商與能力也太低了。」

「我呢，靠智慧給自己減了兩年刑，兩年呵，老呂，如果沒有一點智慧，那得花多少錢呵！」

「可我沒有錢，這就是我的命。我是生得偉大，活得憋屈。」

「怎麼講？」

「怎麼講？我的名字叫國強。國強國強，國富民強，你看，多響亮，多偉大！這叫生得偉大。活得憋屈你都看見了，我才十九歲，就要第二次坐牢了，還不憋屈嗎？」

「是呵，可是國強，你還小，過去有句話叫『莫欺少年窮』，所以你也別太自卑了。」

「自卑？老呂，你錯了，我是說我憋屈不是說我自卑；我自卑嗎？開玩笑！我還真沒有自卑過，在任何人面前都沒有，包括你——老呂，別看你當過縣長，可到了監獄裡頭，你還真不一定行。」

「那是，那你趕緊給我講講，再講講。」

「其實也沒什麼好講的，說到底就是一個『悟』字。」

「『悟』，你知道嗎？就是察言觀色，還有揣摩，遇上什麼事你都得想呵——為什麼這樣而不是那樣，還有更好的辦法沒有？任何事都有辦法吧，像你們，有錢、有權、有勢，往往就用懶辦法。當然了，那也一定是最蠢的辦法，比如搞權錢交易呵。因為你們有條件，不需要動腦筋嘛，可好方法都是在腦子裡的，是想出來的。否則，怎麼叫想辦法呢？」

「老呂，我這麼說你沒不高興吧，其實我是好心，也是尊重你。你看你來了這麼久，和大老張處得很好，和小老張也很談得來，他們都是有本事的人，你應該沒問題的。」他似乎意識到自己的話說得太直了，趕緊補了補臺，安慰了一下老呂。

「哪裡，國強，你說很好，我在很認真地聽，也在很認真地想。」

「不是我說大話，有時候，你們這些當官的還真得向我們這些混混學，不然，你就光知道大將軍威武，不知道小獄卒厲害。」

「我問你，你認為在中國什麼人最厲害？依我看，兩極相通，有兩個人最厲害，一個是總書記，一個是村支書。這兩個人都是處理複雜問題的高手。一個人能當村支書那可不簡單。我呢，這次這件事擺平後，要用五年的時間爭取當到村支書。你當過縣長，應該可以告訴我怎樣才能當上村支書吧。」

老呂笑了笑，他沒想到國強會突然問到自己身上。他當然知道怎樣才能當上村支書。可國強說村支書是中國最有本事的兩個人之一，他的確有點吃驚。他愣了一下，覺得國強的話雖然有點滑稽，但似乎也有一定的道理。他就是從村支書走上仕途的。他當了五年的村支書，應該說那五年是他最用心也最能體現他的才能的五年。後來，他當了鄉鎮黨委書記、教育局局長、副縣長、縣長，這些就都只需要混了。當然，混也要有混的能力，可這種能力說到底也只是混而已。

「別聽我說，還是你講吧，再講講。」

「那好吧。其實我十四歲就開始混社會，混了這麼多年。你二十五歲開始當村支書，也混了這麼多年。如果說學東西、長本事，那坐三年牢學到的東西也真不一定比當三年縣長學到的東西少。監獄裡頭什麼人都有，有當過大官的，有很有錢的，也有做過大學問的。當然，也有我這樣的混混。」

「不過，據我觀察，在監獄裡頭，小混混有很多都學到了真本事，出來之後真還有人做成了大事；可那些當過大官的、做過大學問的或者曾經很有錢的，出來之後卻很少有人能夠再翻身。他們在監獄裡頭就是熬，成天都愁眉苦臉的。你看隔壁監室的老牛，當過市委書記，可見到誰都哭，還邊哭邊說『我對不起黨這麼多年的培養！……』有病吧，哪跟哪呀，我最看不起他，覺得他沒活明白。」

聽國強這麼慷慨陳詞，老呂忍不住笑了。

「你還別笑，這可是個大問題。為什麼監獄裡頭那麼多做過大官、發過大財的人最後都翻不了身，而小混混反而長大了？原因很簡單，因為他們絕望，他們在走下坡路。所以我要給你講的另外一件事就是千萬別絕望，也不能走下坡路；哪怕在監獄裡頭，你的人生也沒有走到盡頭。」

老呂驚住了。這正是他這些天在想的問題。他之前總認為，都進監獄了，這輩子也差不多了，把身體弄好點，別出去落一身病就行。可他又不甘心，他畢竟才五十歲，判了十年刑，即便不減刑，出來也才六十歲。

國強的話顯然給他提了個醒，他覺得自己得切記，就算在監獄裡頭也不能走下坡路。可不走下坡路又走什麼路呢？難道在監獄裡頭還有別的路不成？不管怎樣，他覺得他都很感激國強，他問：「國強，你這麼小怎麼就坐監獄了呢？我能幫你做點什麼嗎？」國強笑了笑說：「那有什麼，監獄裡頭年紀小的也很多。和我的同學比，他們讀了三年高中，我讀了三年社會大學。各人的路不一樣而已。」

第二天，老呂醒來就跟國強說：「國強，你昨天講了兩點，第一點講的是成本，什麼事都有成本，能想出好辦法才是最低的成本。第二點講了人不能走下坡路，哪怕在監獄裡頭人生也沒有走到盡頭。」

「老呂，你可真有意思，什麼事都喜歡總結。好，昨天我問過你，你今天也該回答我了吧。」

「你是說怎樣才能當上村支書吧，那好，我也給你設計一下。」國強就很認真地坐下來聽。

「現在很多村支書曾經都是致富能手。你回到村裡，先想辦法賺錢，成為村裡的致富帶頭人，然後再多為村裡做些好事和實事。農村已經在搞普選了，選你的人多了，你就有機會。」

「可是得先入黨吧，我說的可是當村支書而不是村長，村長是沒用的。」

老呂笑了笑，說：「這個有點難，你坐過監獄，入黨的事就複雜一些。」

「哦，做過監獄的人就不能入黨了？」

「當然，至少很難。不過，你先當上致富能手再說。」

「那好吧。可怎樣才能當上致富能手呢？」

「這個，我沒做過生意，怎樣賺錢你可以問一下大老張。不過你也可以跟我講講，你這次出去後準備做些什麼？」

「最佳的捷徑是找一個富婆，被她包幾年，先完成原始積累。」

老呂愣了一下，不知道說些什麼，但也沒有反駁。

「可這要靠運氣，看能不能遇上這樣一個富婆。不過我年輕，本錢嘛，可以說我的是一件稀罕物，至少隔一天打一次重重炮沒有問題。」

老呂皺了一下眉頭，心想這個年輕人今天怎麼變成這樣了？他岔開話題，問：「還有別的路嗎？想想，再想想。你不是說低成本才是好辦法，好辦法又都是想出來的嗎？」

國強想了想，說：「還有一條路，但得我出去後和我女朋友商量。」

「什麼路？」

他過了好幾分鐘才說：「老呂，你知道嗎？我女朋友和她媽都是很有本事的人，如果她們幫我的話……」

「哦，怎麼有本事？他們是做企業的嗎？」

「我女朋友她媽是富豪洗浴中心的公關經理；我女朋友就更傳奇，十六歲就當公關經理了，現在已經是大富豪酒店的公關經理。她們兩人手裡的小姐加起來，幾乎可以壟斷整個市場。」老呂又愣了一下，他甚至都沒反應過來。國強接著講：

「其實，我和小姐們的關係向來都很好，我有這方面的天賦。剛從監獄裡頭出來時，我就和十幾個小姐住在同一個社區裡。她們其實很喜歡混混的，有的甚至還崇拜混混，和混混在一起同居，自己買淫養著他。」

「啊，怎麼會這樣？」老呂更吃驚了，國強的話已經完全超出了他的認知範圍。

「奇怪嗎？混混們也有自己的世界，他們講義氣、敢承擔，甚至肯為朋友兩肋插刀，他們中有些人甚至還很有人格魅力。」

「人格魅力？」

「是呵，他們我行我素，不受任何約束；而且任何事都自己做主，有男子氣，敢做敢當。」

「啊，國強，你把我都說糊塗了。混混……，你說的好像是一群好漢嘛，到底什麼人才是混混呢？」

「我就是一個混混呵，不過我現在還只是一個小混混。說到好漢，什麼樣的人群裡都有好漢，只不過混混這群人可能更容易出好漢而已。」

「小姐們都是外地人，在一個陌生的城市，無依無靠，又經常受各種人欺侮，而且她們也很孤獨，需要溫暖，也想有個依靠。」

「有時候她們會碰上一個好混混，當然也有的混混只是為了騙她們。」

「什麼人欺侮她們？混混又怎麼保護她們？或者怎麼騙她們呢？」老呂好奇起來，他知道國強給他講了另一個世界的生活，對於這個世界他還真的很不瞭解。

「欺侮她們的人多了——客人、警察、公關經理、酒店或歌廳的老闆們，甚至計程車司機。」

「客人、警察、酒店老闆……都怎麼欺侮她們呢？」

「敲詐呀，不給錢白睡呀，還有性虐待。連計程車司機也有壞的，上了車，問：『小姐，你去哪？』『回家呀，這麼晚了還去哪？』『你是做小姐的吧，這麼著，要不現在我送你去派出所，告你賣淫；要不你讓我白搞一次』……」

「歌廳、酒店的老闆就更壞了。小姐們都是靠酒水提成的，可想提成你總得做點什麼吧？做小姐的能做什麼呢？當然就只好讓他們白睡了。」

「那混混們又怎麼幫她們、怎麼騙她們呢？」

「混混和小姐其實屬於同一個階層。有時候他們就住在同一個社區。大多數混混都是本地人，朋友多，而且在哪方面都很吃得開。他們俠肝義膽，正好是小姐們需要的。當然也有的混混是為了騙她們的錢，甚至還有混混是以騙小姐為生的。」

「怎麼騙呢？」

「怎麼騙？很簡單哪，裝大方呀，過節的時候請她們吃飯、給她們買禮物呀，辦法多了。總之，先花點小錢，贏得她們的信任，然後逮住機會，裝出痛苦的樣子。小姐見了，就很關切地問：『你怎麼啦？』他就編一個理由，比如說信用卡透支了，一時周轉不開，銀行已經報案了，如果明天還不了錢，警察就會以信用卡詐騙罪抓人。小姐動了同情心，又想起混混平時對自己的種種好處，就說：『我這裡有十萬，你趕緊先拿去還錢吧，別真被抓了。』錢一到，混混就消失了……」

「做小姐的什麼人沒見過，還上這種當？」

「有兩句話，一句叫『不怕賊偷就怕賊惦記』，另一句叫『什麼都可以動，就不能動感情』。」

老呂聽了，十分無語。過了好幾分鐘才又問：「國強，你剛才說你還有一條賺錢的路子，可要你女朋友和她媽媽支援。」

「是的。」

「什麼路子？你也想當公關經理嗎？」

「如果僅僅是當公關經理，我可以去酒店或歌廳應聘；她們頂多也不過推薦一下，介紹點客人而已。可我想的要更大更長遠一些。她們現在幹這一行方法都太陳舊了，風險也很大，說不定哪天就涉嫌組織賣淫罪給抓了。我想對這個行業做一些改革。」

「哦。怎麼個改法？」

「我一直想辦個網站，叫 single woman, single girl.」

「單身女人、單身女孩？」

「對，也可以叫孤獨女人、孤獨女孩。是一個社交網站，為孤獨的人搭建一個平臺。」

「那不還是組織賣淫嗎？」

「沒有呵，賣不賣淫是她們自己的事，就像淘寶網，只是一個交易平臺，賣不賣假貨是商家的事，跟它無關。淘寶甚至還出錢和工商部門一起打假呢。」

「哦，我理解了，有點像陌陌？」

「比陌陌可有創意多了。」他笑了笑，笑得有點鬼，卻依然很無邪。

「那可需要很多錢呵！」

「現在的風投到處都在找項目，有好項目他們會投的。」

「那你為什麼還要你女朋友和她媽媽支持呢？」

「我需要一筆種子資金，也需要對這個行業有理解的人一起做合夥人。」

……

下午，老呂想起國強的話，總覺得有什麼不妥，想來想去，還是決定和他認真談一談。

空。」

「國強，你上午說的話我很認真地想了想。有幾點想法跟你說說，也不知道對不對？」

「老呂，你也太客氣了，有什麼話直說嘛，你知道我只是一個小混混而已。」

老呂笑了笑，說：「我覺得吧，一個年輕人，第一要愛錢而不是要愛花錢，愛錢你就會對錢著迷，就會成天琢磨怎樣賺錢。等你有了賺錢的本領，錢就會自己來，甚至於源源不斷。愛花錢就只會坐吃山空。」

「這個說得很好，我完全同意。」

「那好，我再說第二點。第二點就是年輕人要先學會掙慢錢，掙苦錢，然後……」

「這個不好，我完全不同意。」

「哦，為什麼？」

「我想的是賺錢，你說的是掙錢，這是兩回事。賺是一個『貝』一個『兼』，『貝』就是錢，古時候人們用『貝』做錢；『兼』就是翻倍。賺錢就是錢生錢，翻著倍生。『掙』呢，那是一隻『手』和一個『爭』，指的是靠苦力。在現在這個時代，靠苦力能掙著錢嗎？所以絕不能掙慢錢、掙苦錢，那是掙不了的……」

「哦，你說得很好，懂得也真多。」老呂悻悻然，有些尷尬地說道。

「這些都是大老張跟我講的，他講得很好，我記住了。」

過了好幾分鐘，國強又說：「老呂，我跟你說，我跟你講這些是因為你就要去監獄了，我想給你點經驗，讓你少吃點虧。」

「我知道，謝謝！」

「其實，我還有另一層意思。」

「哦？」

「我覺得吧，現在做父母的跟孩子溝通都挺難的，他們往往並不瞭解自己的孩子，又總覺得自己是對的。你看，我十九歲，跟你孩子大概差不多大吧，也許通過我，你可以多瞭解一些我們這個年紀的人的想法，這樣可能和孩子就更容易溝通，你們的父子關係也可能會更好一點。」

「我吧，走到今天，其實也是因為我和我父母的想法不同，當然，我現在大了，不怪他們。」

老呂再次吃驚地看著國強，他真沒想到這孩子有這麼細膩的心思，也聽出了他口氣中隱含的一絲傷感。

「我們家祖祖輩輩都是農民，我父母也是。按照他們的想法，我也應該老老實實在家裡種地。可我不，我從小到大就看父母種地，種了一輩子還是窮得叮噹響。我跟我父母說，反正我也考不上大學，考上了家裡也供不起。不如讓我去學美容美髮吧，也好早點掙錢養家。可我父母不同意。也許他們當時拿不出那麼多錢來，也許他們覺得一個男孩子做美容美髮是不務正業。總之他們不同意。好吧，我說，不同意我也不想上學了，我要自己去闖社會，掙到學美容美髮的錢。」

「我就這樣離開了學校，開始在社會上混了。當時我十四歲，剛上初一，高速公路也剛剛通到我們村裡。村裡許多人都到高速上去賣東西，速食麵哪，煮玉米哪，花生、大棗哪，其實就是強買強賣。還有人拿刀子逼著人買。我就是因為用刀子逼著人買棗被判了五年刑，當時連警察都樂了，說：『這麼丁點大的人，還盜搶！』我剛好十六歲，夠判刑了……」

「去年，我從監獄裡出來，交了一個女朋友，大年初二那天，我借了朋友的一輛車，和女朋友去看她姥姥。過年嘛，多喝了幾杯，回家的路上就撞死了一個老頭，第二天我到公安局自首，這不就又進來了……」

「這個案子不會判實刑吧，賠點錢，達成諒解就完了。」

「這就是你們這些有條件的人的想法。什麼叫『賠點錢，達成諒解就完了』？賠多少錢？怎樣達成諒解？法院可以定你是普通的交通事故，也可以定你是醉駕，也可以定你以危險的方式妨礙公共安全……，量刑是不一樣的。老實告訴你，我當時喝醉了，是醉駕，而且我沒有駕照，你說怎麼了結？」

「那你準備怎麼處理，請律師了嗎？」

「怎麼處理？老一套──想辦法唄。」

接著幾天，老呂和國強都沒有再聊什麼。他們看書、下棋、打牌，一天挨一天地過著看似平靜的生活，但每個人心裡其實都是空落落的。臨去監獄的那天，老呂想著再跟國強說點什麼，可國強正好是律師會見。和律師見完面，他回到號房裡，老呂差不多也要走了。他很興奮地跟老呂說：「擺平了。」

「怎麼擺平的？什麼結果？」

「還記得我說過，我是大年初二和女朋友在她外婆家喝了酒，回家時把一個老頭給撞死了嗎？」

「記得呵，第二天你就去公安局自首了。」

「是，第二天，關鍵就是第二天，我第二天去自首，我的酒醒了，就已經不是醉駕了……」

「那無照駕駛呢？」

「這個就得花點小錢了……」國強笑了笑。

老呂恍然大悟，拍了拍國強的肩膀說：「國強，小混混長大了……」國強也很動情地對老呂說：

「老呂，到了監獄裡頭，記得別走下坡路呵……」

二〇一七年十一月十八日定稿於香港

唯有舊日子帶給我們幸福

下班了，李莉鎖上醫務室的大門，到自行車棚去取車。校門口全是歡騰雀躍的孩子，放學的時候總有一陣歡樂的氣氛。但很快就會岑寂下來，兩幢教學樓和一個帶跑道的操場將沉浸在靜謐的黃昏之中。李莉推著一輛黑色的鳳凰牌自行車去教室接茜茜。這輛車還是結婚那年錢君給她買的；在那個年代，對於工作不到三年的錢君，這輛車已經算是一件很昂貴的禮物。錢君則是結婚一年後才給自己買了一輛永久牌自行車。一轉眼，十年過去了，茜茜今年也上學了，就在她當校醫的這所小學念一年級。

李莉帶著茜茜，騎著車出了校門。在路上，她問茜茜今天上學的情況——和同學相處得好不好？老師留沒留家庭作業？課跟不跟得上？茜茜很乖，問一句答一句，還給她背了一首唐詩。路過四道口時，茜茜聽見了賣糖葫蘆的吆喝聲，一陣陣吆喝聲就像好聽的歌謠似的充滿誘惑地傳來。

「媽媽，糖葫蘆兒！」茜茜興奮得大喊，差點兒就從後座上掉下來。

「茜茜，昨天姥姥不是給你買了山楂果兒嗎？」

茜茜懂事地「噢」了一聲，沒有再說什麼。小孩子總是嘴饞，可兩斤山楂果兒也夠這小人兒解幾天饞了。她是不會嬌慣孩子的，錢君也不會。他們小時候家裡過得都很緊巴，也養成了勤儉、謙讓、知足常樂的性格。等李莉長大了，知道了人生的艱難，也就只想著安安穩穩地過好這一輩子，而再無任何別的雜念。

八〇年代北京的秋天可真美，李莉一路向西騎，她看見湛藍的天空，也看見了金黃金紅的雲彩和正在西沉的落日。她心裡禁不住湧出了一絲浪漫而抒情的心緒。這樣的心緒當然並無著落，正如她偶爾發出的一聲嘆息，輕煙似地就飄走了。五十分鐘後，李莉和茜茜到了家，她剛將車停在樓下，茜茜就跑上樓去了。這會兒的電視正在放《七色光》，茜茜像所有這個年紀的孩子一樣喜歡鞠萍姐姐。「爸爸！」她一進門就喊，同時一哧溜就跑進了裡屋，書包都沒放下就打開了電視。

錢君也剛回來，他邊燒水邊在屋裡看書。這個家屬院是錢君他們單位的，全是五六〇年代四層高的紅磚房子，李莉他們住在四層。他們喜歡這種建築樣式，風格簡單卻結實。每個單元都有一個垃圾通道，單元的門廊還是花崗石砌的。房子的天花板很高，夏天因此而涼快，冬天則由市政集中供暖（不像錢君父母家到現在還燒煤球）。院子裡還有好些高大的楊樹和榆樹；走出院門就有一個農貿市場，市場很繁榮，東西也不算貴……

李莉上樓，在門廳放下包，脫下外衣，就去廚房洗手；然後打開冰箱，取出三個雞蛋和四個番茄。今天的晚飯是番茄雞蛋麵。門廳不過三四平米，放著兩臺單門冰箱。李莉家的冰箱已經很舊，在一個角落裡不堪負荷地發出「嗡嗡」的噪音；另一臺冰箱是鄰居王忞家的，用了還不到一年。那臺乳白色的冰箱似乎總在提醒李莉——王忞比她年輕八歲，她的冰箱也比她的年輕。當然了，王忞家的冰箱裡東西也更多，除了肉，還經常有魚和蝦；除了番茄，還有很稀罕的芥藍。可這些不重要，畢竟冰箱的門總是關著的，裡面的差異不像冰箱的外形一樣一眼就能看出來。前幾天茜茜說：「媽媽，王宓阿姨家的冰箱裡有巧克力和冰淇淋。」她吃了一驚，問：「茜茜，你開阿姨的冰箱了？」「沒有，是張山叔叔自己開的，他給了我一塊巧克力。」

張山是王宓的丈夫，在一家報社當記者。當年分房時，錢君跟李莉說：「單位分房了，但得兩家合住；我們住大間，有十六平方米，王宓家住小間，不過十二平方米。但客廳、廚房和衛生間須兩家共用。」李莉沒有說什麼，能分單元房而不是平房或筒子樓已經超出她的期望了。可她還是擔心兩家合住會多有不便，時間久了也會產生矛盾。錢君說：「王宓嘛，挺知書達理的一個姑娘，她愛人也是知識分子，在報社當記者，據說還是一個詩人。」王宓和錢君在同一個科室上班，平時關係就不錯，知根知柢的。李莉想起那句老話，也許還真是「遠親不如近鄰」。

一轉眼，兩家人在一起合住都三年多了。剛搬來的時候，茜茜才四歲。張山和王宓都很喜歡這個小人兒。「給，茜茜！」小倆口經常給茜茜帶各種小玩意兒——冰棒呀，奶糖呀，書呀，小花裙呀……。「謝謝阿姨！」「不用謝，來，親阿姨一下。」茜茜就在王宓臉上「啵」一下。「叔叔呢？」茜茜又在張山臉上「啵」一下。

「王宓，別老瞎花錢。」李莉總是說。

「沒啥，反正我倆也嘴饞。」王宓說。

李莉知道他們年輕，還不懂得勤儉持家，她勸王宓，王宓卻並不當一回事，還哈哈大笑——「讓張山掙去，他不是男人嗎？」這樣的話李莉可從來不會跟錢君說。都是掙死工資的人，上哪兒再掙去？李莉和錢君是中學同學，李莉低錢君兩屆，小他三歲。中學畢業後，李莉上了衛校，錢君雖然是名校的畢業生，卻是工農兵學員。畢業後，李莉分在了一所小學當校醫，錢君分在研究所工作。他的專業很冷僻，似乎跟大氣有關，與社會聯繫不多，當然沒有別的掙錢的路子。錢君帶著一副寬邊眼鏡，書卷氣很重，是一個潛心本職工作的專業人士。因為是工農兵學員，業務底子薄，在單位並不怎麼受用。好在性格寬厚，人緣好，也就順順當當地過了這麼些年。每個月發了工資，錢君都如數交給李莉，李莉在銀行存一半，另一半和自己的工資一起分裝在幾個不同的信封裡，但也不過伙食費、教育費、娛樂、額外等幾項。而所謂的娛樂，也不過一個月看一場電影；所謂額外，充其量也只是每週或隔週吃一次雞。日子真是過得簡單、平淡，但也算體面和安穩。

王宓說：「讓張山掙去！」這句話讓李莉聽上去多少有那麼一點刺耳。她在顯擺吧？不如直接就說她男人能幹好了；她男人能幹，錢君不行，比不上——不就是這個意思嗎？其實，張山也不過多了些稿費和出差補貼而已。當然了，他們年輕，又沒有孩子，消費觀也不同。那個時候的雙職工要每月攢錢，然後一件一件買彩電、冰箱、洗衣機這幾樣大件。王宓家是先買彩電、洗衣機、錄影機，再買冰箱。他們家有彩電時，李莉他們還在看黑白電視。所以，茜茜的《七色光》很多都是在王宓家看的；當然，他們沒有冰箱。王宓買了肉就放在李莉家的冰箱裡。對李莉來說，冰箱比洗衣機要更重要；有了冰箱，錢君就可以星期天去更遠一些的批發市場將一週的食物都買回來。這可省了不少錢，省下來的錢可以每週吃一次雞。王宓呢，沒洗衣機可不行；她不願用手搓衣服，她愛惜她那雙嫩手。因為消費觀念不同，兩家人倒也可以互補。王忞用李莉的冰箱，李莉洗大件時也用王忞家的洗衣機。可錢君認為張山不該先買錄影機，他認為錄影機使用率不高，不像冰箱是必需品，他們應該先買冰箱的。錄影機在當時還真是超前消費，不過也代表一種時髦；有錄影機的人彷彿形成了一個新的社會圈子似的，他們相互串帶子，彼此也有共同話題。週末，張山常請錢君和李莉去家裡看錄影帶，張山似乎總能搞到一些稀奇的錄影帶。於是，星期天，等茜茜睡著之後，兩對年輕的夫妻就常在一起看所謂的「禁片」。王忞家太小，她和張山坐在床上，讓錢君和李莉坐在沙發上。王忞拉下窗簾，關上門，將音量調小，因為——他們在看禁片嘛，房間裡因之便有一種緊張而私密的氣氛。說起來，大家都是過來人，可有些鏡頭還是會讓他們的心「砰砰」亂跳。有一次，李莉忍不住笑了起來——「他們，他們也太……那個了！」她咯咯地笑著，張山忍不住看了她一眼，他們的眼神碰到了一起，李莉的眼神很熱烈，但馬上就躲開了。第二天早晨，張山從衛生間出來，李莉正好去上衛生間，兩人的眼神又碰到了一起。李莉忍不住又笑了，看來她的確是被錄影帶中的某些鏡頭給逗樂了；可張山並不覺得奇怪和尷尬，他說：「下週，下週還有一部新的。」可下週再看時，錢君說他要趕一份報告。「那李姐看吧。」王忞說。李莉就一個人過去跟他們看一部新的錄影帶。看到一半，王忞起身上廁所，影片中又出現了那種鏡頭，而且更長、更熱烈。李莉又笑了起來。張山的手不經意碰到了李莉的手，她也沒有拿開。王忞上完廁所回來，李莉說：「哎呀，我得去看看我燉的雞……」

李莉，三十三歲，是一個溫婉的女人，她總是面帶微笑，默默地做著自己的事情；她長得雖說不算十分漂亮，但皮膚白，性格溫順，有一種賢淑端莊的氣質。在張山眼裡，李莉是典型的小家碧玉；正如在錢君眼裡王宓是大家閨秀一樣。可這兩次咯咯大笑，讓張山覺得李莉身上有某種他以前從未發覺的東西，她的賢淑端莊可能只是表面上的。

剛搬到一起的時候，李莉對張山的印象並不好。與忠厚的錢君相比，張山太活泛，也太有稜角。錢君長得可說周正，張山——怎麼說呢？王宓說：「張山其貌不揚，可是才華橫溢。」她就是因為張山有才華、有個性才愛上他的。她不喜歡太普通的男人（說誰呢？當時李莉心裡就想）。張山的朋友很多，家裡經常來客人；有時候聊得太晚了還留客人住。「那麼小的房間，五六個人怎麼睡？」李莉問錢君，也問王宓。王宓笑著說：「都往床上躺唄，床上躺不下就躺在沙發上、地上。」李莉不喜歡張山呼朋喚友的性格，她讓錢君找機會說說張山，茜茜需要安靜，她也喜歡安靜。可錢君只是白了她一眼，壓根兒就不接她的話茬兒。有時候，張山也會過來和錢君喝酒。他似乎很喜歡跟錢君聊天兒。他叫錢君「大哥」，叫李莉「李姐」，可後來又叫她「小李」。「你才多大點？居然叫我小李？」她說。張山並沒有覺得有什麼不好意思的。他說：「你看上去比實際年齡小，我呢，從小就長了一張老臉。」還說小時候同學去找他玩，在樓下喊：「老張，老張！」「哎！」他和他爸會同時從窗戶伸出頭去答應。其實張山比她要小五六歲。錢君說：「張山有才，臉上全是個性與思想。」張山的確經常在報紙和雜誌上發表文章。李莉也覺得有這麼一個才子做鄰居滿體面的。有時候同事聊天，談到報紙上有什麼文章和觀點，李莉驕傲地說：「張山啊，我家鄰居！」她心裡還真是喜歡有才華的男人。張山經常熬夜寫東西，趕上家裡改善伙食，燉了雞，李莉就會給張山留一碗雞湯。「喝了，補補你的小身子骨！」小身子骨？她可真逗！張山其實是個很壯實的人。

最近半年多，李莉很少見到張山，她和錢君都習慣早起早睡，張山卻經常很晚才回家。他似乎很忙，又總是出差。「你們家張山呢？有日子沒見著了。」她問王宓。「他呀，忙大事呢。」王宓說，一副很驕傲的樣子。

「王宓，你也二十六七了吧，該要孩子了。」她又說。王宓笑嘻嘻地回答：「不急，等他忙完這一段吧。」可不久王宓還真懷孕了。王宓雖然懷孕了，張山卻依然早出晚歸。眼看著王宓的肚子一天比一天大，李莉就覺得張山有點過分。她跟錢君說：「這樣可不行！王宓都快生了，張山還整天不著家。」她是學醫的，又是過來人，知道生孩子是女人一生中的大事。可錢君只是白了她一眼，那樣子似乎在說：人家倆口子的事，要你個外人操什麼心？果然，王宓不久就回娘家去了，說是張山要忙大事，她回娘家生孩子。張山和王宓都是外地人，王宓的家在千里之外的杭州。

王宓走了之後，李莉更見不著張山了。可有一天他帶了一堆東西過來，說王宓生了，是個女孩，他來和錢君喝一杯。李莉很高興，特意炒了幾個菜，和錢君一起陪張山喝酒。那天張山喝了不少，他很高興，還朗誦了一首詩——「唯有舊日子帶給我們幸福。」他唸詩的時候眼圈都紅了。李莉也覺得既幸福又傷感。錢君說：

「張山，看你一直在忙，也沒問你，是不是有什麼新打算？」

「是的，大哥，我們就要搬走了，我已經辭職，辦了自己的公司。」張山說。

李莉很擔心，覺得辭職辦公司這件事風險太大了。錢君說：「我猜也是。你是個幹大事的人，不像我，只能掙死工資，過安穩日子。」李莉說：「有什麼不好嗎？人這輩子平平安安才最重要。」張山沒有說什麼，他不斷和錢君碰杯喝酒，他知道他有自己想要的生活；以前那種生活是任何人都嚼過的，他不想再嚼一次。

深夜，李莉起床，看見張山的燈還亮著，她突然就覺得有什麼在揪她的心，也有什麼在等她，召喚她。夜正深，錢君的呼嚕聲很平穩，她披上睡衣，走出房間，正好撞上張山開門出來。張山愣了一下，在門廳就把李莉一把抱住了。李莉將自己軟軟的身子倒在張山懷裡，他吻了她，還摸了她的乳房；他的吻細膩而纏綿。之後她問：「你想了吧？」張山含著她的嘴，嗚嗚咽咽地說：「明天，明天你晚點上班。」李莉笑了笑，推開他，回到了自己房間。她再也沒有睡著，她還在回味張山的吻，也想起了錢君的初吻。她和錢君總有五六年沒接過吻了。雖然每個月還會有一兩次房事，但每一次都很馬虎，像是湊合著做一件應該做的事情。他們本來就是穩中有餘而激情不足的人。張山剛才的吻點燃了她，她感覺到她體內有一股熱流在竄動，她甚至想掀開被子，再下床去。

第二天早晨，李莉說頭痛，讓錢君送茜茜去上學。錢君問：「要緊不？要不要上醫院？」又說：「可能是昨晚喝了酒，著了涼。」還用自己的額頭貼在她的額頭上看發沒發燒。李莉說：「哎呀，我是醫生，要不要緊我自己還不知道？沒事，吃片安乃近，睡一覺就好了。」錢君就沒有再說什麼。他騎著那輛永久牌自行車帶著茜茜上學去了。

過了一會兒，李莉去敲張山的門；張山還躺在床上，他下床，打開門就把李莉擁入懷裡，李莉像一隻鳥似地吻他，順著他的嘴和脖子一點一點往下吻。可張山脫她的衣服，她攔住了。她雖然攔住了，卻讓張山躺在床上，繼續一點一點吻他。他閉上眼睛，享受她的吻。當她拉下他的三角內褲時，他的身體顫抖了一下，她極其嫵媚地說：「你不准射在我嘴裡。」可當她再次吻他時，他忍不住就射了出來……

「怎麼那麼討厭？連一點前奏都沒有。」她上床，躺在他身邊，用拳頭打他。他再一次脫她的衣服，她又攔住了，她說：「別，別讓我再起興了。」

……

兩個月後，張山和王宓搬走了。李莉默默地看著他們收拾東西，又看著他們裝車。王宓過來抱住她說：「李姐，記得去看我們呵。」她們的眼圈都紅了。張山坐在車裡，眼睛似乎一直在往她們這邊看。

又過了一個月，張山去學校找她。學生們正在上課，醫務室很安靜，他從後面抱住她；她閉上眼睛，往後仰著，似乎在尋找他的嘴，可腦子裡卻空蕩蕩的。她想轉過身去，用被他點燃的激情緊緊地擁抱他，卻聽見他說：「跟我下樓去，我給你帶了一件禮物。」她跟他下樓，樓下停著一輛嶄新的桑塔納小轎車。他從車上搬下一輛橙紅色的山地車說：「送給你的，你那輛車太舊了，騎著它送茜茜不安全。」

李莉說：「張山來了，送了我們一輛山地車，說送茜茜上學更安全。」錢君下樓，看了看放在樓下的那輛新車，還在院子裡騎了幾圈。

「這車真好，要六七百吧，張山他們還真是重情重義。」他說。

「那就你騎吧，我還騎原來那輛。」李莉說。

「那怎麼行，人家張山說了是用來送茜茜上學的；再說了，這輛車顏色太豔了，大老爺們怎麼騎？」錢君說。

李莉沒有再說話，她從冰箱裡拿出了一小塊肉，準備做炸醬麵。

若干年過去了，錢君已經當上了研究所的處長，他和李莉也搬了家，有了一套兩室兩廳的房子。他們聊起了張山和王宓，錢君說：「他們離婚了，聽說張山的公司垮了，他在重新找項目，王宓一個人帶著孩子出國了。」李莉的身體微微一顫，她連續兩天都沒怎麼睡好，無論在家裡還是在醫務室都癡癡呆呆的。她想起她和張山的那一次，她們似乎什麼都沒做，又什麼都做了。她覺得有一種巨大的空虛與遺憾在吞噬她。她想給張山打個電話，可她連張山的電話號碼都沒有。錢君應該也沒有，他們已經十幾年沒聯繫了。李莉呢，再過兩年也該退休了……。電話沒有打，李莉望著窗外，想起了張山曾經讀過的那首詩——「唯有舊日子帶給我們幸福。」這似乎是一種安慰。她的眼睛裡湧出了淚水，她真想讓自己大聲哭出來，她這一生還從未哭成一個淚人兒……

二〇一七年七月十五日定稿於香港

＊說明：這篇小說用了柏樺的一句舊詩「唯有舊日子帶給我們幸福」做標題，並以此紀念我們的友誼。

貓空－中國當代文學典藏叢書6　PG2755

一片海灘：

唐寅九中短篇小說集

作　　者　唐寅九
責任編輯　孟人玉
圖文排版　陳彥妏
封面設計　劉肇昇

出版策劃　釀出版
製作發行　秀威資訊科技股份有限公司
114 台北市內湖區瑞光路76巷65號1樓
電話：+886-2-2796-3638　傳真：+886-2-2796-1377
服務信箱：service@showwe.com.tw
http://www.showwe.com.tw
郵政劃撥　19563868　戶名：秀威資訊科技股份有限公司
展售門市　國家書店【松江門市】
104 台北市中山區松江路209號1樓
電話：+886-2-2518-0207　傳真：+886-2-2518-0778
網路訂購　秀威網路書店：https://store.showwe.tw
國家網路書店：https://www.govbooks.com.tw
法律顧問　毛國樑　律師
總 經 銷　聯合發行股份有限公司
231新北市新店區寶橋路235巷6弄6號4F
電話：+886-2-2917-8022　傳真：+886-2-2915-6275

出版日期　2022年8月　BOD一版
定　　價　400元

讀者回函卡

Printed in Taiwan

國家圖書館出版品預行編目

一片海灘：唐寅九中短篇小説集/唐寅九著. --
一版. -- 臺北市：釀出版, 2022.08
面；　公分. -- (貓空-中國當代文學典藏叢書；6)
BOD版
ISBN 978-986-445-676-5(平裝)

863.57　　111008374